ŚWIETLISTE CIENIE

W serii o mrocznym
świecie wróżek

Królowa Lata
Król Mroku
Krucha wieczność
Świetliste cienie

ŚWIETLISTE CIENIE

melissa marr

Przełożyła
Natalia Wiśniewska

Nasza Księgarnia

Tytuł oryginału angielskiego
Radiant Shadows

Dla Asii i Dylana, moich zdumiewających bestyjek.
Bycie waszą matką to zaszczyt. (I wiecie co? Kocham Was
najbardziej na świecie i to się nigdy nie zmieni. :D
I kto ma ostatnie słowo?)

PODZIĘKOWANIA

Anne Hoppe nieustannie odgrywa rolę mojego mistrza i mojej nemezis, a ja jestem jej za to wdzięczna. Gdyby nie walczyła o nas – i ze mną – moje książki nie byłyby takie dobre.

Nie tylko autor bierze udział w tworzeniu powieści. Wielu wspaniałych ludzi czuwa nad moją pracą (i nade mną) i chociaż nie znam ich wszystkich, jestem ich dłużniczką. Specjalne podziękowania należą się tym, którzy musieli mnie znosić: wspaniałej rzeczniczce prasowej, Melissie Bruno, aniołowi od praw zależnych, Jean McGinley, mądrej specjalistce ds. sprzedaży, Suzanne Daghlian, bogini sztuk pięknych, Alison Donalty, i wszystkowidzącej Susan Katz.

Dziękuję moim czytelnikom, zwłaszcza tym, którzy towarzyszyli mi nie tylko podczas spotkań, lecz także w trakcie wieczornych spacerów, wyjść do akwarium albo posiłków, gdy byłam w trasie (Meggie, Marii, Phe, Tigerowi, Meg, Tegan, Aine, Karen, Ashley i pozostałym). Doceniam, że wszyscy chętnie się ze mną spotykacie, a także poświęcacie mi czas w internecie i piszecie do mnie listy.

Serdeczne podziękowania ślę: Markowi Tuckerowi za znalezienie pierwowzoru Ani, Jen Barnes, Rachel Vincent, Jeaniene Frost i Asii za czytanie, Merrilee Heifetz za wykraczanie poza moje oczekiwania tak często, Jeanien za tytuł, Susan za trafne spostrzeżenia, zwłaszcza bardzo cenną uwagę „chroń pracę", Neilowi za wycieczki emocjonalne i mądrość.

Na wyróżnienie zasługuje Fazi Editore, dzięki któremu poznałam włoskich czytelników moich książek. Elido Fazi, Pamela Ruffo, Maria Galeano i Cristina Marino zajmowali się moją rodziną i mną. Dzięki nim zakochałam się w Rzymie bez pamięci. Dziękuję Wam.

Moje być może najdziwniejsze podziękowania kieruję do kilku osób, które nigdy nie przeczytają tych słów, lecz bez których nie stworzyłabym serii zapoczątkowanej przez *Królową Lata*. Nie mogę pisać bez muzyki, dlatego pracy nad każdą książką towarzyszył zestaw piosenek, które słuchałam raz za razem. Tym razem dziękuję Ani DiFranco (tak, to jej moja bohaterka zawdzięcza imię), She Wants Revenge i The Kills. Jednak poprzednie części powstały przy muzyce Marilyna Mansona, Maynarda Jamesa Keenana, Damiena Rice'a i Tori Amos. Dziękuję wszystkim tym artystom. Ich sztuka mnie inspiruje.

Jak zwykle dziękuję moim rodzicom, dzieciom i mężowi. Bez Was mój świat rozpadłby się na kawałki.

Prolog

Druga połowa XIX wieku

Devlin stał, gdy duch dziewczyny zbliżał się do niego. Wiatr, który powiewał nad łąką, nie wprawiał w ruch pióra jej kapelusza ani ciemnych pukli okalających twarz. Wydawała się tak ulotna… Devlin podejrzewał, że nie będzie mógł jej nawet dotknąć.

– Chyba śniłam albo pogrążyłam się w rozmyślaniach – mruknęła.

– W rzeczy samej.

– Odpoczywałam tam… – Wskazała za siebie, zmarszczyła czoło i uśmiechnęła się niepewnie. – W jaskini, która najwyraźniej zniknęła. Czy ja nadal śpię?

Nieznajoma postawiła Devlina przed dylematem. Każdego, kto bez zaproszenia wkroczył do Krainy Czarów, musiał sprowadzić przed oblicze Jej Wysokości – albo zlikwidować, jeśli uznał intruza za zagrożenie. Devlin miał za zadanie pilnować porządku i dbać o dobro Krainy Czarów.

– W jaskini? – zapytał.

– Posprzeczałam się z opiekunką. – Zadrżała i skrzyżowała ręce na piersi. Jej suknia nie była ostatnim krzykiem mody, ale nie pochodziła także z lamusa. Gdy nic nie odrzekł, dodała: – Wyglądasz, panie, na dżentelmena. Czy w pobliżu znajduje się pańska posiadłość? Czy towarzyszą ci, panie, matka i siostry? Oczywiście ciotka moja nie szuka dla mnie małżonka, ale byłaby... nierada, gdyby znaleziono mnie bez opieki w obecności dżentelmena.

– Nie jestem dżentelmenem. – Dziewczyna zbladła. – I żadnemu niewinnemu nie życzę spotkania z moją matką ni z siostrami – dodał. – Powinnaś zawrócić. Uznaj, że to zły sen. Odejdź stąd.

Dziewczyna się rozejrzała; jej oczom ukazała się Kraina Czarów w pełnej krasie: zawieszone na drzewach hamaki utkane z pajęczej nici, różowo-złote niebo, które królowa stworzyła na ten dzień. Potem ponownie spojrzała na niego.

Devlin nie poruszył się, gdy go obserwowała. Z kolei ona nawet nie drgnęła na widok opalizujących włosów mężczyzny i nieludzkich oczu; nie odstręczyły jej jego nieregularne rysy ani nienaturalny bezruch. Nie był pewien, jakiej spodziewał się reakcji: żaden śmiertelnik nie widział nigdy jego prawdziwego oblicza. W świecie ludzi przywdziewał powłokę, żeby wyglądać jak oni. Tutaj słynął jako Krwawe Ręce Królowej. Spotkanie z dziewczyną było czymś niezwykłym.

Jej policzki oblał rumieniec, gdy przypatrywała mu się zuchwale.

– Bez wątpienia wyglądasz na zacnego człowieka.

– Nie jestem nim. – Zrobił krok w jej stronę. – Istnieję po to, by pilnować porządku w Krainie Czarów. Służę mojej królowej. Nie jestem zacny ani ludzki.

Dziewczyna zemdlała.

Devlin rzucił się, by ją złapać, ale nie mógł pochwycić tego, co niematerialne. Upadł na kolana z pustymi rękami – zjawa wniknęła pod jego skórę, wypełniła ciało.

Słyszał w głowie jej głos.

„Panie?"

Nie mógł się ruszać. Stracił kontrolę nad swoją cielesną powłoką. Tymczasem dziewczyna rozgościła się w niej na dobre.

„Możesz się ruszać?" – zapytał.

„Oczywiście!" Sprawiła, że usiadł, i opuściła jego ciało.

Przełknął ślinę pod wpływem osobliwych emocji. Poczuł wolność, ekscytację – wszystko to tak różne od powściągliwości Wysokiego Dworu – i polubił ten stan.

Dziewczyna chyba chciała go dotknąć, ale jej ręka przeniknęła przez niego.

– Ja nie śnię?

– Nie. – Niespodziewanie zapragnął otoczyć opieką tę śmiertelniczkę. – Jak ci na imię?

– Katherine Rae O'Flaherty – szepnęła. – Skoro to jawa, to znaczy, że ty jesteś istotą eteryczną.

– Ete…

– Mam trzy życzenia! – Klasnęła i szeroko otworzyła oczy. – O co poprosić? O prawdziwą miłość? Życie wieczne? Na pewno nie o suknie! To byłoby niemądre! A może po prostu zachowam swoje życzenia!

– Życzenia?

– Nie możesz mnie zmusić, żebym wypowiedziała je teraz. – Wyprostowała ramiona i spojrzała na niego. – Czytałam podania. Nie wszyscy wierzą w dobroć waszego ludu, ale ja wiem, że ty nie mógłbyś nikogo skrzywdzić. Tylko spójrz na siebie!

Devlin ściągnął brwi. Nie marnował czasu na głupoty; robił tylko to, czego żądała jego królowa. „Jeśli nie liczyć tych skradzionych chwil w świecie śmiertelników". Królowa znała jego wady, ale udawała, że jest inaczej. „Chwila słabości teraz nie zaszkodzi". Duch dziewczyny nie zagrażał królowej Krainy Czarów. „Ukrycie jej nie zakłóci porządku". Uśmiechnął się do niej.

– Katherine Rae O'Flaherty, jeśli zamierzasz zostać w naszym świecie, musisz wiedzieć, że jesteśmy wróżkami.

– Będę o tym pamiętać… bo zostaję. – Zerwała się na równe nogi. – Właściwie czytałam wielebnego Kirka. W bibliotece mojego wuja znajduje się kilka ksiąg o twoim ludzie. Czytałam także baśnie pana Langa. Urocze…

– Książki nie odzwierciedlają rzeczywistości. – Devlin utkwił w niej wzrok. – Mój świat nie zawsze jest miłym miejscem dla śmiertelników.

Z jej oczu zniknęła naiwność.

– To tak jak mój świat.

– Istotnie.

Przyglądał jej się z ciekawością, która sprawiała mu przyjemność. Zjawa podeszła do niego.

– Jeśli wrócę do swojego ciała, nadal będę żyła? Ile minęło czasu?

– Tutaj czas płynie inaczej. Poza tym nie mam pojęcia, jak długo błądziłaś. Nawet jeśli zostaniesz, może spotkać cię śmierć. Jej Wysokość nie pozwala nieproszonym gościom przebywać w Krainie Czarów. – Devlin zdobył się na swój najłagodniejszy uśmiech, którego nie przywoływał na twarz zbyt często. – Jeśli się o tobie dowie...

– Nadal mam swoje trzy życzenia? – przerwała mu Katherine Rae.

– Jak najbardziej. – Zwykle się na to nie godził, ale chciał jej sprawić przyjemność.

Przechyliła głowę.

– W takim razie po pierwsze życzę sobie, żebyś nie pozwolił mi wyrządzić krzywdy... Jak ci na imię?

Devlin się ukłonił.

– Zwą mnie Devlin. Jestem bratem i doradcą Jej Wysokości, zabójcą i stróżem porządku.

– Och. – Zachwiała się, jakby znów miała zemdleć.

– A teraz także obrońcą Katherine Rae O'Flaherty – dodał pospiesznie.

W jego życiu nigdy nie było nikogo bliskiego, nigdy nie miał przyjaciela ani powiernika, kochanki ani partnerki. Lecz czy ktokolwiek mógłby stanąć u jego boku? Przede wszystkim powinien służyć królowej, swojemu dworowi i Krainie Czarów. Do tego został stworzony i poczytywał to sobie za zaszczyt.

Jednak doskwierała mu samotność.

Zerknął na Katherine Rae. Nie miała ciała, mocy ani sprzymierzeńców.

„Co złego się stanie, jeśli przygarnę ducha dziewczyny?"

Druga połowa XX wieku

Kiedy Devlin wkroczył do sali bankietowej, nie zastał nikogo prócz królowej. Na samym środku, między kamiennymi kolumnami i gobelinami, szumiał wodospad. Krople tworzyły w powietrzu zamazane kształty, a potem opadały strumieniem, który znikał za oddaloną ścianą. Jej Wysokość wpatrywała się w kaskadę – w nici możliwości. Tych cienkich włókienek nie należało traktować jako stuprocentowo pewne prognozy, ale Sorcha przyglądała się przyszłości w trosce o porządek. Zmieniała bieg rzeczy, jeśli Krainie Czarów groził chaos. Jednak gdy chaos wkradał się do świata śmiertelników, wysyłała tam Devlina.

Podszedł do podium, na którym stał tron Sorchy. Przez całą wieczność był jej Krwawymi Rękami. Został stworzony, by szerzyć przemoc, chociaż służył dworowi porządku.

Sorcha wstała, nie odrywając wzroku od wody, i wyciągnęła rękę, bo wiedziała, że on będzie stał tam, gdzie ona sięgnie.

„Przez całą wieczność nikomu innemu nie zaufała".

Co wcale nie znaczyło, że był godny pokładanej w nim wiary.

Devlin puścił jej dłoń, a Sorcha przeszła przez salę.

Ruszył za nią.

– Spójrz na nich. – Królowa wskazała punkt w powietrzu, gdzie zmaterializowała się kobieca postać. Śmiertelniczka była ładna: miała trójkątną twarz, jasnobrązowe włosy i oliwkowe oczy. W pokoju obok niej bawiło się dwoje dzieci. Chichotały, turlając się po podłodze.

– Młodsze szczenię stanowi problem. – Sorcha zamilkła, a jej twarz złagodniała; wyglądała, jakby zawładnęła nią tęsknota. Potem jej rysy zastygły, gdy obraz rozwiał się we mgle. Jednocześnie gwałtownie spadła temperatura powietrza. – Trzeba temu zaradzić.

– Mam je przyprowadzić?

Devlin umył ręce w lodowatej już wodzie, która płynęła przez aulę jego matki, siostry i królowej w jednej osobie. Nieraz zabierał rodzicom płaczące niemowlaki i przyprowadzał milczących artystów; przywodził muzyków oraz szaleńców przed oblicze królowej, ilekroć tego żądała. Łapanie śmiertelników i mieszańców nie było jednak najprzyjemniejszym zadaniem.

– Nie. – Spoglądała na niego przez długą chwilę. – Ten mieszaniec nie przekroczy granicy Krainy Czarów. Nigdy.

Sorcha ruszyła przed siebie, a brzegi jej spódnic nasiąkły wodą. Gdy zanurzyła bose stopy w lodowatym strumieniu, na ułamek sekundy przyjęła pierwotną postać: stała się wątłym płomieniem rozświetlającym chaos. Przypominające języki ognia włosy poruszały się na wietrze, który wiał wyłącznie na jej życzenie. Chłodna komnata zamieniła się w gęstą dżunglę, a potem w pustynię, by na koniec odzyskać dawny wygląd. A to wszystko odzwierciedlało myśli królowej – wyrażała je cała Kraina Czarów. Sorcha wpływała na kształt tego miejsca. Była źródłem wszystkiego, porządkiem i życiem. Nie decydowała jedynie o istnieniu swoim i Bananach – bliźniaczej siostry będącej jej przeciwieństwem.

– Co mam dla ciebie uczynić? – zapytał.

Sorcha na niego nie spojrzała.

– Czasami porządek wymaga ofiar.

– Mam zabić dziecko?

– Tak. – Mówiła głosem pozbawionym emocji, chociaż żądała odebrania tak bardzo młodego życia. Była ucieleśnieniem rozsądku, przekonana o swoim miejscu na świecie, pewna słuszności własnych decyzji. – To dziecko Mrocznego Dworu, córka Dzikiego Gonu, samego Gabriela. Jeśli przeżyje, nastąpią komplikacje. Nie mogę pozwolić, by tak się stało.

Weszła głębiej do wody. Wodospad zastygł w bezruchu. Tylko głos Jej Wysokości rozbrzmiewał w cichej auli.

– Napraw to, bracie.

Ukłonił się, chociaż ona nie oderwała oczu od zawieszonej w powietrzu ściany wody. Nie poświęciła mu uwagi także wtedy, gdy wychodził. A mimo to znała każdy jego ruch. Huk wodospadu przybrał na sile, gdy Devlin opuszczał korytarz.

„Wie, co robię, nawet wtedy, gdy nie patrzy". Devlin zastanawiał się czasami, jaką część jego życia znała Sorcha. Istniał, by jej służyć, z jej woli i u jej boku. Nigdy o tym nie zapominała. Bliźniaczki – Sorcha i Bananach – stworzyły go, pierwszego wróża, z ziemi i magii, bo takie miały pragnienie i taka kierowała nimi potrzeba. Obie płcie były niezbędne, by zachować równowagę.

„Nie jesteś ani synem, ani bratem – rzekła mu. – Tak jak ja nie masz rodziców".

Stworzyły go Porządek i Niezgoda. Połączyły siły ten jeden jedyny raz i wyrzeźbiły go niczym posąg z kamienia. Zbyt wiele jego rysów uczyniły zbyt ostrymi i zbyt wiele wygładziły. Dały mu zbyt pełne usta i zbyt zimny wzrok. Ale łączył ich najlepsze cechy. Podczas gdy włosy Bananach były czarne jak noc, a Sorchy przypominały żywy ogień, jego mieniły się wszystkimi kolorami tęczy. Oczy miał ciemne. Posiadł siłę Bananach, lecz nie odziedziczył ani krzty jej szaleństwa. Jak Sorcha był wysoki i kochał sztukę, ale nie wiązało się to ze słabością fizyczną królowej. Bliźniaczki obdarowały go niebywałym okrucieństwem połączonym z niezwykłą urodą.

A potem walczyły o jego lojalność.

Rozdział 1

Współczesność

Ani otworzyła boczne drzwi stajni, która trochę przypominała garaż. Gdy przemierzała ogromny budynek, wdychała wymieszane ze sobą zapachy benzyny i siana, spalin i potu. Poza tymi murami większość stworzeń przybierała postać pojazdów, ale tutaj, bezpieczne w swoim schronieniu, bestie wyglądały tak, jak chciały. Jeden z wierzchowców, przyczajony na półce skalnej pod świetlikiem, przypominał skrzyżowanie orła z lwem. Jego masywne ciało pokrywały zarówno pióra, jak i futro. W rzędzie stały różne motory, samochody i ciężarówki. Pewien nietypowy wierzchowiec był wielbłądem.

Ogar polerujący czarnego matowego harleya z mnóstwem chromowanych elementów oderwał wzrok od maszyny. Skrawek materiału, który ściskał w ręku, pochodził z Krainy Czarów – podobne tkaniny sprowadzano stamtąd specjalnie z myślą o wierzchowcach.

– Szukasz Cheli?

– Nie. – Zatrzymała się w przejściu, nie podeszła do niego ani do wierzchowca. – Nie Cheli.

Partnerka ojca potrafiła poprawić Ani samopoczucie, ale okazywała przy tym więcej matczynych uczuć, niż dziewczyna mogła znieść. Również Gabriel jako rodzic za bardzo przypominał śmiertelnika. Nie chciała mieć tu kopii ludzkiej rodziny. Prawdziwy dom stworzyli jej Królik i Tish, półludzkie rodzeństwo. Na Mrocznym Dworze spodziewała się innych zachowań: przez rok, który tu spędziła, pragnęła dołączyć do Dzikiego Gonu i stać się pełnoprawnym członkiem ojcowskiego stada. Ale nic takiego się nie wydarzyło.

Ogar przestał polerować motor, żeby na nią spojrzeć.

– Gabriela też nie ma.

– Wiem. Nie szukam nikogo konkretnego. – Ani podeszła do boksu. – Lubię to miejsce.

Ogar rzucił okiem na przejście prowadzące przez stajnię. Chociaż o tak wczesnej porze nie było tu nikogo innego, w pobliżu stało ponad dwadzieścia wierzchowców. Wszystkie uważnie ich obserwowały.

– Potrzebujesz czegoś?

– Jasne. – Ani oparła się o ścianę. Zachowałaby się niestosownie, gdyby zrezygnowała z flirtowania, chociaż oboje wiedzieli, że nie mogli posunąć się dalej. – Odrobiny zabawy. Odrobiny kłopotów. Przejażdżki…

– Jeśli szef się zgodzi… – jasnozielone oczy ogara błysnęły – …z chęcią cię zabiorę.

Wiedziała, że jej oczy emanowały tą samą energią, którą dostrzegła w jego spojrzeniu. Oboje byli potomkami Dzikiego Gonu. Stworzeniami, które niczym nieograniczone przemierzały świat w poszukiwaniu zemsty, siejąc strach. Byli zębami i pazurami Krainy Czarów, choć żyli w świecie śmiertelników. A Gabriel uczynił ich podwładnymi Mrocznego Dworu.

„Gabriel, który pożarłby każdego, kto tknie jego córkę".

– Wiesz, że nie wyrazi zgody – stwierdziła.

Jej ojciec dowodził. Wyznawał zasadę, że tylko ten, kto potrafi dorównać mu w walce, może umawiać się z jego córką.

„I robić inne rzeczy".

– Hej. – Ani spojrzała na ogara. – Gdybyś nie była jego córką, zaryzykowałbym, ale nie zamierzam wchodzić Gabe'owi w drogę.

Ani westchnęła, nie z powodu rozczarowania, ale dlatego że nawet nie mogła spodziewać się innej odpowiedzi.

– Wiem.

– Przekonaj go, że odrobina zabawy ci nie zaszkodzi, a będę pierwszy w kolejce. Obiecuję.

Ogar pochylił głowę, żeby musnąć jej usta. Pocałunek trwał ledwie sekundę, bo ktoś szarpnął ogara i cisnął nim w stronę boksu po drugiej stronie przejścia. Uderzył z hukiem o drewniane deski, więc nie było słychać większości przekleństw, które wykrzykiwał.

– Nie waż się tykać mojego szczeniaka. – Gabriel stał na środku stajni. Szczerzył zęby w uśmiechu, ale wyglądał groźnie. Oczywiście to on przewodził Dzikiemu Gonowi, więc zastraszanie było dla niego równie naturalne jak oddychanie.

Powalony ogar macał tył głowy, opierając się o drewniany boks.

– Cholera, Gabrielu. Nie dotknąłem jej.

– Twoje usta cię wyręczyły – warknął Gabriel.

Ani stanęła przed ojcem i szturchnęła go w pierś.

– Nie zachowuj się, jakby źle reagowali na mój widok.

Spiorunował ją wzrokiem, ale nie podniósł ręki.

– Jestem Gabriel. Przewodzę temu stadu i jeśli którykolwiek z nich chce stoczyć ze mną walkę o ciebie, niech tylko powie. – Powiódł wzrokiem od niej do leżącego na ziemi ogara.

– Odprawiłem ją z kwitkiem – zaczął się tłumaczyć ogar, który wciąż leżał na ziemi.

– Na pewno nie dlatego, że czegoś jej brakuje – warknął Gabriel.

– Nie, nie. – Ogar uniósł ręce. – Jest doskonała, Gabe… ale powiedziałeś, że znajduje się poza zasięgiem.

Gabriel podał rękę swojemu podwładnemu, nie patrząc na niego, a ten zerknął na Ani.

– Przepraszam… że cię, hmmm, dotknąłem.

Ani wywróciła oczami.

– Kapuś.

– Przepraszam, Gabrielu. To się nie powtórzy.

Ogar wskoczył na motor i odjechał z rykiem, który bardziej kojarzył się z pomrukiem zwierzęcia niż z dźwiękiem silnika harleya.

Przez sekundę w stajni panowała niczym niezmącona cisza. Nieruchome wierzchowce wstrzymywały oddech.

– Mój idealny szczeniak. – Gabriel zmierzwił włosy córki. – On na ciebie nie zasługuje. Podobnie jak pozostali.

Odepchnęła go.

– Wolałbyś, żebym umarła z głodu?

Gabriel prychnął.

– Nie głodujesz.

– Ale mogłabym, gdybym przestrzegała twoich zasad – mruknęła.

– Nie wymyślałbym ich tyle, gdybym wiedział, że się do nich zastosujesz.

Gabriel wymierzył cios, ale Ani z łatwością go uniknęła. Miły gest, w którym jednak nie było siły. Zawsze się hamował. To ją obrażało. Gdyby naprawdę należała do stada, walczyłby z nią tak samo jak z pozostałymi. Szkoliłby ją. „Zaakceptowałby mnie".

– Ojciec z ciebie do chrzanu, Gabe.

Odwróciła się i ruszyła ku wyjściu. Nie mógł skosztować jej uczuć, tak jak nie mogła tego uczynić większość członków Mrocznego Dworu. By się posilić, ogary potrzebowały dotyku. Dlatego też Dziki Gon siał strach i przerażenie, którymi żywiły się mroczne wróżki, a one w zamian pozwalały ogarom na kontakt fizyczny. Ani stanowiła wyjątek, bo potrzebowała jednego i drugiego.

„Beznadzieja".

– Ani?

Nie przystanęła. Nie zamierzała pokazać mu łez, które napływały jej do oczu. „Kolejny dowód słabości". Machnęła ręką przez ramię.

– Rozumiem, tatusiu. Nie jestem mile widziana.

– Ani.

Łzy spływały jej po policzkach, gdy przystanęła przy drzwiach plecami do niego.

– Obiecaj, że będziesz przestrzegała zasad, a może dostaniesz dziś wieczorem wierzchowca Che. – W jego głosie dało się słyszeć nadzieję. – Jeśli się zgodzi…

Ani odwróciła się i uśmiechnęła do niego.

– Serio?

– Jasne. – Nie drgnął, nie skomentował jej zapłakanej twarzy, ale głos mu złagodniał, gdy dodał: – I nie jestem ojcem do chrzanu.

– Może.

– Po prostu nie chcę myśleć, że pragniesz… różnych rzeczy… albo że możesz zrobić sobie krzywdę. – Gabriel złożył szmatkę, którą upuścił ogar; patrzył na nią zamiast na córkę. – Irial twierdzi, że nic ci nie grozi. A ja pytam. Staram się.

– Wiem.

Odrzuciła włosy do tyłu i zmusiła się, by zachować rozsądek. Czasami najbardziej doskwierała jej świadomość, że Gabriel się starał. Wiedziała, że wierzył w osądy Iriala, ufał Cheli i swojemu stadu. Nigdy nie wychowywał córki – minione miesiące, gdy miał ją przy sobie, po raz pierwszy pozwoliły mu sprawdzić się w roli rodzica. A ona z kolei nigdy wcześniej nie czuła głodu typowego dla ogara. Wszystko było nowe.

Później, po uzyskaniu pozwolenia Cheli, wysłuchaniu standardowego monologu o przestrzeganiu zasad Gabriela i obiecaniu, że nie odłączy się od sfory, Ani wróciła do stajni w towarzystwie ojca.

– Jeśli wierzchowiec Che zechce coś powiedzieć, poinformuje mnie, a ja ci wszystko przekażę. – Gdy Gabriel przypomniał Ani, że nie jest – i nigdy nie będzie – w stanie usłyszeć żadnej z bestii ogarów, w jego głosie pobrzmiewał złowieszczy pomruk. To znak, że czuł coraz silniejszą więź z członkami stada gromadzącymi się w przejściach.

Gdzieś z oddali dobiegło głośne wycie przypominające ryk wiatru. Ani wiedziała, że słyszały je tylko ogary. Mimo to zarówno wróżki, jak i śmiertelnicy dostawali wtedy dreszczy. Niektórzy czuli się tak, jakby nadjeżdżały wozy na sygnale, jakby karetki i radiowozy pędziły w ich stronę, zwiastując nagły zgon albo potworny wypadek.

„Dziki Gon rusza na łów".

Ani przebiegła wzrokiem po gromadzących się ogarach. Połyskiwały zielone oczy, świszczały głębokie oddechy. W pomieszczeniu nie było wierzchowców, tylko same wilki, które później będą biegały między kopytami w kłębowisku futer i kłów. Ale teraz wszystkie zwierzęta czekały posłusznie na znak Gabriela. Dopiero na jego sygnał ruszą pędem w pogoń za tymi, którzy okazali się na tyle głupi, by przykuć ich uwagę.

Narastające przerażenie sprawiało, że powietrze stało się ciężkie jak przed burzą. Ci, którzy nie należeli do sfory, będą walczyć o każdy oddech. Śmiertelnicy na pobliskich ulicach będą się kulić, czmychać do swoich nor albo chować się za najbliższym rogiem. Jeśli zostaną, nie ujrzą prawdziwego oblicza Dzikiego Gonu, a później wytłumaczą sobie, że doświadczyli trzęsienia ziemi?, burzy?, walki gangów? – z ignorancją, której ludzie zawsze tak kurczowo się trzymają. Najczęściej jednak uciekali. Taka była naturalna kolej rzeczy: ofiara umykała, drapieżnik ją ścigał.

Gabriel przemierzał pokój sprężystym krokiem i dokonywał oceny.

Gdy szykowali się do drogi, Ani poczuła na karku muśnięcie lodowatych palców. Przygryzła wargę, żeby powstrzymać się przed ponaglaniem ojca. Kłykcie jej pobielały, bo tak mocno ściskała drewnianą ścianę. Pod wpływem potwornego piękna zgromadzonych zadrżała.

„Gdyby byli moi… miałabym swoje miejsce".

Gabriel znalazł się u jej boku.

– Jesteś moim szczeniakiem, Ani. – Ujął jej twarz w swoją masywną dłoń. – Ogar, który będzie ciebie wart, musi się ze mną zmierzyć. Musi okazać się wystarczająco silny, żeby im przewodzić.

– Ja chcę im przewodzić – szepnęła. – Chcę zostać ich Gabrielem.

– Jesteś zbyt ludzka, żeby ich kontrolować. – Oczy Gabriela były przerażające. Ucieleśniał grozę, śmierć, nienazwane koszmary. – I masz zbyt wiele ze mnie, żeby nie należeć do sfory. Przykro mi.

Wytrzymała jego spojrzenie. Dzika część natury dziewczyny rozumiała, że z tego powodu nie może mieszkać z Królikiem: jej brat nie dorównywał ojcu bezwzględnością. Tak samo jak Tish. Jednak Ani rozpaczliwie pragnęła stać się taka jak Gabriel. Podobnie jak pozostałe ogary dosiadające wierzchowców wiedziała, że przywódca Dzikiego Gonu mógłby ją zabić, gdyby mu się sprzeciwiła. Takiego hamulca potrzebowała: dzięki temu przestrzegała zasad.

– Nie mogę odebrać ci Dzikiego Gonu. – Wyszczerzyła zęby. – Jeszcze nie. Ale może cię zaskoczę.

– Jestem dumny, że tego chcesz – powiedział.

Przez moment nie liczyło się nic poza podziwem wyzierającym z oczu ojca. Czuła, że odnalazła swoje miejsce. Tej nocy należała do stada. On to sprawił.

„Gdyby tylko zawsze tak było".

Jednak bezpańskie wierzchowce nie czekały za każdym rogiem, a domieszka ludzkiej krwi niszczyła jej marzenia o dorównaniu siłą Gabrielowi. Nigdy nie miała zostać jego następcą ani pełnoprawnym członkiem sfory.

„Poczucie przynależności..."

To jej nie wystarczało, ale choć na tyle mogła liczyć.

Nagle zawył i ten dźwięk był nieporównywalny z niczym innym na tym oraz tamtym świecie. Reszta stada odpowiedziała. Ona także.

Gabriel posadził ją na grzbiecie wierzchowca Cheli i warknął:

– Jedziemy.

Rozdział 2

Devlin wkroczył do prywatnego ogrodu Jej Wysokości. Gdy jego obute w sandały stopy dotykały ziemi, czuł wibracje. Czasami się zastanawiał, czy nie wyznać siostrze, że dostrzega jej trudno wykrywalne alarmy. Niemal całą wieczność poświęcił właśnie jej, istocie zrodzonej z logiki i porządku. Ona – podobnie jak Bananach – wiedziała, że każdego dnia, w każdej godzinie i w każdej chwili służył Krainie Czarów. Takiego dokonał wyboru. Przed sojuszem z przeciwniczką Sorchy powstrzymywała go jedynie siła woli.

„I uczucie".

Przy całym umiłowaniu logiki Niezmienna Królowa troszczyła się o niego. Tego był pewien.

– Królowo?

Podszedł do niej; czekał tylko sekundę, nim zrobił kolejny krok, by przekonać się, czy na jego drodze wyrosną splątane winorośle, czy też królowa stworzy dla niego przejście.

Gdy spojrzała w jego stronę, zarośla zniknęły i powstał wąski korytarz. Dzikie róże wyłaniały się spomiędzy roślin bez kolców i zostawiały maleńkie zadrapania na jego ramionach i stopach. Niekoniecznie zamierzała go zaatakować: Sorcha dawno przestała zwracać uwagę na to, że świat zmieniał się wedle jej woli. Było to dla niej tak naturalne jak bicie serca. A jeśli podświadomie raniła innych, tak widocznie miało być.

„To nic osobistego".

– Nie widzę go – szepnęła Sorcha. – Jest w tamtym świecie. A jeśli jest ranny? Grozi mu niebezpieczeństwo?

– Wiedziałabyś o tym – zapewnił ją Devlin. Robił to każdego dnia, odkąd opuścił ją Seth. – Wiedziałabyś, gdyby był ranny.

– Skąd? Skąd bym wiedziała? Jestem ślepa. – Królowa Porządku nie sprawiała wrażenia rozsądnej. Na jej spódnicy lśniły łzy. Włosy, zwykle równie jaskrawe co języki ognia, były blade i skołtunione. Od dnia, w którym Seth, nowo stworzony wróż, odszedł do świata śmiertelników, Sorcha coraz mniej przypominała siebie. – Muszę wiedzieć, że Seth jest bezpieczny. – Skrzyżowała ręce na piersiach i zapanowała nad drżeniem głosu. – Widzę ją, Królową Lata, i nie ma go przy niej. Dlatego wrócił. Dla niej. Powinna lepiej go traktować.

Przed Sorchą pojawiły się mgliste postaci. Gdzieś w świecie śmiertelników wróżki nie zdawały sobie sprawy, że są obserwowane. Spowity mgłą Devlin stał obok swojej królowej i przyglądał się ukazanemu obrazowi. Dopóki losy ludzi albo wróżek nie splatały się z jej losem, dopóty Sorcha mogła śledzić ich życie.

Królowa Lata, Aislinn, stała przed fontanną i rozmawiała z wodną wróżką, Aobheall. Rośliny wokół niej rozkwitały pomimo nastania jesieni. Na skrawku ziemi należącym do Letniego Dworu nigdy nie panowała zima. Krzewy kwitły poza sezonem, a wróżki tańczyły na zielonej trawie. Aislinn roześmiała się i przysiadła na brzegu fontanny. Gdy jedną ręką leniwie kreśliła wzory na wodzie, wodne lilie otwierały pąki.

Aobheall wylegiwała się w fontannie. Przypominała ożywiony półnagi grecki posąg. Woda tworzyła wokół niej mały wodospad.

– To chyba ta sukienka, którą miałaś na sobie kilka miesięcy temu. Możemy pójść na zakupy albo… – Aobheall pochyliła się. – …zamówić jakąś nową kreację.

– Sama nie wiem. – Królowa Lata zerknęła przez ramię na kilku członków Letniego Dworu, którzy splatali kwiaty w girlandy. – Czy mój strój w ogóle ma znaczenie?

Aobheall zmarszczyła czoło.

– Powinien mieć, Aislinn.

– Wiem… i… wybrałam szczęście, tak?

Zbyt promienny uśmiech rozjaśnił twarz Królowej Lata. Władczyni rządziła zaledwie przez jeden ludzki rok, ale w tym czasie uczestniczyła w konfliktach między dworami, została zaatakowana, straciła przyjaciela na Mrocznym Dworze i próbowała ogarnąć całe wieki rywalizacji, paktów i dawnych waśni. Wbrew logice Devlin zapragnął wysłać do niej kompetentnych doradców. Stłumił jednak to pragnienie. Królowa Lata nie była dla niego najważniejsza.

Sorcha dźgnęła palcem mglisty obraz, na którym od razu pojawiły się zmarszczki.

– Jak może być szczęśliwa, skoro on nie jest?

– Wybiera pogoń za szczęściem dla dobra swojego dworu – zauważył. – Co nie znaczy, że naprawdę się raduje. Nie możesz winić jej za to, że chce jak najlepiej dla swoich podwładnych.

Sorcha najwyraźniej miała odmienne zdanie. Świadczyły o tym cierniste gałęzie, które tak długo rosły i splatały się ze sobą niczym nici na krośnie, aż oddzieliły Sorchę od Devlina.

– Wytłumacz, bracie. – Jej głos brzmiał słabo, jakby nie należał do pewnej siebie królowej, którą znał od swych narodzin.

– Lato powinno przynosić radość – zwrócił się do siostry, chociaż nie oderwał wzroku od Królowej Lata. Miała cienie pod oczami, jakby za mało sypiała, a coś w jej postawie kontrastowało z atmosferą zabawy panującą w parku. Sorcha powinna była wziąć przykład z Aislinn, która zachowała swoje zmartwienia dla siebie. Oczywiście różnica polegała na tym, że Jej Wysokość w ogóle nie powinna się niczym zadręczać. Wahania nastrojów nie przystawały Wysokiemu Dworowi: zakłócały porządek.

– Chcę, żeby wrócił do domu – wyszeptała Sorcha. – Ich świat jest niebezpieczny. Bananach rośnie w siłę. Dwory są skłócone. Jeśli wybuchnie wojna, świat śmiertelników na tym ucierpi. Pamiętasz czasy, gdy była silna, bracie? Śmiertelnicy tak łatwo umierali. On zejdzie jej z drogi… Jeszcze niedawno był człowiekiem. Musi przebywać tutaj, gdzie nic mu nie grozi.

– Już niedługo.

Devlin spojrzał w stronę ciernistych gałęzi, które otulały królową niczym płaszcz. Chciał ją pocieszyć, powiedzieć, że może na niego liczyć, ale okazywanie niestosownych emocji zawsze ją raziło. Całe życie ukrywał uczucia, które dowodziły, że tak naprawdę nie należał do Wysokiego Dworu ani do niej i nie zasługiwał, by doradzać Królowej Rozumu. Reszta mieszkańców Krainy Czarów mogła nie zdawać sobie sprawy, że przepełniały go nielogiczne emocje, ale Sorcha wiedziała o tym od zawsze. I uważała to za wstrętne.

W milczeniu obserwowała przejrzyste sylwetki. Na zamglonym obrazie Królowa Lata drgnęła nagle i spojrzała w górę. Uśmiechnęła się z nadzieją. Ten, kogo ujrzała, pozostawał dla nich niewidoczny. W okamgnieniu Aislinn także zniknęła.

– Jest tam – mruknęła Sorcha. – Z nią.

– Być może. – Niewielu pozostawało niewidocznych dla oczu Sorchy, w tym także ci, których Devlin przed nią ukrył. Tym razem postawił jednak na Setha.

– Myślisz, że ma się dobrze? – Sorcha spojrzała Devlinowi w oczy. – A jeśli potrzebuje kogoś, z kim mógłby porozmawiać... albo przyborów do tworzenia... albo chce wrócić do domu? Może tęskni. Może jest nieszczęśliwy. Skąd mam wiedzieć?

– Odwiedzę go raz jeszcze.

Devlin wolał zatrzymać Setha w Krainie Czarów, ale Sorcha zostawiła chłopakowi wybór. On postanowił wrócić do świata ludzi, w którym żyła jego ukochana Królowa Lata. Devlin protestował. Zabicie Setha albo zatrzymanie go w Krainie

Czarów byłoby lepszym rozwiązaniem dla Sorchy – a zatem dla wszystkich.

– Może powinieneś tam zostać. – Chociaż głos Jej Wysokości nie brzmiał inaczej niż zwykle, w Devlinie narastał niepokój. Przez całą wieczność Sorcha wysyłała go wyłącznie na krótkie wycieczki.

– Zostać?

Ostatnio Devlin zbyt często podróżował do świata śmiertelników, a skoro dzień w Krainie Czarów odpowiadał tygodniowi w świecie śmiertelników, miał kłopoty z poczuciem czasu. Emocje, które łatwiej trzymał na wodzy w Krainie Czarów, gdy trwał u boku swojej królowej, coraz częściej dawały o sobie znać. Sen nie przynosił mu wypoczynku, więc był zmęczony – i podatny na emocje.

– Zostawiłabyś mnie w świecie śmiertelników? – wymówił wolno kolejne słowa.

– Tak. Na wypadek gdyby cię potrzebował. Tam… jesteś przydatny bardziej niż tutaj.

Wpatrywała się w niego tak, jakby oczekiwała sprzeciwu. A on chciał zaprotestować. Wiedział, że nie chodziło wyłącznie o bezpieczeństwo Setha. Królowa coś przed nim ukrywała.

– Jest z Irialem i Niallem, moja królowo. Gdy nie przebywa w towarzystwie Królowej Lata, chroni go Mroczny Dwór. Na pewno…

– Odmawiasz wykonania moich rozkazów? W końcu postanowiłeś mi się sprzeciwić?

Ukląkł.

– Czy kiedykolwiek odmówiłem wykonania twojego polecenia?

– Działałeś bez moich wytycznych, ale czy wbrew nim? Tego nie wiem, Devlinie. – Jej łagodne westchnienie przypominało szept wiatru. Pod wpływem tego dźwięku ogród jakby wstrzymał oddech. – Ale mógłbyś. Jestem tego pewna.

– Wykonam rozkaz – oświadczył bez wdawania się w szczegóły. Gdyby powiedział całą prawdę, doszłoby do dyskusji, której unikał od czternastu ludzkich lat. Wówczas musiałby jej wyznać, że nie zabił młodego mieszańca.

„Wykroczenie, za które mógłbym zostać skazany, porzucony, wygnany z Krainy Czarów… i słusznie". Zaczęło kiełkować w nim uczucie, które utożsamiał z poczuciem winy.

„Należę do Wysokiego Dworu. Wykonuję polecenia Sorchy. Nigdy więcej nie zawiodę królowej" – powtarzał w myślach swoją codzienną mantrę. A na głos dodał:

– Nie odmawiam, ale jestem twoim doradcą, moja królowo, i w związku z tym uważam, że nie powinienem zostawiać cię samej w takim stanie…

– W jakim stanie?

Postawa Devlina wyrażała posłuszeństwo, ale spojrzał jej w oczy z zuchwałością, na którą nie mógł pozwolić sobie nikt inny w Krainie Czarów.

– Poruszenia.

Zignorowała jego diagnozę i rzekła tylko:

– Powiedz mu, że chciałabym, żeby wrócił do domu. Zostaniesz tam tak długo… jak długo będzie cię potrzebował.

– Jestem na twoje rozkazy, moja królowo.

– Czyżby? – Sorcha pochyliła się w stronę ciernistego muru, który ją otaczał. Kolce zniknęły, nim zdążyły ją zranić. Potem gałęzie zaczęły wyrastać z ziemi tuż przy jego kolanach; oplatały stopy królowej, pięły się po jej ciele i pełzły po rękach ku palcom. Sorcha uniosła dłoń i przycisnęła do jego policzka, tak że ciernie przekłuły skórę ich obojga. – Naprawdę należysz do mnie, bracie?

– Tak.

Nie cofnął się.

– Spotkasz ją.

Krew Sorchy kapała na skórę Devlina i mieszała się z jego własną krwią. Czerwona ciecz, którą mu ofiarowała, wnikała w jego ciało. Tak jak bliźniaczki, które go stworzyły, Devlin żywił się krwią. I potrzebował życiodajnych soków zarówno Porządku, jak i Niezgody.

– Spotkam Bananach – przyznał Devlin – ale ona mi nie rozkazuje. Tylko ty. Służę Niezmiennej Królowej, Wysokiemu Dworowi, Krainie Czarów.

Pnącze napełnione krwią przez Jej Wysokość oplotło Devlina.

– Na razie. – Sorcha musnęła jego policzek. – Ale nic nie trwa wiecznie. Wszystko się zmienia. My się zmieniamy.

Devlin nie mógł się odezwać. Nigdy wcześniej jego matka i siostra w jednej osobie nie okazała mu tyle uczucia. Nie był pewien, czy się cieszyć, czy martwić. Nie postępowała rozsądnie. Zastanowiło go, czy pozwoliła dojść do głosu burzliwym emocjom. Gdyby nadal kierowała się logiką, z pewnością lepiej by je ukryła.

– Wszystko się zmienia, bracie – wyszeptała Sorcha. – Idź do Setha i… uważaj na Wojnę. Wolałabym, żeby nie stała ci się krzywda.

Otworzył usta, żeby zadać pytanie, ale odwróciła się od niego i zostawiła w swoim pogrążonym w ciszy ogrodzie.

Rozdział 3

Chociaż Ani wiedziała, że czeka ją kolejne bolesne doświadczenie, udała się do domu Króla Mroku. Wiedziała, że to nie będzie przyjemne.

Irial ściskał oburącz jej dłoń. Nieco podnosiło ją to na duchu.

– Jesteś gotowa?

– Zrób to. – Ani wyciągnęła rękę w kierunku dawnego Króla Mroku. Wbijała wzrok w tapetę w lilie, w migoczące płomienie świec, byle tylko nie patrzeć na wróża siedzącego obok niej. – Weź wszystko, czego potrzebujesz.

– Tylko trochę, Ani. – Ścisnął jej dłoń, zanim puścił. – Gdyby istniał inny sposób…

– Jesteś moim królem. Dam ci wszystko, czego zażądasz. Zrób to.

Obserwowała, jak wbija cienką rurkę pod jej skórę. Siniaki po poprzednich nakłuciach zdobiły ciało Ani niczym ślady po namiętnych pocałunkach.

– Już nie jestem twoim królem. Niall włada Mrocznym Dworem.

– Nieważne. – Ani nie dodała, że zbyt często musiała zmagać się z poczuciem straty. I chociaż Irial zrezygnował z tronu, nadal mógł liczyć na jej lojalność – podobnie jak wielu innych mrocznych wróżek. Nie przewodził im dłużej, ale nadal się nimi opiekował i załatwiał sprawy, które wyprowadzały z równowagi obecnego Króla Mroku. Irial niańczył Nialla.

Natomiast okres ochronny Ani dobiegł końca. „Ostatecznie". Odkąd Irial dowiedział się, że dziewczyna może – a wręcz musi – karmić się zarówno dotykiem, jak i emocjami, zaczął szukać sposobu, jak wykorzystać tę umiejętność na potrzeby Mrocznego Dworu. Mieszaniec nie powinien łaknąć żadnej z tych rzeczy, a już na pewno nie obu naraz. Jakby tego było mało, Ani jako jedyna potrafiła żerować na śmiertelnikach. Irial uznał więc, że jej krew doda sił całemu dworowi i uczynił z niej królika doświadczalnego.

„Wcale mi to nie przeszkadza. Robię to dla mojego dworu. Dla Iriala".

– Jeszcze? – zapytała.

– Tylko trochę. – Irial chwycił w zęby korek i otworzył kolejną fiolkę. Nie wypuszczając go, dodał: – W dół.

Opuściła rękę, raz za razem zaciskając pięść, żeby krew szybciej płynęła. Nie była pewna, czy to pomaga, ale po prostu nie potrafiła siedzieć bezczynnie. Musiała chociaż stworzyć złudzenie, że coś robi. I tym razem wcale nie było jej łatwiej, chociaż już wiele razy oddawała krew.

Wolną ręką wyjęła korek z jego ust.

– Trzymam. Weź kolejną.

Gdy fiolka się napełniła, Irial chwycił pustą probówkę ze stojaka. Jak tylko ją otworzył, zastąpił nią poprzednią.

– Możesz?

W milczeniu wzięła szklany pojemnik w tę samą dłoń, w której ściskała korek. Ustawiła go obok pozostałych i zatkała.

– To już ostatnia – mruknął Irial. – Świetnie ci idzie.

Ani utkwiła wzrok w pustym miejscu na szóstym stojaku; pozostałe wypełniały fiolki wypełnione jej krwią.

– To dobrze.

Irial podał dziewczynie ostatnią próbkę i pocałował zaczerwienione miejsce po nakłuciu. Żadne z nich nie odezwało się słowem, gdy ustawił fiolkę na miejscu i podszedł z całym zgromadzonym materiałem genetycznym do drzwi, gdzie czekała wróżka niewidoczna dla oczu Ani.

Ukrywali ten eksperyment przed Niallem i Gabrielem. Dla Ani była to tylko jedna z miliona rzeczy, które zrobiłaby dla byłego Króla Mroku. Na prośbę Iriala pozwoliła zaufanemu ostowemu wróżowi objąć się pewnego szczególnie niemiłego wieczoru. Dotykał jej włosów i skóry. Gdyby wszyscy na Mrocznym Dworze poznali prawdę o eksperymentach Iriala i odkryli, czemu próbował skopiować jej kod genetyczny, znalazłaby się w niebezpieczeństwie.

„Podobnie jak Iri".

Kilka wróżek wiedziało o jej nietypowych cechach – za co była wdzięczna. Jednak chociaż Niall był świadomy, że

Ani różni się od pozostałych wróżek, nie miał pojęcia o doświadczeniach Iriala. Sądził, że jej niezwykłość pozostawała tajemnicą dla tych, którzy mogliby ją zabić, wykorzystać bądź uczynić z niej obiekt kultu. Niall był ludzkim Królem Mroku. Pozwalał swoim wróżkom robić to, co muszą, ale przy tym trzymał je na smyczy.

Jednak w czasach, gdy Bananach – zwiastun wojny – rosła w siłę, taka powściągliwość stwarzała zagrożenie. Dwory rezydujące w świecie śmiertelników były o krok od przemocy. Z jednej strony zaogniający się konflikt zapewniał pożywienie Mrocznemu Dworowi, który karmił się niekontrolowanymi emocjami, ale z drugiej – narażał tych, którzy byli bliscy Ani. Jednak spory między dworami i pogłoski o zbliżającym się końcu nie martwiły dziewczyny dopóty, dopóki nie godziły w jej dwór.

„A Bananach nie oszczędzi Mrocznego Dworu ani świata ludzi, w którym mieszka moja rodzina".

Irial postępował tak samo jak wtedy, gdy był królem: zamiatał śmieci pod dywan, zawierał porozumienia, naginał zasady. Jednak ta, którą ostatnio nagiął, dotyczyła bezpieczeństwa Ani.

„Za moim przyzwoleniem".

Kiedy Irial wrócił do pokoju, obserwowała go bacznie. Pomimo całego uwielbienia, którym go darzyła, wiedziała, że rzadko pozwalał sobie na słabość albo czułość. Gdyby łatwo ulegał naciskom, nie zasiadałby na tronie dworu koszmarów przez stulecia.

– Wiesz, że nie robiłbym tego, gdybym miał inne możliwości. – Nie kłamał, ale także nie był z nią do końca szczery. W sytuacji, gdy nie istniało lepsze rozwiązanie gwarantujące bezpieczeństwo jego dworowi, nie zamierzał rezygnować z eksperymentów. Wiedziała, że Irial posunie się do ostateczności, jeśli zajdzie taka potrzeba.

Traktował ją jednak jak niemądre dziecko, które łatwo zwieść słowami.

„Może jestem głupia, ale nie naiwna ani niewinna. Niełatwo wywieść mnie w pole".

Oparła się o ścianę. Widziała nieostro.

– Przez całe życie dbałeś o moje bezpieczeństwo. O bezpieczeństwo Tish… i Królika… i… jest dobrze. Spoko.

Świat wokół niej zawirował. Przed dzisiejszym eksperymentem musiała pościć; doprowadziła się więc do skrajnego wyczerpania. Znosiła gorsze rzeczy. Po prostu teraz nie czuła się najlepiej.

Irial podszedł do kominka, żeby dorzucić drwa do ognia, chociaż tak naprawdę chciał zapewnić jej prywatność w chwili słabości.

– W porządku? – zapytał.

– Jasne.

Usiadła, bo słaniała się na nogach. Najczęściej posilała się tylko w takim stopniu, by nie umrzeć z głodu. Przez pierwsze miesiące walki z łaknieniem żerowała na ludziach i mieszańcach. Odkąd Gabriel otoczył ją opieką, była maksymalnie ograniczona. Dochodziło więc do sytuacji, w których głód sprawiał jej fizyczny ból. Emocje, którymi dzielił się z nią Irial, i odrobina kontaktu fizycznego na dworze, na który niechętnie godził się Gabriel, ledwie zaspokajały jej potrzeby.

Irial w zamyśleniu przesunął rękę po marmurowym kominku – jak wszystko w tym domu wykonanym ze smakiem. Ostre krawędzie i gładkie łuki przyciągały uwagę Ani, ale nie podeszła do paleniska ani do stojącego przy nim wróża. Zamiast tego stanęła obok białych skórzanych foteli i przeciągnęła palcem po liniach szarych lilii ledwie widocznych na ścianach.

– Wiem, że to... dla ciebie trudne, szczeniaku.

Chociaż Irial zachował dystans, podzielił się z nią swoimi emocjami; zapewnił jej pożywienie w zamian za to, co straciła. Ani napotkała jego spojrzenie.

– Usprawiedliwiasz się Gabrielowi, kiedy musi ukarać wróżki, które na to zasłużyły?

Gra światła i cieni nadała byłemu Królowi Mroku złowieszczy wygląd. Niemniej panował nad sobą.

– Nie.

– Więc daruj sobie. Dla mojego dworu zrobię wszystko, co muszę.

Chociaż kusiło ją, żeby skrzyżować ręce, powstrzymała się. Nakazała sobie zachować spokój, chociaż on doskonale wiedział, jak bardzo jest poruszona. Mroczne wróżki nie mogły karmić się emocjami śmiertelników, ale w żyłach Ani płynęła także krew jej nieludzkich przodków.

Nie była pewna, czy dałaby sobie radę w stadzie, gdyby nie Irial. Pomagał jej zmagać się ze zmianami i karmił, kiedy głodowała.

Właściwie bez jego wsparcia zginęłaby dawno temu. Na szczęście Irial chronił ją, Tish i Królika przez większość ich życia.

Pozwoliła mu poczuć nagły przypływ wdzięczności i szepnęła:

– Służę Mrocznemu Dworowi. Wiem, że masz swoje powody.

– Jeśli znajdziemy sposób, by przefiltrować twoją krew, nikt nie powstrzyma naszego dworu; Niall będzie bezpieczny i… – zamilkł. W jego słowach rozbrzmiewała nadzieja. Jako jeden z nielicznych wróży Irial radził sobie z najnowszymi osiągnięciami nauki. Gdyby wyodrębnili z jej krwi nietypowy składnik i przekazali go pozostałym, podwładni Mrocznego Dworu mogliby żerować zarówno na wróżkach, jak i na śmiertelnikach. Zaspokoiliby głód. Wcześniej realizowali inny plan, a mianowicie łączyli śmiertelników z wróżkami za pomocą tatuaży. Jednak wymiany atramentu spowodowały niespodziewane komplikacje.

– Jasne.

Ani wstała. Znała jego teorie nie od dziś, a nie przypuszczała, żeby powiedział jej coś nowego.

– Możesz nas ocalić – powtórzył.

Ani nie była tego pewna. Oczywiście wróżki nie mogły kłamać, ale znajdywały swoje sposoby, by ominąć tę niedogodność. Jeśli Irial w coś wierzył, mógł o tym mówić z przekonaniem. Tak jak teraz: miał nadzieję, że jej krew może ocalić Mroczny Dwór, więc ją wyrażał. Nie znaczyło to jednak, że rzeczywiście taki scenariusz jest realny.

– Wrócę innym razem. Dasz mi znać… jeśli będziesz mnie potrzebował? – Skrzyżowała ramiona na piersi, jakby chciała opanować drżenie.

– Twój dwór potrzebuje cię każdego dnia, Ani. Nikt inny nie potrafi żywić się zarówno dotykiem, jak i emocjami. Nikt inny nie może żerować zarówno na wróżkach, jak i na śmiertelnikach. Ty jesteś odpowiedzią.

Irial objął ją i pocałował w czoło. Podobne drobne gesty tak silnego wróża łagodziły targający nią głód znacznie skuteczniej niż dotyk słabych wróżek czy ludzi.

Ani trwała nieruchomo, wdzięczna nawet za ten delikatny kontakt fizyczny. Irial pogłaskał jej włosy.

– Dzięki tobie mogę dotrzymać słowa i zaprzestać wymian atramentu, mogę chronić króla… Potrzebujemy cię, szczeniaku.

Spojrzała na niego.

– Dopóki Gabriel i Niall się nie dowiedzą?

– Na razie musi tak zostać. – Irial się odsunął, ale nadal opierał ręce na barkach dziewczyny. Potem rozprostował jej skrzyżowane ramiona i ujął jej dłonie, powtarzając te same zapewnienia, którymi karmił ją przez ostatnie miesiące: – Ale to się zmieni. Jak tylko odkryjemy wyjątkowy składnik twojej krwi, wszyscy zrozumieją, dlaczego to robimy.

Skinęła głową. Irial odprowadził ją do drzwi.

– Potrzebujesz czegoś?

„Wszystkich tych rzeczy, których nikt mi nie da”.

Ani się nie odezwała. Uściskała go tylko. Już nieraz odmawiał, dlatego wiedziała, że nie dostanie od niego tego, czego naprawdę pragnie. Irial nie chciał wpuścić jej do łóżka ani zmusić Gabriela, żeby pozwolił jej umawiać się z ogarami.

– Muszę lecieć – mruknęła Ani i czym prędzej odwróciła się do niego plecami. Kusiło ją, by zacząć go błagać, ale się powstrzymała. Irial uchronił ją przed głodowaniem, ale nie zaspokoił wszystkich jej apetytów. Będzie musiała zatem poszukać smakowitych kąsków gdzie indziej.

„Znowu".

Rozdział 4

Rae weszła do maleńkiej kuchni wyśnionej przez Ani. Dziewczyna opierała się o framugę drzwi. Wspomnienia odżyły, choć minęło tyle czasu. Ani wciąż na nowo wracała w snach do tej chwili. Rae czekała na rozwój wydarzeń.

– Opowiesz mi o niej? – zapytała Ani siostrę.

– O kim? – Tish oderwała się od zadania z matematyki, trzymając w powietrzu ołówek.

– Przecież wiesz. O niej.

Ani robiła gwiazdy na sofie. Korzystała z okazji, bo wiedziała, że jak tylko Królik wróci z salonu tatuażu, zabroni jej podobnych zabaw.

– Miałam sześć lat. Nic nie pamiętam. – Tish przewróciła oczami. – Tylko tyle, że była miła. Czytała książki. Pamiętam też koc, który podarował jej tata. I włosy, jasnobrązowe jak twoje.

– Tata ją odwiedzał?

– Mhm. – Tish zakończyła temat. Wypełniał ją smutek, który próbowała ukrywać. – Idź poczytać albo zajmij się czymś innym, Ani.

Rozległ się dźwięk skrobania ołówka po papierze, podobny do tego, który wydawały karaluchy biegające po podłodze albo ścianach. Między innymi dlatego Ani nienawidziła szkoły. Jednak Tish nigdy nie zdawała sobie sprawy, ile hałasu robił jej ołówek. Jej uszy nie działały jak trzeba.

Ani zrobiła jeszcze jedną gwiazdę i wyrwała ołówek z ręki siostry.

– Berek.

– Oddawaj.

– Jasne... jak tylko mnie złapiesz.

Tish zerknęła na zegar, po czym prychnęła.

– Uważaj, bo jeszcze mi uciekniesz.

I Ani popędziła, choć nie tak szybko, jak potrafiła, bo nie chciała sprawić przykrości Tish. Nigdy celowo jej nie zasmucała.

Ani zawsze troszczyła się o siostrę. Jednak ostatnio coraz częściej skupiała się na dzielących je różnicach.

– Co u niej słychać? U twojej siostry? – zapytała Rae.

Ani ją zauważyła

– Tish ma się dobrze. Tęsknię za nią.

– A ty? Też masz się dobrze?

Rae sprawiła, że w pokoju pojawiła się sofa podobna do tej, która stała dawniej w salonie dziewczyny. Ani usiadła na poręczy, bez trudu zachowując równowagę.

– Przeważnie.

Ani uciekła wzrokiem. Nie kłamała – nie mogła. „Nawet tutaj". Obie tkwiły w jej umyśle, ale ponieważ Rae tkała sny, wszystko to działo się naprawdę. „A każda rzeczywistość wymaga od wróżek przestrzegania pewnych zasad".

– Przeważnie? – Rae wyobraziła sobie filiżankę herbaty i tacę z tartinkami, ciastkami i innymi łakociami. W snach mogła zmieniać otaczający ją świat, dlatego przysmaki pojawiły się, gdy tylko o nich pomyślała. – Może masz ochotę na babeczkę?

Ani wzięła jedną w milczeniu.

– To dziwne śnić o jedzeniu.

– Potrzebowałaś pocieszenia, więc wyśniłaś jedzenie – wyjaśniła Rae. W przeciwieństwie do wróżek ona mogła kłamać do woli. – Przejęłaś się siostrą. To ma sens.

Dziewczyna zsunęła się z poręczy sofy na siedzisko.

– Chyba tak.

Gdy Ani siedziała w milczeniu i jadła, Rae rozkoszowała się namiastką normalności. Gdyby dziewczyna zrozumiała, że Rae nie jest wytworem jej wyobraźni, ich rozmowa dobiegłaby końca. Ale Ani śniła o niej od dziecka, więc obecność Rae była czymś naturalnym.

– Chyba jestem samotna. – Ani przyciągnęła kolana do piersi i objęła je rękami. – A rozłąka z Tish jest... niewłaściwa. Może ona mnie potrzebuje. Co będzie, jeśli...

– Została sama?

– Nie, ale mimo to...

Ani ucichła, gdy otoczyły je zniekształcone obrazy utkane ze strachu. Wróż bez twarzy sięgający po Tish. Zakrwawione ręce wyciągnięte do Królika. Matka Ani, Jillian, leżąca bez życia przed kredensem. Ani znalazła się w potrzasku, gdy wróż bez twarzy ruszył w jej stronę.

Rae nie stworzyła żadnej z tych potworności. Powstały w wyobraźni Ani. Tutaj, gdzie czuła się bezpiecznie, dziewczyna przywoływała wspomnienia i lęki.

– To nie wydarzyło się naprawdę – przypomniała jej Rae. – Żadna z tych rzeczy. Nie wiesz nawet…

– Była tam, a potem zniknęła. – Ani zerknęła na Rae. – Pojawił się potwór. Musiał się pojawić. Zabrał ją… i coś jej zrobił. Zranił ją. Zabił. Na pewno. Gdyby żyła, wróciłaby do domu. Nie zostawiłaby nas. Kochała nas.

– Jesteś stworzeniem, które powinno siać strach, zamiast mu ulegać. – Rae skoncentrowała się na zmianie scenerii. Usunęła wróża bez twarzy, martwą matkę i drżące dziewczynki. Pozbyła się wszystkiego; miała nadzieję, że także strachu Ani. – Opowiedz mi o swoim dworze – poprosiła. – Pomyśl o nim. Powiedz, jak radzisz sobie wśród ogarów.

– Znów z nimi jeździłam. Wilki biegały u naszych stóp, wierzchowce przypominały cienie… Gdy to się dzieje, jest idealnie. Chcę, żeby zawsze tak było… Chcę mieć wierzchowca. Chcę być silna. Chcę… och… chcę wszystkiego.

Oczy Ani zalśniły dziwną zielenią typową dla bestii Dzikiego Gonu. Chociaż jej rodzice pochodzili z różnych światów, dziewczynie było pisane życie wśród wróżek. Rae wiedziała o tym od początku.

Ani nie miała pojęcia o przysięgach, które złożono i złamano, by mogła żyć. Ale Rae tak. Pamiętała o nich, ilekroć Devlin ucinał rozmowy o młodym mieszańcu, ilekroć odmawiał spotkania. Oszczędzili Ani. Nadchodził czas, gdy będą musieli zmierzyć się z nieuniknionymi konsekwencjami.

Rae ścisnęła dłoń Ani. W krainie snów mogła dotykać innych.

– Trochę cierpliwości.

Ani wskazała siebie.

– Jestem ogarem. Czego się spodziewasz?

– Właśnie tego – przyznała Rae.

Ani ruszyła przed siebie. Dla niej to był tylko kolejny sen, podczas którego jej umysł zmagał się ze strachem i niepokojem. A w tej chwili Ani nie chciała mierzyć się z tymi uczuciami – dlatego odeszła.

Rae ruszyła za nią przez rozległy, zacieniony las. Czas uciekał, a zarówno Devlin, jak i Ani nie mogli znaleźć swojego miejsca. „A mnie nie wolno im powiedzieć, bo wszystko bym popsuła".

Z głębi gęstwiny dobiegł wilczy zew. Niskie gałęzie drzew rozstąpiły się i Rae usłyszała dudnienie łap uderzających o ziemię pokrytą igłami. Rae zadrżała, gdy zwierzęta podeszły bliżej. Ani westchnęła: wilki dodawały jej otuchy.

Dziewczyna odwróciła się, żeby spojrzeć na Rae, i wypaliła:

– Myślisz, że potwór należał do Wysokiego Dworu? Oni nas nienawidzą. Kradną mieszańce. Są straszni.

– Tak cię malują, jak cię widzą. – Rae zesztywniała, gdy oczy wszystkich wilków w lesie zalśniły jaskrawą zielenią. – Śmiertelnicy piszą opowiadania o pięknie Krainy Czarów, o delikatnych wróżkach z innych dworów i o demonach z twojego dworu.

– On nie należał do mojego dworu. Tego jestem pewna.

Ani przykucnęła na ścieżce, a wilki zaczęły wyłaniać się z gąszczu. Ich pyski uderzały Ani i Rae, obie czuły miękkość zwierzęcych futer. Wycie przeszło w kakofonię nieokreślonych dźwięków. Ani rozpostarła ramiona. Stworzenia zaczęły krążyć wokół nich, błyskając białymi zębami i zielonymi oczami, utworzyły kłąb piżmowego futra i warczących pysków. Biegały coraz szybciej, ocierając się o Ani.

Rae wyobraziła sobie siebie poza kręgiem, na ścieżce w oddali.

Jeden po drugim wilki zaczęły skakać na Ani i zanurzać się w ciele dziewczyny. Stanowiły tę część jej natury, która mogła zmienić świat, jeśli tylko zdoła dojść do głosu.

„Jeśli". Najgorsza była świadomość, że przyszłość, której tak rozpaczliwie pragnęła Rae, zależała od tego niepewnego słowa. Całym sercem życzyła sobie, by losy mieszańca potoczyły się tak, jak chciała. Wówczas Rae zyskałaby niezależność. „Proszę, Ani".

– Mam nadzieję, że zdołasz mu wybaczyć – szepnęła Rae. – On nie jest potworem. Podobnie jak ty.

Zaraz potem opuściła sen Ani.

Po pobycie w wyimaginowanym lesie jej jaskinia wydała się jeszcze ciaśniejsza. Rae krążyła po niej, licząc na głos kroki, jakby wypowiadanie kolejnych liczb mogło powiększyć przestrzeń.

Rae należała do świata ciemności i snów, ale w ciągu minionych tygodni Sorcha pozwalała jedynie na kilka godzin mroku dziennie. Księżyc, nieustannie w pełni, zalewał Krainę Czarów srebrnym światłem tak jasnym, że można było odnieść wrażenie, iż dzień nie ma końca. A jasność uniemożliwiała Rae opuszczanie jaskini. Tkwiła więc w niej jak w celi więziennej.

– Rae?

Devlin stał w wejściu do jaskini. Opromieniało go światło z zewnątrz, przez co wyglądał jeszcze bardziej nieziemsko. Grube kosmyki opadające swobodnie na twarz wróża łagodziły odrobinę jej ostre rysy, ale nie na tyle, by nadać mu ludzki wygląd.

– Przyszedłeś.

Rae zmieniła wygląd, żeby dopasować się do bardziej oficjalnego wizerunku gościa. Wybrała bladoróżową suknię do ziemi, dopasowaną w talii, ze skromnym dekoltem. Niemal sięgające ziemi włosy upięła za pomocą pozłacanych grzebieni. Poza nimi miała tylko jedną ozdobę – zawiązaną ciasno na szyi czarną wstążkę z kameą. Gdyby Devlin lepiej się przyjrzał, zauważyłby, że w kości słoniowej wyryto jego podobiznę. Poważna twarz wróża złagodniała.

– Nie musisz się dla mnie przebierać.

– Wiem – odparła, choć się z nim nie zgadzała. Musiała się stroić, żeby ujrzeć ten upragniony uśmiech.

Mięśnie jego ramion były napięte do granic możliwości.

– Idę odwiedzić świat śmiertelników.

Rae znieruchomiała.

– Znowu?

Devlin wszedł w głąb zacienionej jaskini.

– Nie jestem pewien, kiedy wrócę.

– Coś się stało Jej Wysokości. Zapomina o nocy.

Rae nie widziała, co działo się za szczeliną, przez którą wszedł Devlin. Jasność, sącząca się do środka sprawiała jej ból. Oślepłaby, gdyby ujrzała ją w pełnej krasie.

– Światło ją uspokaja, ciemność przypomina o bliźniaczce.

Gdy spowił go mrok, jego obecność dodała Rae otuchy. Zawsze tak na nią działał. Zabójca Wysokiego Dworu był jej przyjacielem, towarzyszem, jedynym pocieszycielem w świecie, którego nie rozumiała – nawet po tylu dekadach.

Rae oparła się o płaski kamień jednej ze ścian jaskini.

– Mogłabym pójść z tobą.

Devlin zachował dystans.

– A jeśli w świecie śmiertelników wrócisz do swojego ciała?

– Jeśli tak się stanie, w co nie wierzę, zapewne umrę. – Przysunęła się do niego. Devlin stał nieruchomo. – A tego bym nie chciała.

Przez moment trwali w milczeniu. Nienawidziła samotności w Krainie Czarów, bała się Jej Wysokości, martwiła o Devlina i żałowała, że sama nie może podróżować do świata ludzi.

Po długim namyśle Rae podeszła do niego. Gdyby była żywą, materialną istotą, jej spódnica zakryłaby jego stopy.

– Zajrzysz do niej? Ani jest ważna. Odwiedź ją choć raz.

– Przestań. – Głos Devlina stał się ostry, jak zawsze gdy Rae poruszała niebezpieczne tematy.

– Popełniasz błąd – szepnęła. – Ocaliłeś ją. Powinieneś…

– Dość. – Devlin obrócił się do niej plecami i odszedł. Stanął w świetle przy wejściu do jaskini. – Uczyniłem, co chciałaś. Przeżyła. Nie muszę robić nic więcej.

Rae uniosła jedną rękę, ale nie ruszyła za nim. To nie miałoby sensu, skoro nie mogła go dotknąć ani zmusić, żeby na nią spojrzał. Bez jego pomocy nie była w stanie korzystać z rozkoszy cielesności.

„Bez niego nie mam nic".

– Mogę się przejść, zanim odejdziesz? – Rae starała się, żeby jej prośba zabrzmiała naturalnie. Pojęła to dawno temu: nie powinna okazywać, jej na czymkolwiek zależy.

Odwrócił się. Po kamiennej twarzy Devlina ulga przemknęła tak szybko, że ledwie można ją było dostrzec.

– Jeśli to cię uspokoi…

– Zdecydowanie – zapewniła go Rae. Nie dodała, że to uspokoi ich oboje.

Zaduma Devlina zdradzała, że próbował odwlec moment opętania. Jakby szukał wymówki. Poza tymi chwilami, gdy potrzebował, by kłamała w jego imieniu, Devlin nigdy nie przyznawał, że pragnie wytchnienia, które Rae dawała im obojgu. Gdy pozwalał jej przejąć kontrolę nad własnym ciałem, mógł do woli naginać zasady Krainy Czarów. Zyskiwał pretekst, by bez konsekwencji korzystać z dobrodziejstwa genów drugiej siostry.

– Dobrze.

Devlin stał tak spokojnie i nieruchomo, jak tylko wróż potrafi. Rae przeszła przez jaskinię, jakby rzeczywiście dotykała stopami kamiennej posadzki. Tak jak wcześniej liczyła każdy krok, żeby się uspokoić – tak samo zachowywała się na tańcach, w których uczestniczyła w dawnych czasach, kiedy jeszcze miała ciało. Gdy jej spódnice zaczęły falować, Rae poczuła się bliższa celu, chociaż to było tylko złudzenie.

Stanęła naprzeciwko Devlina i westchnęła. Jego napięcie zdradzało zniecierpliwienie. Źrenice rozszerzyły się pod wpływem adrenaliny, której przypływ spowodowały strach i ekscytacja.

Wniknęła pod skórę Devlina i zrobiła dla siebie miejsce w jego umyśle. Poruszała ciałem wróża, jakby należało do niej. Czuła Devlina, mówiła do niego, kontrolowała ruchy. „Na razie". Po tylu niezliczonych spędzonych wspólnie chwilach miała wrażenie, że ta powłoka cielesna należy do niej.

Nie zapytała go, dokąd chce iść. Gdyby to zrobiła, udałby, że w ogóle nie interesują go jej poczynania. Jednak Rae wiedziała, że nie tracił czujności i rozkoszował się uczuciami wypełniającymi ich oboje. Tylko w takich chwilach mógł ulegać namiętnościom w Krainie Czarów – bo to nie on sobie pobłażał.

– W świecie śmiertelników nie jesteś taki ostrożny – szepnęła. – Znam twoje sekrety, Devlinie. Widziałam twoje wspomnienia. Przyjemności…

„To, co robię tam, nie pociąga za sobą konsekwencji – mruknął. – Przede wszystkim wykonuję rozkazy mojej królowej. Służę mojemu…"

– Nie ganię cię. Uważam, że powinieneś czerpać radość z życia.

Rae przeciągnęła się, radując się pracą kości i mięśni. Wyciągnęła ręce przed siebie i dotknęła chropowatej ściany jaskini. Była wykuta w górze, niewidoczna dla oczu Jej Wysokości albo po prostu niewarta jej uwagi. Devlin ukrył tu Rae. Tak jak królowa potrafił zmieniać rzeczywistość w Krainie Czarów wedle swej woli, ale nikt prócz Rae nie zdawał sobie z tego sprawy. Z szacunku dla Jej Wysokości Devlin nie dzielił się tą wiedzą.

– Moglibyśmy robić tyle rzeczy, gdybyś nie był taki uparty, Dev – powiedziała. – Świat należałby do nas. Bez ograniczeń. Pomyśl o wolności, przyjemnościach…

„Nie zamierzam spędzić całego dnia w ten sposób, Rae – odezwał się do niej. – Ani dyskutować o tym kolejny raz".

– Bo wiesz, że mam rację, i będziesz musiał to przyznać albo mnie okłamać… a tego nie potrafisz.

Rae uśmiechnęła się i zrzuciła sandały, które nosił Devlin. Były zbyt praktyczne, zbyt ograniczające. Potem wyszła z jaskini i wkroczyła w jasność Krainy Czarów. Czuła się skandalicznie rozkosznie. Bose stopy zszokowałyby wszystkich znanych jej śmiertelników z dawnych czasów.

„Służę Jej Wysokości. To mój wybór" – powtórzył jak zwykle.

– Niektóre wybory wiodą tylko do pułapki. Naprawdę uważasz, że robisz mądrze, podążając drogą, której wybór wydawał ci się kiedyś słuszny? Istnieją inne możliwości.

„Wystarczy, Rae – przerwał jej podniesionym głosem. – Możemy... zakończyć tę kłótnię? Zabierz ciało, dokąd chcesz". Devlin był jednocześnie zaniepokojony i pełen nadziei.

Rae usłyszała ją w jego głosie. Mogła uznać to za swój mały sukces.

Rozdział 5

Ani i Tish pruły ulicą w kierunku Gniazda Wron. Nie biegły, ale poruszały się szybko. Ani musiała się hamować i zwalniać, żeby dotrzymać kroku siostrze. Dawniej tak nie było. Jednak ostatni rok wszystko zmienił. Ani się zmieniła. A Tish nie.

Ani zawsze trochę różniła się od siostry, ale nie na tyle, żeby przywiązywać do tego wagę. Zawsze tworzyły drużynę. Mówiły o sobie „kłopotliwe bliźniaczki", chociaż Tish była prawie trzy lata starsza. Ponieważ źle znosiły rozłąkę, Tish poszła do szkoły dwa lata później, niż powinna. Pomagała Ani nie tylko z podręcznikami, lecz także z zasadami śmiertelników, a Ani chroniła Tish przed zagrożeniami i nudą. Tak to działało, jeszcze do zeszłego roku. Potem Ani zaczęła się zmieniać, a Tish nie.

– Ani? – Tish z trudem łapała oddech. – Możesz tak nie pędzić?

– Przepraszam.

Ani zwolniła, spoglądając na tłum przed Gniazdem Wron. Śmiertelnicy. Prawie wszyscy. Ani to nie przeszkadzało. Wszyscy rozkoszni wróże bali się Gabriela i Iriala, ale ludzie nie mieli pojęcia o Mrocznym Dworze. Większość z nich nie wiedziała o istnieniu wróżek – dlatego zapewniali najlepszą rozrywkę w mieście.

– ...Królik martwi się o pieniądze. – Tish z trudem łapała oddech, chociaż Ani zwolniła jeszcze bardziej.

– O pieniądze?

– Interes kiepsko idzie, ale on nadal twierdzi... – Tish posłała siostrze błagalne spojrzenie – ...że wyśle mnie w przyszłym roku do college'u. Nie za daleko... ale trochę dalej.

Ani próbowała nie zdradzać emocji.

– Och... więc chcesz... to znaczy... jeśli tego chcesz, to dobrze.

– Chcę, ale nie lubię rozstawać się z tobą, z Królikiem, Irim i tatą, zwłaszcza ostatnio. Nie cierpiałam wiecznej zimy, ale wtedy przynajmniej było wiadomo, czego się spodziewać. Teraz, gdy wszyscy wzięli się za łby... nie jestem pewna, czy chcę stąd wyjechać.

Tish na moment spuściła wzrok. Zachowała dla siebie wszystko to, czego nie mogła powiedzieć bez przyznania, że jest za słaba, żeby sama się obronić.

Ani zwolniła. Wyjazd Tish przerażał ją, jednak z drugiej strony chciała trzymać siostrę z dala od konfliktów narastających w Huntsdale. Nie wspomniała o tym. Nikt – a już na pewno nie Ani – nie zamierzał zostawić Tish bez ochrony.

– Dotrzymałabym ci towarzystwa – zaproponowała Ani. – Nie chodziłabym do szkoły, ale mogłabym znaleźć pracę albo coś w tym stylu. Wynajęłybyśmy mieszkanie, w Pittsburghu, niedaleko Leslie. Albo w Atlancie? Przeniosę się, jeśli zechcesz.

– Nie możesz tego zrobić – powiedziała łagodnie Tish. – Już nie.

– Nieważne.

Ani nie chciała o tym rozmawiać. Nie mogła udawać śmiertelniczki: na jej widok każda wróżka wiedziała, co w trawie piszczy. W Huntsdale mogła liczyć na ochronę najsilniejszych członków Mrocznego Dworu, poza granicą miasta stanowiła łatwy cel.

– Może pojadę za kilka lat. – Tish uściskała siostrę. – Z czasem będziesz radzić sobie coraz lepiej, Ani. Jestem pewna. Wszystko się ułoży.

– Zrobimy to, co dla ciebie najlepsze. – Ani zmusiła się do uśmiechu.

Prędzej czy później będą musiały się rozstać. Zdarzały się silne mieszańce, ale te należące do Mrocznego Dworu często padały ofiarą samotników albo były porywane przez Wysoki Dwór. „Niewystarczająco silne, by należeć do Mrocznego Dworu, ale zbyt niebezpieczne, by żyć poza nim". Do niedawna Irial dbał o ich bezpieczeństwo – i skutecznie je ukrywał. A potem Ani się zmieniła i musiała rozstać się z rodziną. Królik i Tish byli zbyt ludzcy, by mieszkać na dworze, a Ani za mało ludzka, by zostać z nimi. Teraz, gdy Ani żyła z ogarami,

Królik mógł opuścić Huntsdale. „Żeby zapewnić bezpieczeństwo Tish".

Ani nie miała rozległej wiedzy podręcznikowej, ale rozumiała teraz rzeczy, których nie pojmowała w dzieciństwie. Tish niewiele się różniła od zwykłej śmiertelniczki. Królik odkrył, jak wiele dzieli siostry, znacznie wcześniej niż one. Nie mówił o tym, a Ani nie obnosiła się ze swoją odmiennością. Trzymała ją w tajemnicy tak długo jak mogła. Życie upływało na sekretach i udawaniu. Tak było od śmierci Jillian.

Nawet twarz matki nie przetrwała we wspomnieniach Ani; dziewczyna pamiętała tylko jej ręce i to, jak pospiesznie wypowiedziała ich imiona, po czym prosiła, by się ukryły i zachowywały „cichutko jak trusie".

Ani zapamiętała także to, co nastąpiło potem, gdy ona i Tish zostały same, a Jillian nie wróciła, żeby otworzyć kredens, w którym czekały. W Tish coś pękło, ogarnął ją smutek, chociaż przed siostrą udawała, że wszystko jest w porządku. Ani nie potrafiła jej pomóc. Tamtego dnia dziewczynki tuliły się do siebie, a późno w nocy Tish wybrała „specjalny numer telefonu w razie kłopotów". Wtedy pojawił się Irial i zabrał je do Królika, zapewnił bezpieczne schronienie w nowym domu.

Tish nie pamiętała tamtego dnia. Wymazała go z pamięci, zamknęła w jakimś zakamarku umysłu. Pamiętała tylko to, co wydarzyło się przedtem i potem; Iriala, Królika i nowy dom. Ale nic poza tym.

Inaczej niż Ani.

Pustka po zniknięciu Jillian przenikała Ani na wskroś. Tamten dzień, gdy matka zniknęła, a Tish pogrążyła się w smutku, był pierwszym wspomnieniem Ani. Życie zaczęło się dla niej w tamtej chwili.

– W porządku? – Tish złapała Ani za rękę i odciągnęła ją od grupy chłopaków zmierzających do klubu. – Nie słuchałaś, co do ciebie mówiłam?

– Przepraszam, siorka. – Ani błysnęła udawanym uśmiechem. – Ten cały nonsens z Gabr…

– Z tatą – poprawiła ją Tish.

– Jestem nie w sosie, bo Gabriel nie pozwala mi wyluzować z żadnym z ogarów.

Z wiekiem coraz trudniej było jej kłamać, aż w końcu zatraciła tę umiejętność. Jednak wiele lat temu odkryła, jak istotna jest precyzja wypowiedzi. Oczywiście Gabriel zalazł jej za skórę, chociaż nie przejmowała się tym w tej chwili.

– Jest dobry. Daj mu szansę.

– Nigdy nie był ojcem, nie tak jak Królik. – Ani nie chciała przyznać nawet przed Tish, że życie na Mrocznym Dworze nie przypominało sielanki. Towarzystwo ogarów i mrocznych wróżek powinno być lekarstwem na jej samotność, ale działało dokładnie odwrotnie. – Nie jestem dzieckiem. A on nie pozwala nam mieszkać razem. Nic dobrego nie wynika z izolowania mnie od ciebie i Królika.

– Ja też za tobą tęsknię.

Tish zawsze wypowiadała na głos to, z czym Ani nie potrafiła się uporać albo z czego nawet nie zdawała sobie sprawy.

Ani oparła się ramieniem o ścianę. Dotyk chropowatej cegły na gołej szyi był przyjemny. Przypominał o rzeczywistości, i dobrze: powinna żyć chwilą, zamiast rozpamiętywać wydarzenia, które najlepiej zepchnąć w najodleglejsze zakamarki pamięci.

– Radzisz sobie? – Tish wykonała drobny gest. Nigdy nie rozmawiały o tym, jak bardzo Ani łaknie dotyku – czy o konsekwencjach zaspokojenia tej żądzy.

– Pewnie.

Ani obserwowała grupę chłopaków zmierzających do drzwi klubu. Nie mieli urody wróży, nie wyglądali też na takich, którzy zapewnią emocjonalną ucztę, ale nadawali się na ofiary. Na razie to jej wystarczało. „Muszą mnie zaspokoić". Mogła posmakować każdego z nich, by uciszyć głód. „Trochę dotyku tu i trochę emocji tam. Ale nie wszystko naraz od jednej istoty. Nigdy".

Dziewczyny splotły ręce.

– Chodźmy – powiedziała Ani.

Glenn pełnił wartę przy drzwiach. Skrzywił się, gdy podeszły.

– A zapowiadała się spokojna noc.

– Palant. – Tish wpadła mu w objęcia. – Tęskniłbyś za mną, gdybym się nie pojawiła.

– Pewnie. Ale gdy masz partnerkę do siania zamętu… – Objął Tish w pasie, po czym posadził ją sobie na kolanach.

Ani zaciekawiona przechyliła głowę. „To nowość". Coś jej umknęło, bo żyła z ogarami, a z siostrą widywała się mniej więcej raz w tygodniu.

Tish uśmiechnęła się zadowolona w ramionach Glenna.

– Hej.

Glenn pocałował Tish w czoło, po czym rozejrzał się po parkingu. Nie wtrącał się w interesy, które prowadzono poza zasięgiem jego wzroku, ale handlowanie narkotykami w klubie było zabronione.

– Nie uściskasz Glenna? – Tish udawała wstydliwą i głupiutką. Odgrywała tę rolę z taką łatwością jak w czasach, gdy wychodziły razem codziennie. – Nie widziałaś go od tygodni.

– Słyszałaś ją. Chodź tu.

Glenn wyciągnął drugą rękę, a Ani się przysunęła. Z zadowoleniem poczuła dotyk nagiego ramienia i odsłoniętego torsu. Glenn był ubrany w koszulę bez rękawów, zapiętą na jeden guzik. Jak większość śmiertelników z radością przyjął powrót lata i chętnie odsłaniał ciało.

Glenn puścił Ani, ale nie Tish.

– Uważajcie na siebie. Obie. – Spojrzał na Ani. – Mówię poważnie.

Tish go pocałowała.

– Postaramy się ze wszystkich sił.

– I to mnie martwi – mruknął.

– Idziemy potańczyć, Glenn. – Ani wzięła siostrę za rękę i popchnęła drzwi. – Obiecuję, że włos jej z głowy nie spadnie.

– I tobie też – dodał Glenn.

Jednak gdy otworzyła drzwi i ujrzała roztańczony tłum, Ani zawołała tylko:

– Jasne.

Kapela grała oldschoolowego punk rocka. „Doskonale". Z radosnym piskiem Tish popchnęła Ani w tłum.

Rozdział 6

Devlin szukał Setha wśród śmiertelników w Gnieździe Wron. Najlepiej było tam na niego zaczekać. Inaczej musiałby stanąć przed obliczem Króla Mroku, co mogłoby przysporzyć kłopotów. Niall, Gancanagh, który dawniej żył w Krainie Czarów, a teraz rządził mrocznymi wróżkami, bardzo się zmienił. Ktoś, kto wiele lat spędził z Irialem, przez wieki doradzał Królowi Lata, a niedawno zajął tron Mrocznego Dworu, nie wzbudzał zaufania.

„Podobnie jak Seth".

Ukochany Królowej Lata otrzymał dar Widzenia od Królowej Zimy i został „bratem" Króla Mroku. Zamiast pozbyć się niebezpiecznego śmiertelnika pojawiającego się na wszystkich dworach, Jej Wysokość uczyniła z niego wróża i zaprosiła go do swoich włości. Devlin nie mógł nadziwić się decyzjom, które ostatnio podejmowała.

Śmiertelnicy popychali Devlina, więc musiał sobie przypomnieć, że przesunięcie ich siłą zostałoby w tym świecie uznane za agresywne działanie – a agresja nie była wskazana. Lawirował więc w tłumie.

Hałas, głośna muzyka, cienie i błyskające światła Gniazda Wron wydobywały z niego te cechy, które odziedziczył po Niezgodzie.

– Szukam Setha – powiedział do barmanki.

– Jeszcze nie przyszedł.

Dziewczyna zerknęła na jego nadgarstek w poszukiwaniu bransoletki, która informowała, że wolno mu sprzedać alkohol. Devlin poprawił swoją powłokę tak, żeby barmanka ujrzała plastikowy pasek świecący na biało w ultrafiolecie.

– Wino. Białe.

Rzucił banknot na bar.

– Jakieś drobne?

Pokręcił głową. Wymienianie pieniędzy na alkohol dziwiło Devlina; w Krainie Czarów takie transakcje były zbędne. Każdy po prostu otrzymywał to, czego potrzebował.

Barmanka wzięła butelkę chardonnay, napełniła kieliszek, po czym przesunęła go w stronę Devlina. Zaserwowała mu tani trunek w nieodpowiednim szkle, ale nie spodziewał się niczego innego po Gnieździe Wron. Ręka dziewczyny nadal spoczywała na kieliszku, gdy Devlin ujął go w palce. Spojrzała na niego.

– Jestem Devlin.

Zamyśliła się.

– Pamiętam cię.

– Świetnie. Powiedz mu, że na niego czekam – poinstruował dziewczynę.

Skinęła głową i skupiła uwagę na kolejnym kliencie.

Chociaż ani bramkarz, ani barmanka nie widzieli Setha, Devlin dopilnował, by nowy podwładny Sorchy dowiedział się o jego obecności w chwili, gdy przekroczy próg klubu.

Z kieliszkiem w ręku Devlin stanął z boku. Coś w tym klubie sprawiało, że chciał wdać się w bójkę.

Spojrzał na tłum na parkiecie, ale nie rozpoznał Nialla ani Setha. Natomiast w odległym miejscu sali, spowita cieniami, stała Bananach. Obecność kruczej wróżki tłumaczyła jego pragnienie przemocy. Podczas gdy towarzystwo Sorchy go uspokajało, bliskość drugiej siostry oznaczała przypływ burzliwych emocji.

Gdyby Sorcha wiedziała, że jej bliźniaczka bawi w ulubionym klubie Setha, nielogiczny niepokój, który ostatnio ją dręczył, tylko przybrałby na sile. Jeśli Bananach skrzywdziłaby Setha, Sorcha... Devlin nie potrafił wyobrazić sobie reakcji Jej Wysokości. Wiedział, że musi przekonać kruczą wróżkę do wyjścia przed przybyciem Setha. Właściwie chłopak nie powinien był opuszczać Krainy Czarów – przynajmniej do czasu, gdy zniknie widmo prawdziwej wojny w świecie śmiertelników. Gdyby Seth został ranny, Sorcha mogłaby stanąć do walki z Bananach, co nie skończyłoby się dobrze dla nikogo.

Devlin nie dbał o konwenanse, gdy zmierzał ku Bananach. Rzucił czar, który uczynił go niewidzialnym, i usunął śmiertelników z drogi.

„Usprawiedliwiona agresja".

– Bracie! – Bananach uśmiechnęła się do niego i jak gdyby nigdy nic powaliła śmiertelnika na ziemię.

Doszło do bójki między dwójką obwiniających się o coś chłopaków. Jeden wymierzył cios, a ten na podłodze podniósł się chwiejnie.

– Jak się masz, siostro?

– Dobrze.

Wyprostowała rękę i skaleczyła śmiertelnika, który nie brał udziału w sprzeczce. Rana nie wyglądała na poważną, ale szpony wróżki ociekały krwią. Zarówno jej obecność, jak i bójka nie były przypadkowe, ale Devlin nie znał zamiarów Bananach. Miał jednak pewność, że przyświeca jej jakiś cel. Wojna mogła się zrodzić z szaleństwa, ale by przybrała na sile, konieczny był plan – a Bananach ucieleśniała wojnę.

Napady obłędu przytrafiały się kruczej wróżce coraz rzadziej, w miarę jak umacniała swoją pozycję. O jej obecnej sile świadczyły skrzydła, które przestały przypominać cienie. Nabrały wyraźnych kształtów. Bananach czerpała siłę z zaogniających się konfliktów między dworami i nieufności, a im bardziej ta nieufność narastała, tym łatwiej było jej siać zamęt. To był zaklęty krąg – nikt nie wiedział, jak go przerwać. W swojej kampanii wojennej Bananach manipulowała dworami, wewnętrznymi sporami i siostrą. Devlin przez wieki obserwował jej poczynania, ale obawiał się, że tym razem doprowadzą do większej liczby ofiar, niż był skłonny zaakceptować. Ostatnim razem, gdy działała tak skutecznie, nieżyjąca już Królowa Zimy, Beira, zabiła poprzedniego Króla

Lata, Miacha. Miach był przeciwnikiem Beiry, jej kochankiem i ojcem jej dziecka. Po jego śmierci wszystkie dwory zmagały się z brakiem równowagi aż przez dziewięć stuleci.

Devlin odsunął krzesło dla siostry, a gdy usiadła, znalazł kolejne dla siebie i zajął miejsce obok niej.

– Chciałaś się pokłócić?

– Nie z tobą, mój drogi. – Poklepała jego rękę, przyglądając się walczącym śmiertelnikom. – Gdyby Mroczny Dwór mógł żywić się emocjami ludzi i wróżek... wszystko by się zmieniło, czyż nie? Wyobraź sobie, co by było, gdybym do tego doprowadziła.

– Ale nie może. Podobnie jak ty – zauważył Devlin.

Mroczny Dwór rozkwitał w czasach niezgody. Mimo to nie miał dostępu do uczuć śmiertelników.

– Być może. – Nakreśliła szponem poszarpaną linię na swoim przedramieniu. – Albo potrzebuję odpowiedniej ofiary. Wyprostowała rękę i obróciła ją tak, żeby krew pociekła do jego kieliszka. – Krew umacnia Krainę Czarów. Ona zapomina, udaje, że nie jest taka jak my.

Devlin zacisnął palce na szklanym naczyniu, w którym wino barwiło się na czerwono.

– Sorcha nie jest taka jak ty, a ty... – Devlin wzniósł toast – ...nie jesteś taka jak ona.

Wojna dźgnęła przechodzącego obok śmiertelnika.

– Wróżki, śmiertelnicy i inne istoty, wszyscy jesteśmy tacy sami. – Wstała i szturchnęła śmiertelnika ponownie. – Walczymy. Krwawimy. – Spojrzała na kogoś naprzeciwko i się uśmiechnęła. – A niektórzy z nas umrą.

Śmiertelnik przycisnął rękę do boku, ale nie zdołał zatamować krwi.

– Wpadnij niedługo na kolację, mój drogi. – Bananach pochyliła się i ujęła policzek Devlina w zakrwawioną dłoń. Wyprostowała się. – Witaj, śliczna owieczko.

Podszedł do nich Seth. Spiorunował Bananach wzrokiem.

– Wynoś się stąd.

Devlin stanął przed Sethem, żeby zablokować dostęp do Bananach. Wskazał śmiertelnika na ziemi.

– Ten jest ranny.

Seth uniósł zaciśniętą pięść.

– Przez nią.

– Możesz mi pomóc albo kłócić się z Wojną – powiedział Devlin. – Ale na pewno się nie rozdwoisz.

Seth zrobił zagniewaną minę.

– Tak samo jak ty.

– To nie moja rola.

Niespodziewanie Devlina ogarnęły wątpliwości, czy ten w połowie śmiertelnik, w połowie wróż stanie do walki z Bananach, czy ocali rannego człowieka. Miał nadzieję, że tej nocy nie będzie musiał wyrywać Setha ze szponów kruczej wróżki.

„Czy rozumuje na tyle logicznie, by poświęcić jednego śmiertelnika i natrzeć na Bananach, czy jest na tyle współczujący, by ocalić jedno istnienie i odłożyć na później konfrontację z kobietą krukiem?"

Po obrzuceniu Devlina pogardliwym spojrzeniem Seth podniósł rannego śmiertelnika.

– Przynajmniej pomóż mi odprowadzić go do drzwi.

Bananach stała z boku i obserwowała scenę z rozbawieniem. Bez wątpienia ona także rozważała różne możliwości. Na pewno uwzględni wiedzę o działaniach Setha przy planowaniu kolejnego manewru. Pogłębianie konfliktu wymagało wprawy i cierpliwości.

Devlin zrobił przejście, żeby nikt ich nie potrącił. Niedokładnie tak zamierzał spędzić wieczór, lecz zrealizował pierwotny plan: Seth wyszedł stąd bez szwanku. A zatem nie mogło być lepiej.

A potem ją ujrzał.

Seth minął Devlina i na moment zasłonił mu widok.

– Zaczekasz tutaj? – Seth inaczej złapał rannego. – Zabiorę go do...

Ale Devlin nie usłyszał jego słów: dziewczyna śmiała się, radosna i beztroska. W roztargnieniu skinął głową, po czym zbliżył się do ludzi, do niej.

„Ani".

Miała krótsze włosy: z tyłu przystrzyżone, z przodu opadające na twarz tak, że różowe końcówki znajdowały się na linii szczęki. Zbyt pospolite rysy sprawiały, że nikt nie nazwałby jej prawdziwą pięknością, jednak krew Gabriela czyniła z niej wyjątkowe stworzenie. Nawet gdyby nie wiedział, że dziewczyna jest mieszańcem, zbyt duże oczy i ostre rysy kazałyby mu podejrzewać, że ktoś z jej przodków był spokrewniony z wróżkami.

„Ani. Tutaj".

Obok niej stał jej brat, tatuażysta, który łączył śmiertelników z wróżkami podczas nieszczęsnych wymian atramentu i wychowywał swoje siostry jak własne córki.

– Królik! Skąd cię przywiało? – Ani wyszczerzyła zęby w uśmiechu.

– Miałaś zadzwonić godzinę temu.

– Serio? – Przechyliła głowę i spojrzała na niego błagalnie. – Może zapomniałam.

– Ani. – Królik spiorunował siostrę wzrokiem. – Rozmawialiśmy o tym. Musisz się meldować, kiedy jest z tobą Tish.

– Wiem. – Jej postawa nie wyrażała skruchy. Głowę trzymała wysoko, plecy miała wyprostowane. W stadzie z pewnością wiodła prym. Próbowała zdominować nawet starszego brata. – Chciałam, żebyś się do nas przyłączył, i jeśli nie zadzwoniłam, to dlatego…

– Powinienem cię stąd wywlec – warknął Królik.

Wspięła się na palce i pocałowała go w policzek.

– Tęskniłam. Zatańczysz?

Twarz Królika złagodniała.

– Tylko jedna piosenka. Mam jeszcze dzisiaj pracę.

– Spoko.

Ani chwyciła siostrę za ręce. Popchnęły jakąś dziewczynę w kierunku Królika, a potem przyciągnęły kilku śmiertelników. Wszyscy razem tańczyli, jakby pod ich skórą buzował ogień. Ich ruchy cechowały radość i swoboda, które Devlin podziwiał.

„Chcę się do niej przyłączyć". Ta myśl wprawiła go w osłupienie. Dziewczyna należała do Mrocznego Dworu, była śmiertelna, drapieżna i miała liczne cechy, które nie powinny go kusić. „Ani wzbudzać we mnie zachwytu". Ale tak właśnie było. Urzeczony jej swobodą i agresją uznał, że nigdy wcześniej nie widział równie pięknej wróżki. Przez moment pragnął wkroczyć do jej świata, choć wiedział, że Ani nie powinna go interesować. „Nikt nie powinien. To nielogiczne".

Gdy piosenka się skończyła, śmiertelniczka szepnęła coś Królikowi do ucha. Oparł rękę na jej ramionach, ale zanim wyszedł, przystanął obok sióstr.

– Zachowujcie się porządnie. Nie żartuję. – Obie dziewczyny skinęły głowami. – W razie potrzeby zadzwońcie po mnie – dodał Królik, po czym poprowadził śmiertelniczkę przez tłum.

Ponownie rozbrzmiała muzyka i Tish szturchnęła Ani w ramię.

– Tańcz, głupia, tańcz – powiedziała.

Ani udała, że warczy, i obie zachichotały.

Devlin obserwował Ani, zauroczony jak nigdy dotąd. Nie powinna w ogóle żyć. Gdyby posłuchał swojej królowej, dziewczyna zginęłaby dawno temu. Ale była tu, pełna życia i energii.

Nigdy nie próbował jej szukać. Widywał ją z daleka, ale nie podchodził zbyt blisko. W trakcie jedynego zaplanowanego spotkania z dziewczyną miał zakończyć jej życie – ale tego nie zrobił. I teraz, gdy ją obserwował, zastanawiał się, czy postąpił słusznie.

„Rea poprosiła, bym oszczędził Ani, ale nie wspomniała, bym pozwolił jej żyć wiecznie".

Miał otwartą furtkę, od zawsze. Ani była żywym dowodem na to, że Devlin dopuścił się oszustwa, świadczyła o jego porażce, a jednocześnie była najbardziej urzekającą wróżką, jaką kiedykolwiek widział.

Rozdział 7

Ani na wiele godzin zatraciła się w muzyce i w morzu stłoczonych ciał. Noce w klubie były jej niezbędne z powodu rosnącego apetytu. Rok wcześniej, gdy Gabriel zabrał ją z domu Królika, zarówno jej rodzina, jak i dwór zachowywali się tak, jakby ukrywała przed nimi, że żeruje na emocjach ludzi. A przecież wcale tak nie było: głód pojawił się nagle. Z kolei żądza dotyku dała o sobie znać kilka miesięcy temu. Jak do tej pory nie zawsze radziła sobie z kontrolowaniem pragnień. Chociaż próbowała, ponosiła porażkę.

– Nie pogniewasz się, jeśli cię na moment zostawię?! – wrzasnęła Tish prosto do ucha Ani. Wskazała przy tym miejsce na uboczu. Glenn zamierzał poświęcić Tish kolejną przerwę w pracy. Zawsze, gdy podążał w ich stronę, starsza siostra zadawała to samo pytanie, a młodsza kręciła głową. Nigdy nie stawała na drodze do szczęścia swoich bliskich.

Zanim Tish zdołała dosięgnąć Glenna, jakiś punk złapał ją za biodra i przyciągnął do siebie.

Ani warknęła na tyle głośno, że Tish spanikowała.

– Ani!

Ani odzyskała kontrolę nad emocjami i spojrzała na siostrę. Natręt rzucił chamski komentarz, po czym odszedł.

– Oczy! – syknęła Tish. – Oczy. W tej chwili.

– Przepraszam. – Ani zamknęła oczy, żeby ukryć jaskrawą zieleń.

– W porządku, Nini – odparła Tish. Przysunęła się do siostry i zasugerowała: – Powinnaś coś zjeść.

W tłumie Ani mogła pozwolić sobie na zaspokojenie apetytu w niewielkim stopniu. Przynależność do Mrocznego Dworu umożliwiała spijanie emocji, a pokrewieństwo z ogarami pozwalało jej karmić się dotykiem. Poza tym jako jedyna mogła żerować na śmiertelnikach i wróżkach, a w Gnieździe Wron miała ich wszystkich na wyciągnięcie ręki.

Ani otworzyła oczy, które na powrót zmieniły kolor na brązowy.

– W porządku? – zapytała Tish. – Mogę z tobą zostać. Król poszedł do domu, jak tylko uznał, że jesteśmy bezpieczne, i...

Ani pokręciła głową.

– Jest dobrze. Idź.

– Gdybyś...

– Idź.

Ani delikatnie popchnęła siostrę w ramiona Glenna, a on posłał jej pytające spojrzenie. Chociaż nie wiedział, kim była i czego potrzebowała, znał ją wystarczająco długo, by rozumieć, że mogła napytać sobie biedy.

„Jak ogary to znoszą?" Gabriel się bił, Królik tatuował, a Tish najwyraźniej wcale nie łaknęła dotyku. Może łatwiej poskromić tylko jeden rodzaj głodu. Może łatwiej zapanować nad nim w stadzie. „A ja wciąż jestem sama".

Ani wmieszała się w tłum, by znów zatracić się pośród stłoczonych ciał.

Gdy sunęła między wyciągniętymi rękami i falującymi biodrami, ujrzała go: wróż stał na uboczu, lecz mogła mu się przyjrzeć i stwierdzić, że nie widziała go nigdy wcześniej. Samotnicy regularnie odwiedzali Huntsdale. Przyciągała ich atmosfera tego miejsca spowodowana przez fakt, że na tak małej przestrzeni żyło kilku monarchów. W końcu dziwactwa kusiły wszystkie wróżki.

Nieznajomy nie zważał na pełne podziwu spojrzenia. Wyróżniałby się nawet w klubie dla wróżek takim jak Gród i Gruzy. Ani przypuszczała, że kolorowe refleksy na jego jasnych, niemal białych włosach były naturalne, nie spowodowały ich zmieniające się światła. Wyglądał apetycznie.

„I gapi się na mnie".

Przystanęła i zapytała:

– Podejdziesz czy będziesz tylko patrzył?

Gdyby nie był wróżem, nie usłyszałby jej. Ale pytanie dotarło do jego uszu i odpowiedział:

– To nie byłoby rozsądne.

Ani się roześmiała.

– I co z tego?

Podobnie jak wiele wróżek, które znała, przywodził na myśl doskonały posąg. Nie spowijały go jednak cienie. Sprawiał wrażenie, jakby łączył przeciwieństwa. „Mieszanina mroku i jasności". Nie wyglądał na dużo starszego od niej, ale jego postawa wyrażała arogancję cechującą Iriala, Bananach, Keenana i wszystkie te wróżki, które żyły w przekonaniu, że mogą zamordować każdego, kto stanie im na drodze. „Chaos uwięziony w szklanym pojemniku".

– Zatańcz ze mną.

Odwróciła się do niego plecami i pozwoliła, by porwał ją tłum. Zewsząd otaczały ją ręce i emocje; jakby zanurzyła się w morzu euforii i pragnień.

„A on patrzy".

Zerknęła na zacienione miejsce, gdzie stał. Nie poruszył się. Patrzyła mu w oczy.

– Zatańcz ze mną – szepnęła.

Nie odrywał od niej wzroku, nie patrzył na nikogo innego, nawet na tych, którzy do niego mówili albo wchodzili mu w drogę. „Tylko na mnie".

Dwadzieścia minut później zespół zrobił sobie przerwę i na parkiecie się rozluźniło. A on nadal tkwił w tym samym miejscu.

Pomyślała, żeby do niego podejść, ale nie była przecież zwierzakiem, którego można przywołać. Była ogarem. To on miał podejść do niej.

– Hej! – zawołała Tish. Glenn obejmował ją troskliwie. – Idziesz z nami?

Tish nie mogła ustać w miejscu. Chociaż miała w sobie więcej z człowieka niż z wróżki, odziedziczyła po ogarach zamiłowanie do ruchu.

Za jej plecami stał spokojnie Glenn.

Z głośników płynęła muzyka klubowa.

Ani ujęła dłonie siostry i razem zatańczyły obok Glenna, tak jak zawsze. Ale coś się zmieniło. Dawniej Glenn zawsze patrzył na nie obie, jakby straciły rozum. Teraz wpatrywał się w Tish, jakby była aniołem.

– Dobrze mi tu – oświadczyła Ani, obracając Tish tak, żeby stanęła plecami do Glenna. – Ale wy idźcie.

– Pożyczyć ci okulary?

Tish sięgnęła do małej torby, która wisiała na jej ramieniu. Odkąd Ani zaczęła się zmieniać, okulary przeciwsłoneczne stały się niezbędnym elementem jej stroju. Zdaniem Tish incydent z zielonymi oczami sprzed kilku chwil w ogóle nie powinien mieć miejsca.

– Naprawdę jest dobrze. – Ani pocałowała siostrę w koniuszek nosa. – Idź. – Spojrzała na Glenna. – A ty się nią opiekuj, bo inaczej popamiętasz.

Glenn prychnął.

Tish stanęła między nimi. Ściągnęła usta, spoglądając na Ani.

– Bądź grzeczna. Glenn to nasz przyjaciel.

– Jeśli nie będziesz jej traktował jak porcelanowej lalki, jeśli choćby się skaleczy... – Ani chwyciła rękę Tish, nie patrząc na nią. – Popamiętasz. I tyle. Nie chcesz poznać moich krewnych.

– Od lat pilnuję jej i ciebie. – Glenn nieco złagodniał. – Prędzej nadziałabym się na pięść albo nóż, albo cokolwiek innego, niż pozwoliłbym skrzywdzić Tish. Powinnaś o tym wiedzieć.

– Świetnie. – Ani go uściskała. – W takim razie zjeżdżajcie z mojego parkietu.

Tish się zawahała, więc Ani chwyciła za rękę przechodzącego obok chłopaka.

– Zatańczysz?

Nieznajomy skinął głową, a Ani zaprowadziła go w sam środek tłumu. Nie patrzyła na intrygującego wróża, ale wiedziała, że nadal ją obserwuje – że słyszy każde jej słowo. Ostrzeżenie dotyczyło w równym stopniu jego co Glenna.

„Uczciwie. Zawsze może się wycofać".

Gdyby nie dokuczał jej ból, być może zaczęłaby się zastanawiać, dlaczego ten nieznajomy przygląda się jej całą noc. A gdyby były Król Mroku nie był jej rycerzem w lśniącej zbroi, być może zaczęłaby się niepokoić. Jednak tej nocy nic nie mogło popsuć jej humoru. Musiała zatracić się w muzyce.

Gdy zespół ponownie zajął scenę, chłopak, z którym wcześniej tańczyła, odsunął się od niej. Jednak Ani nie ruszyła za nim.

– Zatańcz ze mną – powtórzyła. – Wiem, że na mnie patrzysz. Chodź i się zabaw.

Nieco później stanął na parkiecie i zamarł bez ruchu.

– Najwyższy czas. – Zawirowała, po czym przylgnęła do niego ciałem i przesunęła ręce w górę po jego torsie. Poczuła zarys mięśni ukrytych pod koszulą. – Myślałam, że czekasz na mój ruch.

Przesunęła dłońmi po jego ramionach, a potem po karku. Tymczasem on stał bez ruchu.

– Ty chyba nie jesteś zbyt mądra.

– Skąd ten pomysł? – Odchyliła głowę, żeby na niego spojrzeć.

Otaczał ich tłum. Muzyka dudniła ogłuszająco, więc gdyby nieznajomy nie był wróżem, musiałaby do niego krzyczeć.

– Nie znasz mnie. – Objął ją w opiekuńczym geście, żeby ochronić ją przed tańczącymi. – Ryzykujesz.

Gdy nieznajomy wróż trzymał ją w ramionach, dotkliwy głód słabł. Być może nigdy dotąd nie poznała równie silnego wróża. Energia sączyła się pod jej skórę tam, gdzie czuła jego dotyk. „Mogłabym teraz umrzeć szczęśliwa… albo go zabić". Próbowała nie myśleć o niebezpieczeństwie, na które mogłaby go narazić, gdyby dała upust swoim żądzom.

– Widzę, że jesteś niebezpieczny… wyczuwam to – odparła zarówno na jego, jak i na swoje pytanie.

Przesunął ją w kierunku zacienionego miejsca pod ścianą, z dala od tłumu.

– W takim razie wyjaśnij, czemu mnie nie zostawisz? – zapytał.

– Bo ja też jestem niebezpieczna – odparła.

Nic nie odpowiedział, ale też nie uciekł. Ani wspięła się na palce i pocałowała go. Zalał ją strumień energii, gdy nieznajomy przestał kontrolować emocje. „Pragnienie. Żal. Podziw. Głód. Konsternacja". Ani chłonęła je wszystkie. Spijała jego oddech. Znieruchomiała, jakby szykowała się do pościgu za zwierzyną.

Chociaż wyssała z niego tyle życia, on nadal mocno trzymał się na nogach. Objął ją w pasie jedną ręką. Nadal opierała ramiona na jego barkach, a palce zaciskała kurczowo na włosach nieznajomego. Czuła mrowienie w ustach. Całe jej ciało pulsowało pod wpływem energii, którą od niego kradła.

Wróż przerwał pocałunek.

– Ty… Co ty robisz, Ani?

– Całuję cię. – Wyraźnie słyszała swój głos. Nie było w nim nic ludzkiego. Była córką sfory, a on jej ofiarą.

„Nie powinnam".

Słyszała bicie każdego serca w pomieszczeniu, wyczuwała wibracje rozbrzmiewających dźwięków, smakowała upływający czas.

Nieznajomy spojrzał na nią.

– Nie po to tutaj przyszedłem.

– A zamierzasz zostać? – Gdy nie odpowiedział, splotła ręce za plecami, żeby go nie dotykać. – Możesz to przerwać – szepnęła. – Jeśli tylko chcesz… możesz to po prostu przerwać… albo… nie…

Zrobił krok w tył. Ukrył emocje za murem, przez który nie potrafiła przeniknąć. Została więc pozbawiona nie tylko jego dotyku, lecz także uczuć.

Ani przygryzła wargę, żeby powstrzymać jęk. Pozostawienie takiej ilości energii krążącej w jego ciele było zbrodnią. Poczuła w buzi smak krwi.

Wróż starł z jej ust czerwoną kroplę. Ciepły oddech ogrzał jej twarz. Przytrzymał rękę w górze.

Krew wabiła zbyt wiele wróżek. Także ją. I wszystkie ogary. Patrzyła na palec nieznajomego zabrudzony jej krwią.

– Jest twoja – powiedziała – za jeden pocałunek.

„Nawet go nie znam. Co ja wyprawiam?"

Ale ściana, którą wcześniej wzniósł, zniknęła i zalała ją fala emocji. Był podekscytowany, przerażony, głodny. Przysunął się do niej.

– Odejdź – rozległ się czyjś głos, a potem ktoś odepchnął wróża. – Zostaw ją.

– Mam ją zostawić?

Wróż, którego Ani przed chwilą całowała, ponownie otoczył się murem. Uniemożliwił jej tym samym dostęp do swoich emocji.

Dziewczynie mieniło się przed oczami, więc zamrugała. Dzięki jego pocałunkom poskromiła głód. Znów poczuła się dobrze.

– Musisz się przejść, Ani. – Jej rzekomy obrońca odciągał ją za ramię od nieznajomego.

Skupiła uwagę na intruzie.

– Seth? Co ty wyprawiasz?

Chłopak spiorunował ją wzrokiem, po czym zwrócił się do wróża:

– On musi wyjść. W tej chwili.

Speszony wróż obserwował Ani i Setha.

– Jak sobie życzysz.

I zniknął w tłumie.

– Jesteś potwornie upierdliwy, Seth.

Odepchnęła go. Rozkwasiłaby mu nos, gdyby w ten sposób zbytnio nie skomplikowała sobie życia. Zamiast tego, przeciskając się przez tłum, ruszyła przez klub w poszukiwaniu bladego wróża. Przystanął przy drzwiach, wbił w nią wzrok i uniósł palec do ust.

„Cholera". Ani zamarła, a on wyszedł. „Smakując moją krew".

Rozdział 8

Devlin trząsł się w uliczce przed Gniazdem Wron. Podobnie jak Sorcha i Bananach potrzebował krwi. Właściwie tylko siostry potrafiły go nakarmić.

„Aż do tej pory".

Wystarczyła ta jedna kropla, by zrozumiał, jak wyjątkowa jest Ani.

Mordował rozmaite wróżki, a także śmiertelników i mieszańców. Miał na to całą wieczność. Nienawidził swojej żądzy krwi, ale taką płacił cenę za to, że nie pojawił się na świecie w naturalny sposób, lecz został stworzony przez bliźniaczki. Czerpał siłę z przemocy, którą szerzył na rozkaz władczyni Krainy Czarów. Lecz nie najadał się przy tym do syta. Tylko krew Porządku w połączeniu z krwią Niezgody pozwalała mu zachować siłę. Jednak zdobycie życiodajnych soków obu sióstr zawsze miało dla niego trudne konsekwencje i wywoływało komplikacje.

„A z Ani miałoby być inaczej?" I co powinien jej powiedzieć? „Cześć, omal cię kiedyś nie zamordowałem, ale zauważyłem ostatnio, że twoja krew może mi się przydać". Devlin pokręcił głową. Chociaż zimny deszcz, który zaczął padać podczas jego pobytu w klubie, pomógł mu odzyskać czujność, nadal miał mętlik w głowie.

Próbował myśleć logicznie. Może ocalenie życia Ani zaowocuje pozytywnymi zmianami w jego życiu. Może Jej Wysokość, gdy dowie się o jego zdradzie, nie zareaguje źle. Aż do dzisiejszego wieczoru uważał Ani za zwykłą śmiertelniczkę. Przypuszczał, że jej życie nie potrwa długo. Jeśli wziąć pod uwagę różnicę czasu między światem śmiertelników a Krainą Czarów, ludzka egzystencja to tylko ulotna chwila. Dlatego sądził, że żywy dowód jego nieposłuszeństwa wobec królowej zniknie, nim Sorcha odkryje jego istnienie.

Niemniej Devlin przekonał się, że ludzka natura Ani nie była dominująca i w dodatku słabła z każdą chwilą. Wyczuł to w kropli krwi, którą mu ofiarowała. Dziewczyna była niezwykłą istotą, niepodobną do żadnej z wróżek, jakie spotkał. Nie był pewien, czy rozkoszować się faktem, że Ani mogła zapewnić mu pożywienie, czy martwić się Sorchą, która prędzej czy później pozna prawdę o dziewczynie.

„To moje zbawienie czy przekleństwo?"

Nagle naprzeciwko niego stanął Seth. Nie był tak spokojny jak w Krainie Czarów. Właściwie wyglądał, jakby zamierzał rzucić się na Devlina.

– Wiesz, kim jest ta dziewczyna?

„Lepiej niż ktokolwiek inny".

Devlin nie podniósł głosu ani ręki, chociaż czuł ogromną pokusę.

– To nie twoja sprawa – powiedział tylko.

– A właśnie że moja. Ani należy do Mrocznego Dworu. – Seth podszedł bliżej i zniżył głos: – Gdyby zobaczył cię z nią Niall albo Irial, z pewnością zacząłby zadawać pytania o intencje naszej królowej i…

– Wiem. – Devlin przestał ukrywać gniew. – Uważam jednak twój ton za niestosowny.

Seth przystanął i nabrał powietrza.

– Przepraszam. To była długa noc. – Otarł z twarzy krople deszczu, po czym uśmiechnął się gorzko. – Właściwie to był długi rok. Tamtemu chłopakowi chyba nic nie jest.

Devlin skinął głową. Nie obchodził go ranny śmiertelnik. To nie on go dźgnął. Nie zachował się niestosownie. Jednak dla Setha liczyło się każde istnienie. Był wróżem zbyt krótko, by rozumieć, że śmierć człowieka z rąk Bananach nie należy do rzadkości. Po kilku stuleciach w końcu przywyknie – pod warunkiem że wcześniej nie zginie. Wojna sprowadzała śmierć i ból. Taka już była.

Przez kilka chwil milczeli, przysłuchując się dźwiękom muzyki z klubu i rozmowom śmiertelników przed budynkiem. Deszcz rozmywał kontury budynków. Z udawanym zainteresowaniem Devlin przyjrzał się Sethowi.

– Nie odniosłeś żadnych obrażeń?

– Nie. Nic mi nie jest. – Seth się zgarbił.

– Nasza królowa pyta o ciebie – wyjaśnił Devlin. Był zbyt zmęczony, żeby wyrazić to mniej bezpośrednio, co prawdopodobnie powinien był uczynić. – Martwi się... o ciebie.

Na twarzy Setha pojawiła się tkliwość.

– Przekażesz jej, że dobrze się czuję? Tęsknię za nią, ale radzę sobie. Sprawy przybrały dziwny obrót. Keenan... – Seth ściszył głos. – ...zaginął.

– A co z jego dworem?

Devlin zamrugał, gdy wyczerpanie ponownie dało o sobie znać. Ciało odmawiało mu posłuszeństwa jak po ciężkiej harówce. Cofnął się w szerszą wnękę, żeby zachować pionową pozycję, chociaż nie oparł się o mur.

– To nie tylko jego dwór, ale... nie jest najlepiej. – Seth się skrzywił. Spokój Krainy Czarów nie sięgał aż tutaj. W świecie śmiertelników Seth nie należał do Wysokiego Dworu.

„Czy taki los czeka i mnie?". Devlin zmusił się do odłożenia spraw osobistych na później. Skoncentrował się na polityce.

– Czy Letni Dwór słabnie?

– Trochę, ale... – Seth odwrócił wzrok. – Poddani mają się tak dobrze jak ich władcy.

– A ani Król, ani Królowa Lata nie są szczęśliwi. – Devlin dał za wygraną i oparł się o gołą ścianę. „Tylko na chwilę". Zignorował dziwne uczucie i zapytał: – A co z zimą?

– W tym roku przyszła wcześniej, więc Don dobrze sobie radzi. Jest wściekła. Martwi się o Keenana i udaje, że nie cierpi. Widziałem się z nią i...

Devlin osunął się na murek.

– Rany. Devlin! – Seth pospieszył z pomocą. – Cholera. Dlaczego nie pomyślała, co robi?

– Kto?

– Ani.

Seth westchnął i stał się niewidzialny. Devlin także ukrył się przed wzrokiem śmiertelników. „Mięczak – zrugał się w myślach, odchodząc od ściany. – Przecież jestem silniejszy. Muszę sprostać obowiązkom". Powinien zadbać o bezpieczeństwo Setha i odpocząć, ale w rzeczywistości zależało mu wyłącznie na odnalezieniu Ani.

– Na mnie już czas – powiedział. – Spotkamy się w domu i...

Potknął się.

– Chodź. – Seth pomógł Devlinowi wstać, a potem zaoferował, że go poprowadzi.

I chociaż Devlin nie wsparł się na jego ramieniu, był zadowolony z towarzystwa. W tym stanie nie powinien folgować swoim fantazjom; poszukiwania Ani będą musiały poczekać. Znał jej smak, więc w każdej chwili zdoła ją wytropić. „Znajdę ją, a potem..." Nie mógł zebrać myśli.

Przez kilka minut Devlin i Seth szli w milczeniu. Kilka razy Seth podtrzymał Devlina, gdy ten się zachwiał. Dla Devlina taka dobroć była niepojęta. Podczas ich pierwszego spotkania dusił Setha tak długo, aż chłopak stracił przytomność. I bez względu na to, jak często Devlin odwiedzał go później, by sprawdzić, jak Seth sobie radzi, tamto wspomnienie się nie zatarło. Tym bardziej dziwiła go troska nowo stworzonego wróża.

Gdy zatrzymali się po raz czwarty, Seth zmarszczył czoło.

– Sorcha nie będzie zadowolona.

– Z jakiego powodu?

Seth uniósł brew ozdobioną srebrnym kolczykiem. Posłał Devlinowi karcące spojrzenie. Z jego oczu wyzierała mądrość, nietypowa jak na chłopaka w tym wieku.

– Z powodu Ani.

Devlin nie dał niczego po sobie poznać, chociaż wzmógł się w nim niepokój. „Co jej powie?" Do tej pory nikomu nie wyznał prawdy o zdradzie, której się dopuścił, a Rae utrzymywała kontakt jedynie z nim. „Może miał na myśli pocałunek... zainteresowanie, które jej okazałem w momencie, gdy powinienem nad nim czuwać?" Devlin posłał Sethowi najbardziej lekceważące spojrzenie, na jakie było go stać.

– Ewentualne niedogodności, na jakie mogę narazić dwór z powodu chwili pobłażliwości, to wyłącznie moje zmartwienie. Pocałunki zwykle nie zawierają się w kręgu zainteresowania Jej Wysokości.

– To prawda. Zwykle by się nie zawierały.

Seth ruszył uliczką prowadzącą do pociągu, w którym mieszkał. Tylko najsilniejsze wróżki mogły przebywać w pobliżu żelaza i stali, torowisko było więc opustoszałe. Ziemię wokół wagonów porastała bujna roślinność. Egzotyczne winorośle oplatały metalowe rzeźby. To miejsce przypominało rajski ogród, chociaż dziwnie zmechanizowany. O tej porze roku i pod tą szerokością geograficzną cała ta zieleń nie powinna istnieć, ale dziewczyna Setha była ucieleśnieniem lata.

Devlin wskazał osobliwy widok.

– Twoja ukochana najwyraźniej zabiega o twoje względy.

– Nie zmieniaj tematu.

Seth otworzył drzwi. Devlin opadł na dziwne pomarańczowe krzesło ustawione na przedzie wagonu.

Seth ruszył do kuchni i po chwili przyniósł kubek parującego płynu. Usiadł na drewnianym stole obok Devlina i polecił:

– Wypij to.

– Jestem pewien, że zaraz do siebie dojdę. – Niedawno siostry podarowały mu swoją krew, powinien być więc w szczytowej formie. – Poddani Wysokiego Dworu nie potrzebują nianiek.

– Arogancja cię zgubi. Wypij to. – Seth odsunął jaskrawozielone krzesło, po czym usiadł na nim. – Ani wyssała z ciebie tyle energii, że nie unikniesz potwornego bólu głowy i dreszczy, jeśli tego w siebie nie wlejesz. Musisz nabrać sił przed podróżą.

– Ona… wchłonęła moją energię? Przecież to mieszaniec.

– Przestań, Devlinie. Nie jesteś głupi. Wiesz, że cię osłabiła. – Seth wycelował w niego palec. – Miałeś jej krew na ręku. Skosztowałeś jej?

– Dlaczego miałbym to zrobić?

– Bo to leży w twojej naturze. – Seth oparł się i posłał Devlinowi nieodgadnione spojrzenie. – Czy wróżki odpowiadają w ogóle na zadane im pytania? Czy zawsze wykręcają się od odpowiedzi?

– Jesteś jednym z nas. – Devlin wypił srebrny płyn z kubka i zmienił temat, wskazując naczynie. – Niełatwo to znaleźć w tym świecie.

Seth wzruszył ramionami.

– Sorcha się o mnie martwi. Dba o moje zdrowie, więc zawsze mam to pod ręką. To lepsze rozwiązanie, niż się z nią kłócić.

Niespodziewanie z gardła Devlina wyrwał się śmiech.

– Może kiedyś przestaniesz mnie irytować.

– Szczerze w to wierzę, ale jeszcze nie nadszedł właściwy moment. – Gdy Seth się przeciągnął, Devlin dostrzegł siniaki i skaleczenia na jego przedramieniu.

– Rozumiem. – Devlin próbował pojąć sens słów Setha. – Jesteś ranny.

Seth opuścił rękę.

– Ja też ukrywam przed tobą różne rzeczy, Devlinie. Należysz do niej i chociaż… bardzo staram się tobie zaufać, jestem pewien, że nie pojawiłbyś się tutaj z własnej woli, gdyby cię o to nie poprosiła. Podejrzewam, że ona wie wszystko to co ty, a wolałbym, żeby nie znała całej prawdy.

– Istotnie. – Devlin zmierzył Setha wzrokiem. Miał do czynienia z dzieckiem, które nie przeżyło jeszcze nawet dwóch dekad, a mimo to głosiło prawdę. – Zastanawia mnie tylko, skąd ty to wszystko wiesz.

– Nie ja powinienem ci to wyjaśnić. – Seth wyszczerzył zęby w uśmiechu. – No proszę. Chyba wystarczająco długo jestem wróżem, bo zręcznie unikam pytań.

– Nasza królowa się niepokoi i... – Devlin uniósł kubek do ust. Popijając eliksir, zastanawiał się, jakich użyć słów. – Będę musiał opuścić cię na pewien czas, żeby zająć się interesami.

– Wiem. – Seth wstał i wziął od niego kubek. – Gdy ty będziesz przekonywał sam siebie, że nie musisz zaprzątać sobie głowy tymi „interesami", wielu ujrzy nas razem. Przekażą wieści Sorsze. To ją uspokoi. A ja poradzę sobie bez ciebie. Mroczny Dwór mnie obroni. Poza tym jestem znacznie silniejszy, niż nasza królowa ci powiedziała. Z czasem dowiesz się, że... i chyba mi wybaczysz... a może nie. Nie widzę wyraźnie.

Devlin obserwował Setha z niejasnym przeczuciem, że ten nowy wróż mówi prawdę. Ale nie istniało żadne logiczne wytłumaczenie, skąd miałby tak wiele wiedzieć. „Chyba że jest jasnowidzem. Czy Sorcha użyła energii Eolas, by uczynić z Setha wróża?" Stworzenie lojalnego jasnowidza byłoby logicznym posunięciem.

„Seth może wyjawić mi prawdę".

– Widzisz przyszłość.

– Tylko fragmenty – przyznał Seth. – Wiem, do czego zmierzasz.

– Czy nic mi nie grozi? – zapytał Devlin sennym głosem.

Przez moment Seth tylko się w niego wpatrywał. Potem bez słowa odwrócił się i wyszedł z pokoju. Devlin zamierzał ruszyć za nim, ale to wymagało więcej energii, niż miał. Zamknął więc oczy.

Odgłosy kroków obwieściły powrót Setha. Devlin zmusił się, żeby unieść powieki. Patrzył, jak Seth układa koc i poduszki na sofie. Potem chłopak pogasił światła i zamknął drzwi na zasuwę. Każdy dźwięk niósł się głośnym echem i Devlin zrozumiał, że tej nocy nie sprawdzi się w roli opiekuna.

– Co tam dodałeś? – wymamrotał. – Co było w eliksirze, Secie?

– Coś, co pomoże ci wypocząć i odzyskać siły. Nie potrzebuję strażnika, Devlinie. Jak tylko zrozumiesz dlaczego, zechcesz porozmawiać z Sorchą... Ona nie zdradziła mi twoich sekretów, a ja nie wyjawię ci jej tajemnic.

Devlin znów zamknął oczy. Zabijanie dla królowej było znacznie łatwiejsze od niańczenia jasnowidza. „Nigdy nie zdradziła mi, jak przemieniła Setha. Więcej sekretów. Musiała wykorzystać moc Eolas". Słowa wirowały w głowie Devlina, gdy dryfował do krainy snów.

Seth przerwał ciszę.

– Znajdziesz się w niebezpieczeństwie, ale sądzę, że dokonałeś właściwego wyboru.

– Niczego... nie wybrałem. – Devlin próbował otworzyć oczy, ale powieki za bardzo mu ciążyły. „Jasnowidze z usypiającymi miksturami. Niedopuszczalne pod każdym względem".
– Nadal się zastanawiam. Logiczne decyzje... i takie tam.

Seth nie zaśmiał się na głos, ale był rozbawiony, gdy odparł:

– Oczywiście... Śpij, bracie.

Rozdział 9

Tuż przed świtem Ani stała na werandzie niszczejącego budynku. Przycisnęła dłonie do drzwi frontowych z ciemnego drewna, ciesząc się, że może tu być. Dom nadal należał do Iriala, chociaż od niedawna dzielił go z nowym Królem Mroku.

Lewą ręką nakryła kołatkę z brązu, kształtem przypominającą gargulca z rozdziawioną paszczą. Westchnęła pod wpływem rozkosznego bólu, jaki poczuła, gdy gargulec zacisnął zęby na jej palcach. Trwało to na tyle krótko, że nie zarejestrowała ruchu, ale otrzymała jasną wiadomość: pozwolono jej wejść. Jedynie wybrańcy mogli zakłócać spokój Iriala. Ani znajdowała się na liście mile widzianych gości – nawet o tak późnej porze.

– Jesteś ranna? Coś się stało? – Strój Iriala zdradzał, że czekał na kogoś innego: miał na sobie jedynie ciemnoniebieskie jedwabne spodnie od piżamy.

– Nie. Nudzę się. Nie mogę spać. Normalka. – Grymasiła, ale Irial się uśmiechnął.

– Biedny szczeniak.

Cofnął się, żeby wpuścić ją do środka. Tuż za drzwiami zsunęła buty. Podłoga pod jej stopami była śliska i niewyobrażalnie zimna; chodzenie po niej sprawiało ból. Ani zadrżała.

Drzwi zamknęły się bez niczyjej pomocy, a dziewczyna przystanęła, żeby puścić Iriala przodem. Wróż przywiązywał dużą wagę do miejsc, w których przyjmował gości, dlatego lepiej było iść z tyłu, niż prowadzić. Poza tym podążanie za nim miało pewną zaletę: mogła go obserwować.

– Czy ty… to znaczy, czy on… – Nie była pewna, podobnie jak reszta dworu, jakich słów używać, gdy chodziło o Iriala i Nialla. Dokonała jednak wyboru. – Czy król jest w domu?

Irial zerknął na nią przez ramię.

– Niall… wyszedł.

Ani wyczuła smutek byłego władcy. Kontrolował się. Cienie poruszały się wokół niego, wydłużały się i rozpełzały po ścianach, ale strażnicy otchłani pozostawali niewidoczni.

– Głupiec. – Cienie nie nakłoniły jej do odwrócenia wzroku.

– Nie – mruknął Irial. – Wybaczył mi więcej win, niż na to zasługuję.

Weszli do tego samego pokoju, w którym trzymał ją w ramionach, gdy powstrzymywała łzy bólu po uścisku ostowego wróża. Pocieszał ją. Po testach zawsze dotrzymywał jej towarzystwa do chwili, gdy przestawała krzyczeć i szlochać.

Jednak tej nocy Irial zachowywał dystans. Podszedł do eleganckiej mahoniowej półki uginającej się pod ciężarem tomów w poszarpanych papierowych okładkach. W zamyśleniu przejechał ręką po wielokrotnie czytanych książkach. Mur, którym zwykle się otaczał, był teraz nieco niższy, dzięki czemu Ani poczuła jego smutek i tęsknotę. Nie widziała jednak jego twarzy, bo stał odwrócony tyłem.

Zaczęła krążyć po pokoju – była zbyt zdenerwowana, by ustać w miejscu. Podeszła do niego, a on się odwrócił. Ani niepewnie zarzuciła mu ręce na szyję.

– Gabriel wie, że mi pomagasz. Możemy pomóc sobie nawzajem.

Nie drgnął, więc przysunęła się do niego. Całowała go już wcześniej, ale po raz pierwszy chciała czegoś więcej. Nawet jej ojciec nie zachowałby się tak głupio, by zaprotestować, gdyby były Król Mroku zapragnął jego córki.

Przez kilka zbyt krótkich chwil odwzajemniał pocałunki, ale gdy przycisnęła do niego biodra, Irial chwycił ją za ramiona i odsunął. Spojrzał na nią z dezaprobatą; na widok tej miny większość poddanych Mrocznego Dworu czmychała albo kuliła się ze strachu.

– Nic z tego, Ani.

– Może gdybyś pozwolił mi spróbować... – Nadal czuła na ustach gorzką czekoladę. Spowijał ich ciemny dym. Irial smakował jak grzech, a ona chciała więcej.

– Nie.

Wróż usiadł na sofie i poklepał środkową poduchę. Dziewczyna zajęła jednak drugi koniec, wyciągnęła nogi i oparła stopy na jego udach. Chociaż posłał jej rozbawione spojrzenie, nie kazał się cofnąć.

– Zamierzasz żyć w celibacie? – Odchyliła się i przewiesiła rękę przez poręcz.

– Nie, ale nie zamierzam zaciągnąć do łóżka córki Gabriela.

Podniósł jej stopę i jakby od niechcenia zaczął kreślić kciukami koła na jej spodzie. Ani pomyślała, że rozpłynie się z zachwytu.

– Nikt nie zaciągnie córki Gabriela do łóżka. – Zaczęła wyliczać na palcach. – Nie wolno mi karmić się emocjami i dotykiem śmiertelników. Ani wróżek. Nie wolno mi uprawiać seksu, dopóki nie upewnię się, że nikogo nie zabiję. Nie wolno mi walczyć z ogarami, bo one mogą zabić mnie. Nie wolno, nie wolno, nie wolno. Co ja mam robić?

– Prosisz o radę?

Jego twarz złagodniała. Ukazał jej oblicze, z którym nie obnosił się publicznie, a które widywała, ilekroć czuła się źle i słabo. Oblicze, dla którego pokochała go Leslie i nie potrafił przestać go kochać Niall. Irial zrobiłby wszystko dla swoich najbliższych, zwłaszcza teraz, gdy nie troszczył się o Mroczny Dwór. Miłość taka jak jego była wyjątkowa; nic nie powinno stawać jej na przeszkodzie. Ani to rozumiała, w przeciwieństwie do swojej śmiertelnej przyjaciółki Leslie i nowego króla.

Nie mogła natomiast pojąć, jak w ogóle można było mu czegokolwiek odmówić. Przecież Irial był doskonały. „A przynajmniej niewiele brakuje mu do ideału. Nawet jeśli nie przepadam za jego eksperymentami". Kochała się w nim, gdy dorastała. „Może nadal trochę się w nim podkochuję". Był Królem Mroku, demonem, przed którym drżały istoty z koszmarów. Na Mrocznym Dworze jedynie Gabriel i Bananach budzili większą grozę niż on.

– Jeśli możesz dać mi tylko radę, niech będzie. – Ani wyjęła stopę z jego dłoni i podała mu drugą. Irial roześmiał się, ale zaczął ją pocierać. – Cierpię.

Przechyliła głowę i szeroko otworzyła oczy.

– Grymaszenie na mnie nie działa, szczeniaku.

Mocniej wcisnął kciuki w podbicie jej stopy.

– Dawniej działało.

– Nie. Ale lubiłem sprawiać ci radość. A ciebie cieszyła myśl, że możesz ze mną pogrywać.

Musnął końcem palca jej stopę. Cofnęła nogę, po czym przyciągnęła kolana do piersi.

– To bzdura, Iri.

– Gabe po prostu martwi się o twoje bezpieczeństwo. – Irial wyciągnął rękę i ścisnął kostkę dziewczyny. – Wiły zabrały ostatnią próbkę krwi do laboratorium wyspecjalizowanego w badaniu biologii wróżek. Jeśli ustalimy, kim jesteś, wyizolujemy konkretne geny i…

– Od miesięcy prowadzicie badania – przerwała mu Ani. – Po prostu weź trochę mojej krwi i dokonaj kolejnej wymiany atramentu. Można mnie z kimś połączyć, bo jestem wystarczająco ludzka, a do tego potrafię żerować jak wróżki. Zamiast łez Mrocznego Dworu niech moja krew będzie bazą atramentu. Zobacz, czy to działa, i…

– Nie. – Irial ścisnął kostkę Ani tak mocno, że sprawił jej ból. – Niall woli, żebyśmy tego nie robili. Dzięki narastającym konfliktom może karmić dwór. A nawet jeśli wszystko inne zawodzi, moja obecność tutaj, jego złość na Króla Lata oraz frustracja z powodu poczynań Bananach wyprowadzają go z równowagi do tego stopnia, że może dzielić się emocjami. To tylko chwilowe rozwiązanie, ale pozwala zyskać na czasie.

Ani przewróciła oczami. Spragnieni emocji podwładni mieli pożytek z niespokojnego króla. Ponadto niesnaski między Letnim a Zimowym Dworem dawały mrocznym wróżkom wystarczająco dużo pożywienia. Jednak żadne z tych rozwiązań nie pozwalało im rosnąć w siłę. I nie zaspokajało potrzeb Ani.

– Potrzebuję czegoś więcej, Iri.

– Czy niekontrolowany kontakt fizyczny ich nie osłabi? Nie zabije? Nie pokaże, kim jesteś? Nie narazi cię? – Łagodność Iriala znikała. – Zagwarantuj mi, że nie stanie się nic złego.

Chociaż nie potrafiła kłamać, mogła udzielać wymijających odpowiedzi.

– Ciebie nie krzywdzę. Poza tym nie ma tu nikogo, kto mógłby mnie powstrzymać.

Posłał jej kpiący uśmiech.

– Kochanie, znów jestem Gancanaghem i w razie potrzeby zablokuję ci dostęp do moich uczuć. Zarówno śmiertelnik, jak i nawet bardzo silny wróż, który da ci jednocześnie...

Ani pomyślała o poznanym wróżu. To była tylko przelotna myśl, ale Irial dostrzegł wyraz jej twarzy.

– Co zrobiłaś?

– Nic takiego. On był w porządku... a przynajmniej tak mi się wydaje. – Ani bezwiednie oblizała usta, a potem zdała sobie sprawę, co zrobiła. Odwróciła więc wzrok.

– Kto?

– Nie wiem. Na pewno nie był słaby... i nie wyglądał źle, gdy odchodził. – Ani spojrzała na byłego władcę. – Odszedł. Nie widział go nikt prócz Setha... a on by mnie nie naraził. Tak sądzę. Mam rację? Jak myślisz?

– Opowiedz o wszystkim.

Tak też zrobiła. Zrelacjonowała szczegółowo spotkanie z wróżem, a na koniec dodała:

– Po wszystkim zniknął.

Przez pewien czas Irial milczał.

– Wziął twoją krew.

– Tak, wiem, ale częściowo ponoszę za to odpowiedzialność. Jeśli będzie stwarzał problemy, jeśli mnie znajdzie i okaże się zagrożeniem, mogę... no wiesz... pójść na całość.

Zignorowała wyrzuty sumienia na myśl o umyślnym uśmierceniu przypadkowo poznanego wróża. Jako członek Mrocznego Dworu musiała czasem robić rzeczy, które nie były jej w smak.

– Jeśli do tego dojdzie, właśnie tak postąpisz. – Chociaż rozkazu Iriala nie poparł Niall, oboje wiedzieli, że Ani go wykona.

Skrzyżowała ręce na piersi.

– A może wykorzystacie mnie do wymierzania kar albo wyślecie na Letni Dwór, niczym konia trojańskiego, żebym skrzywdziła Króla Lata. „Będziecie musiały całować Ani, małe złe wróżki". Wróżki, śmiertelnicy, mieszańce... Gdybym zajęła miejsce Nialla, mogłabym karmić dwór. Wydałabym prawdziwą ucztę. Czy Niall przekazałby mi tron, gdyby znał prawdę? Czy zabiłby mnie, żeby moją potworność...

– Ani... przestań. Znajdziemy sposób. Wiem, że nie chcesz nikogo zabić. – Irial zamilkł. Ważył słowa, chociaż zawładnął nim smutek. – Dla niektórych wróżek uczucia i śmierć to zbyt osobiste sprawy. Nie ma w tym nic złego. Niall nie... on woli... – Zaczynał, ale urywał zdanie, ilekroć próbował skłamać. – Niall nie zawsze radził sobie z konsekwencjami bycia Gancanaghem. Nasz dotyk uzależnia śmiertelników; twój wysysa z nich życie. Ale efekt jest mniej więcej taki sam.

– A ty? – Ani zastanawiała się nad tym nie raz. Śmiertelnicy, których porzucali Gancanaghowie, tracili zmysły albo umierali, bo bez ich dotyku nie mogli zaspokoić swych pragnień. Jako Król Mroku Irial nie stwarzał zagrożenia przez wiele stuleci, ale teraz to Niall zasiadał na tronie, a Irial znów uzależniał od siebie ludzi. „Tak jak wcześniej". Napotkała wzrok Iriala i zapytała: – Czy ty... nie żałowałeś tych, których zabiłeś?

– Rzadko.

Ani zaschło w ustach, więc przełknęła ślinę.

– Och.

– Przez większość życia przewodziłem dworowi koszmarów, Ani. Zraniłem dwie istoty, które kochałem. – Pozwolił, by zalały ją jego emocje: smutek, gniew, lecz nie żal. – Spętałem Króla Lata, który był synem przyjaciela. Zleciłem więcej zabójstw, niż zdołam zliczyć, robiłem rzeczy zbyt perwersyjne, by o nich mówić.

– Nigdy nie miałeś wyrzutów sumienia? – wyszeptała.

– Nie. – Irial znieruchomiał. Czyjeś ciężkie kroki rozległy się przed drzwiami, ale potem ucichły. – Podejmowałem najlepsze decyzje z możliwych. Dbałem o swój dwór i to się nie zmieniło. Z tego powodu muszę czasami zabijać ludzi. Dwór i mój król są dla mnie najważniejsi.

– Będę posłuszna rozkazom mojego króla – zapewniła go. – Wolałabym jednak nie zabijać w ten sposób. W uczciwej walce...

– Wiem. – Irial przyciągnął ją i przytulił ostrożnie. – Gdyby mu zaproponować uczynienie z twojego głodu broni, nie spodobałoby mu się to tak samo jak tobie.

– Inaczej niż tobie. Ty nadal robisz rzeczy, których nie życzyłby sobie Niall.

Irial nie odpowiedział i wcale nie musiał.

– Znajdziemy rozwiązanie. Będziesz silna i bezpieczna, Ani.

Uniosła głowę i spojrzała na niego.

– Mogę się tutaj przespać?

– Jeśli nie zdejmiesz ciuchów, możesz zostać.

Rozdział 10

Ledwie zasnęła, gdy obudziło ją warczenie.

– Czyś ty całkiem oszalał? – Stał nad nią rozwścieczony Niall. Po obu jego stronach kołysali się strażnicy otchłani i poklepywali go pocieszająco.

Ani zamrugała, próbując zrozumieć, czemu Król Mroku się na nią złości, ale zanim zdążyła odpowiedzieć, odezwał się ktoś inny.

– A jakie to ma dla ciebie znaczenie? – zapytał zdumiony Irial.

Nadal obejmował ją mocno, a ona tuliła się do jego nagiej piersi. Nakrycie, którym ktoś ich otulił, sięgało jej aż do szyi.

– To córka Gabriela. W połowie jest śmiertelniczką… a ty… – Niall sprawiał wrażenie, jakby chciał wyrwać ją z uścisku Iriala.

– Daj spokój. – Głos Iriala nie brzmiał jak głos podwładnego postawionego przed oblicze króla.

Ani westchnęła. Odrobina przemocy byłaby cudownym początkiem już i tak przyjemnego poranka. „Gdyby tylko..."

– Już nie jesteś królem, Irialu. Chcesz rzucić mi wyzwanie?

– Nie bądź niemądry – odparł Irial z rozbawieniem w głosie.

– Znów jesteś Gancanaghem. – Niall nie krył znużenia. – Jeśli w żyłach tej dziewczyny płynie wystarczająco dużo ludzkiej krwi, może się od ciebie uzależnić.

– Nie ma jej zbyt wiele. Spójrz na nią. Tylko siła Ani przypomina o śmiertelnych przodkach... a jeśli trochę potrenuje, to kto wie? – W słowach Iriala pobrzmiewała irytacja, ale Ani nie była pewna, czy naprawdę ją czuł. W obecności Nialla trzymał emocje w ukryciu.

– Masz zamiar poinformować o tym Gabriela? – zapytał Niall cicho. Wolał zachować ostrożność, chociaż wiedział, że nikt w tym domu nie wyjawiłby sekretów Króla Mroku. – Bo ja nie zamierzam mu donieść, że przespałeś się z nią, bo taka z niej stuprocentowa wróżka.

Ani ponownie westchnęła. Niall był seksowny, gdy się wściekał, zamiast stroić fochy, jak to miał w zwyczaju. Sączące się z niego podłużne cienie przypominały skrzydła, a blizna nadawała jego ginącej w mroku twarzy złowieszczy wygląd.

– Smakowity z niego kąsek – szepnęła.

– Wstawaj, kochanie. – Irial się nie uśmiechał, ale w jego głosie brakowało powagi.

– Jest mi wygodnie i... – Zerknęła na zegarek, a potem na swojego króla. – Kto wstaje o tej godzinie? Dopiero zasnęłam.

– Możesz pospać jeszcze kilka godzin w moim pokoju – zapewnił ją Irial.

Niall wyciągnął rękę; nawet gdy się złościł, nie zapominał o manierach. Ani niechętnie ujęła jego dłoń i wstała. Zobaczywszy, że jest kompletnie ubrana, król nie zdołał ukryć zdziwienia, więc Ani pochyliła się w jego stronę i szepnęła:

– Uwierz mi, próbowałam, ale dał mi kosza.

Zerknęła na Iriala, który nadal leniwie wylegiwał się na sofie w samych spodniach od piżamy. Gdyby jej tu nie było, pomyślałaby, że spędził namiętną noc. Niall powiódł spojrzeniem w ślad za nią, ale jego twarz nie złagodniała.

– Nie jestem w nastroju na twoje gierki, Irialu.

– Idź na górę, Ani. – Irial postawił stopy na ziemi. Nie patrzył na nią. Całą jego uwagę pochłaniał Król Mroku. – Co twoim zdaniem powinienem był zrobić inaczej, Niallu? Spędziłem noc na rozmowie z nią i zapewniłem jej bezpieczne miejsce spoczynku. Dałem pożywienie, którego nie może znaleźć nigdzie indziej bez narażania nieistniejącej już cnoty.

Król Mroku nie odpowiedział.

Ani podeszła do rzeźbionych podwójnych drzwi, które prowadziły do prywatnej części domostwa Króla Mroku. Wtedy Irial przerwał krępującą ciszę.

– Co chcesz omówić? Słyszałem cię pod drzwiami zeszłej nocy. – Przemawiał spokojnie. Nawet jeśli coś poczuł, niczego nie dał po sobie poznać. Zarówno Niall, jak i Irial skutecznie ukrywali emocje.

Z jednej strony Ani ogarniał smutek, że Irial ukrywał uczucia, ale z drugiej – wypełniała ją radość, że gdy podzielił się nimi zeszłej nocy, udowodnił, jak bardzo jej ufa. Gdyby Niall trochę się wysilił, zauważyłby, że przekazanie mu przez Iriala władzy to niezwykły dar będący wyrazem oddania.

Skórzana sofa zaskrzypiała, gdy Niall zajął na niej miejsce.

– Czasami cię nienawidzę.

Gdy Ani wychodziła z pokoju, usłyszała pytanie Iriala:

– A przez resztę czasu?

Nie zaczekała na odpowiedź. Sen był teraz ważniejszy od sekretów, które jej nie dotyczyły. O tak wczesnej porze mogła jedynie wczołgać się do łóżka.

Gdy tylko zasnęła, znalazła się w jaskini.

– Co nie pasuje na obrazku? Stalaktyty, stalagmity, stalagnaty, draperie naciekowe, dziewczyna w sukni balowej? Hm.

Rae się uśmiechnęła.

– Witaj, Ani.

– Nie mam na to ochoty. – Ani opuściła jaskinię i zaczęła się oddalać od młodej czarnowłosej kobiety, o której śniła przez większość życia. – Wyobrażam sobie ciebie, nazywam cię. Jesteś jakimś pokręconym wytworem mojej wyobraźni... To oznaka szaleństwa albo coś w tym stylu.

– Z pewnością jesteś niezwykła. – Rae ruszyła za nią. – Ale nie zwariowałaś. Może jestem równie prawdziwa jak ty.

Ani spiorunowała ją wzrokiem, ale nie odpowiedziała. Czasami nawet lubiła śnić o swojej wyimaginowanej przyjaciółce, ale nie tym razem. Nerwy miała napięte jak struny, czuła niepokój. Wiele lat temu uznała, że śni o Rae zawsze, gdy próbuje znaleźć odpowiedzi. Pierwszy sen pojawił się po śmierci Jillian i odtąd, ilekroć Ani była nie w sosie, prawie zawsze przychodziły kolejne.

– Biedactwo – szepnęła Rae. – Za bardzo cię ograniczają? Możesz porozmawiać z Gabem...

– Nie. Tak, ale nie o to chodzi. – Ani skrzyżowała ręce na piersi. – Poznałam kogoś. Jest... inny.

W chwili, gdy Ani o nim pomyślała, pojawił się przed nią, równie rzeczywisty co jej tajemnicza powierniczka, lecz zdecydowanie lepiej ubrany. Rae wydała stłumiony okrzyk.

– Och!

– Muszę trzymać się od niego z daleka. – Ani odwróciła wzrok od wróża. – Nie chcę go skrzywdzić, Rae, a on ma moją krew. Jeśli mnie znajdzie, Irial... – Nawet we śnie nie mogła wymówić tych słów.

Rae ujęła dłonie Ani i ścisnęła je mocno.

– Zaufaj sobie.

Krajobraz wokół nich zniknął i obie znalazły się w próżni.

– Zawołaj swoje wilki. – Głos Rae niósł się echem po białej przestrzeni.

Przez moment Ani nie mogła odpowiedzieć. „Moje wilki?"

– Poszukaj ich – dodała Rae z naciskiem. – Dlaczego śnisz o wilkach?

Pojawiły się warczące drapieżniki.

– A teraz wpuść je do środka, Ani. One są częścią ciebie.

– Nie. Śnię o stadzie, bo jestem córką Mrocznego Dworu. – Ani patrzyła, jak wokół niej materializują się znajome zwierzęta. – To tylko sen… To nie jest moje miejsce. Nie mam swojego miejsca.

– Ależ masz. To nowe stado, Ani. – Rae trzymała się z dala od drapieżników. – Teraz, gdy znów go ujrzałaś, wszystko się zmieni.

Jeden po drugim wilki rzucały się na Ani. Znikały w jej ciele tak jak wiele razy przedtem. Czuła się dziwnie.

– Kim ty jesteś, Rae?

Gdy wypełniające ją wilki zaczęły warczeć, dziewczyna poszła w ich ślady.

„To wilki są ważne. Nie Rae".

Zignorowała dezorientujące słowa wyimaginowanej przyjaciółki i pozwoliła, by zawładnęły nią drapieżniki. Chciały jej w swoim stadzie. Należała do nich.

„Gdybym tylko mogła zabrać je do rzeczywistego świata…"

Rozdział 11

Rae wróciła do Krainy Czarów, do jaskini, w której mieszkała. Niestety, nie była sama: czekały na nią Eolas, strażniczki wiedzy. Rae zadrżała. Eolas pilnowały zakończeń i początków, umiały łączyć i przecinać więzy.

Wpatrywały się w nią trzy kobiety. Każda z nich była w innym wieku: młoda, dojrzała i sędziwa. Reprezentowały różne gatunki. Z lewej strony stała kobieta o szarej skórze z rękami splecionymi na piersi; pośrodku przezroczysta dziewczyna przekrzywiała głowę, jakby kogoś oceniała; a po prawej mała, liściasta istota obserwowała Rae z nieodgadnionym wyrazem twarzy. Każda z nich wypowiedziała swoją kwestię:

– Nigdy więcej…

– …nie wykorzystuj wiedzy…

– …o nich.

Rae wyprostowała plecy, żeby zapanować nad drżeniem. Kobiety przysunęły się do siebie, jakby tworzyły jeden organizm.

– Nikt nie zna swojej przyszłości.

– Nawet on.

– Zwłaszcza on.

Cofnęły się wszystkie trzy, ale przezroczysta dziewczyna wysunęła się nieco naprzód.

– Zgodziłyśmy się, byś poznała prawdę. Otrzymałaś sutą zapłatę.

– To kłamstwo.

Rae zacisnęła pięści.

– Dzięki tej wiedzy ocaliłaś życie ogara. Bez niej on nie zostanie tym, kim powinien. – Liściasta Eolas szeleściła przy każdym słowie. – Jeśli zdradzisz, co wiesz, zginiesz, a on poniesie klęskę.

I kolejny raz zniknęły.

„A ja wciąż żyję". Za to Rae była wdzięczna.

Spotkała je pierwszy raz po kilku dniach eksperymentowania z opętaniem. Ani ona, ani Devlin nie znali jeszcze wtedy granic. Cały dzień spędzili w jaskini. Wróż stracił przytomność, a Rae nadal tkwiła w jego ciele. Nagle ujrzała dziewczynę, którą miał zabić na rozkaz swojej królowej. Niemal niewidzialne nici łączyły losy Ani i Devlina. Potem jaskinia zniknęła, co zaniepokoiło Rae.

Trzy istoty stały przed nią.

– On nie wie takich rzeczy.

Jedna z kobiet wyciągnęła rękę, pozostałe zrobiły to samo. Z ciała Devlina, którym władała teraz Rae, zaczęły wysuwać się cienkie nici. Doświadczenie nie było bolesne, ale dość dziwne.

Rae czuła szarpnięcia, gdy włókna wizji niknęły w koszu, który zdawał się nie mieć dna.

– Przestańcie – powiedziała.

Usłuchały. Przędza rozciągnięta między koszem a ciałem zastygła.

– Ty…

– …nie jesteś…

– …nim.

Każda z nich wypowiedziała inne słowa, ale wszystkie miały taki sam głos.

Rae nie odpowiedziała. Gdy dotknęła nici, poznała zawartą w niej prawdę. Ujrzała, co czeka Devlina.

– To jego przyszłość – szepnęła. – Ogar… którego ma zabić… – Spojrzała na nie. – Czy Jej Wysokość wie? Gdy poleciła mu ją zabić…

– On nie może poznać prawdy – odparła jedna z nich.

Wszystkie trzy wymieniły porozumiewawcze spojrzenia. Jednocześnie skinęły głowami.

– Nie wolno ci nigdy zdradzić jemu…

– …ani jej…

– …co wiesz.

Rae nie była pewna, co odrzec. Te kobiety w niczym nie przypominały Devlina, a poza nimi nie spotkała nikogo innego w Krainie Czarów.

– Bez ciebie poniesie klęskę…

– …a jeśli powiesz jednemu z nich…

– …zginiesz.

Trzy kobiety uśmiechnęły się, ale zdecydowanie nie po to, by dodać jej otuchy.

– Milczenie czy śmierć?

– Jego powodzenie czy porażka?

– Twoja współpraca czy jej brak?

I tak Rae dokonała wyboru. Trzymała język za zębami. Znała przyszłość Devlina – ten dar był ogromnym ciężarem.

Wiele lat później ubłagała go, by darował życie Ani. Zagroziła mu, że powróci do swojego ciała. Zagroziła, że wyzna Sorsze prawdę o sobie i o nim.

– Coś przede mną ukrywasz. – Devlin stał naprzeciwko niej w jaskini. – Ogar nic dla ciebie nie znaczy.

– Ależ tak – upierała się Rae. – Nigdy wcześniej o nic cię nie prosiłam. Lata temu obiecałeś, że spełnisz moje trzy życzenia. Poprosiłam, żebyś dzielił się ze mną swoim ciałem; poprosiłam, żebyś dbał o moje bezpieczeństwo. Mam zatem jeszcze jedną prośbę.

– Chcesz, bym sprzeciwił się mojej królowej? Gdyby się o tym dowiedziała… – Devlin przyklęknął u stóp Rae. – Nie rób tego.

Wyciągnęła ręce i nakryła jego dłonie, jakby naprawdę mogła go dotknąć.

– Jest dla mnie ważniejsza, niż zdołam wyrazić słowami. Musisz zrobić dla mnie jeszcze tylko to.

– Nie proś, bym wyrzekł się honoru. Przysięgałem… Nie proś o to.

– Dałeś mi słowo. – Do oczu Rae napłynęły łzy, równie niematerialne co ona. Znikały w powietrzu, jak tylko spływały z jej twarzy. – Proszę, Devlinie. To moje ostatnie życzenie.

– Nie mogę być lojalny wobec ciebie i jednocześnie wobec mojej królowej. – Wstał i spojrzał na nią. – Nie każ mi wybierać.

Nienawidziła siebie za to, że postępuje z nim dokładnie tak samo jak jego siostry, ale spojrzała mu w oczy i rzekła:

– Wybieraj.

Po jego wyjściu nie rozmawiali miesiącami. Nie odwiedzał jej, nie pozwalał się opętać. Po pewnym czasie wrócił, ale rozmowa o tym, co wtedy zaszło, już zawsze prowadziła do kłótni. Rae nie znosiła swojego sekretu, nie znosiła Eolas za to, że ich poróżniły, i nie znosiła siebie za to, że nie potrafi znaleźć rozwiązania.

Bez Devlina zostałaby w Krainie Czarów sama, na zawsze eteryczna; już nigdy nie poczułaby niczyjego dotyku.

A teraz wydarzenia, którym próbowała zapobiec Jej Wysokość, zbliżały się wielkimi krokami. Rae musiała powtarzać sobie raz za razem, że tak miało być.

„A ja nie złamię zakazu Eolas".

Zdjęta strachem, nad którym nie potrafiła zapanować, Rae zamknęła oczy i poszybowała w kierunku Devlina. Nigdy mu nie powiedziała, że może pojawiać się w snach w świecie śmiertelników. Odwiedzała tam tylko Ani. A Devlina potrafiła odnaleźć wszędzie. Właśnie gdy podążała jego śladem, napotkała Ani: emocje wróża wrzały na myśl o zabiciu ogara i o decyzji, którą wymusiła na nim Rae.

Nie miała jednak odwagi, żeby przeniknąć do umysłu Devlina. „Gdyby mnie odrzucił, czułabym się prawie tak źle jak nad jego grobem. Tak czy inaczej straciłabym go".

Ale nie mogła siedzieć bezczynnie. W snach nie była bezradna: miała głos i siłę. Dlatego też przeniknęła do jego snu.

– Rae? Co ty robisz? – Devlin patrzył, jak Rae przechadza się spokojnie jak gdyby nigdy nic. – Zwariowałaś? Nie wolno ci tu być.

Zamiast się przestraszyć, uśmiechnęła się do niego uspokajająco.

– Przecież nieraz odwiedzałam cię w snach.

– W Krainie Czarów, a nie tutaj. – Ujął dłonie Rae. – Coś ci grozi?

Przyjrzał się jej uważnie, ale nie dostrzegł żadnych oznak cierpienia. Właściwie wyglądała tak cudownie jak jej cielesna powłoka. Zdumiał go jednak widok prostej sukni, w którą była ubrana podczas ich pierwszego spotkania. Również włosy Rae przypominały o tamtym czasie, miały tę samą długość i były uczesane w warkocz, który to on zwykł jej zaplatać.

– Nic mi nie jest.

– Co ty wyprawiasz? – Nie puścił jej rąk. – A jeśli stracisz życie? Jeśli przebywanie w snach w tym świecie może spowodować, że wrócisz do swojego ciała?

Znieruchomiała.

– Musiałam się z tobą spotkać.

– Rae... – Zrobił jeden krok w tył i odszukał jej spojrzenie. – Czy o to chodzi? Twoje ciało zawodzi? Źle się czujesz? Jesteś chora? Mogę je odnaleźć...

– Nie. Po prostu chciałam z tobą porozmawiać. – Przez moment jej twarz wyrażała smutek i zagubienie. Zapytała z wahaniem: – Czy mogę je zobaczyć? Moje ciało?

Devlin odtworzył jaskinię, w której zasnęła dawno temu. Za plecami Rae pojawiła się trumna ze srebra i szkła, dzieło Devlina. Zawsze, gdy w świecie śmiertelników mijał kolejny rok, wróż odwiedzał to miejsce i sprawdzał, w jakim stanie jest jej uśpione ciało. Przez ponad sto lat, gdy egzystowała jako zjawa w Krainie Czarów, ta pusta skorupa nie postarzała się ani o dzień. Jednak gdyby do niej powróciła, wszystkie przeżyte lata odcisnęłyby na niej piętno i niechybnie by umarła.

– Dodałem kilka belek mocujących. – Devlin nie spojrzał za siebie. Pojawiał się tam wystarczająco często i nie musiał teraz oglądać ciała uwięzionego w szkle. – Sukienka chyba nadal wygląda dobrze.

– Rozpadnie się. Tak jak pozostałe. – Łzy zalśniły na jej ciemnych jak węgiel rzęsach. – Może w końcu powinnam ją zmienić.

– Jeśli sobie życzysz.

Rae zawsze nalegała, żeby ubierać jej ciało w repliki sukni, którą miała na sobie w dniu, gdy zasnęła w jaskini. Devlin uważał to żądanie za dziwaczne, ale nigdy nie rozumiał śmiertelników.

Zgodnie z jej wolą zastępował więc kolejne rozpadające się suknie nowymi, wyglądającymi identycznie. Wytrzymywały dłużej, odkąd przeniósł jej ciało z mokrej ziemi do szklanego pojemnika. Jednak żaden materiał nie był wieczny.

Rae wyswobodziła dłonie z jego uścisku.

– Odwiedzam świat śmiertelników od… chyba od czternastu ludzkich lat. – Zamilkła, po czym spojrzała na niego. – Zaglądam do Ani.

Cieszył się, że to tylko sen. Na jawie nigdy nie pozwoliłby sobie na luksus uwolnienia emocji, które zaćmiewały logikę. Wypełniły go: przerażenie, zazdrość i poczucie, że został oszukany.

Gdy zachwiał się na nogach, za jego plecami pojawiło się krzesło. Opadł na nie.

– Chodzisz w snach ogara? Dlaczego, Rae? Jak mogłaś… Nie wierzę… Czemu?

Rae zastąpiła jaskinię zaśnieżonym polem.

– Pragnę twojego szczęścia. Chcę, żebyś miał wszystko, czego potrzebujesz. Chcę wyznać ci rzeczy, których nie mogę.

– Rae?

– Tak wiele mam ochotę ci powiedzieć – wyszeptała Rae, opadając na zaśnieżoną ziemię, która ciągnęła się, jak wzrokiem sięgnąć. Zerknęła na niego. Łzy spływały jej po twarzy. – Musisz ją ochronić, Devlinie, przed tymi, którym zależy na waszej krzywdzie.

Devlin odgarnął włosy z jej twarzy.

– Rae...

Rae zacisnęła zimne palce na jego nadgarstku.

– Chroń ją, ale uważaj na siebie. Słyszysz m...

Jej słowa ucichły, gdy Devlin zaczął się wybudzać. Leżał na sofie w pociągu i coś ciążyło mu na szyi. Czuł się tak, jakby się dusił. Otworzył oczy i ujrzał węża Setha. Intensywne spojrzenie gada wyprowadzało go z równowagi.

– Znikaj – mruknął Devlin.

Przez kilka sekund boa przyglądał mu się dziwnie, po czym spełzł na podłogę. Devlin nie potrafił sobie przypomnieć, kiedy ostatnio został odurzony, i chociaż mikstura go pokrzepiła, musiała wywołać niedorzeczne sny.

Devlin wstał i chwycił czystą koszulę oraz dżinsy z krzesła, gdzie najwyraźniej zostawił je Seth. „Za często tu bywam, skoro chłopak przechowuje moje ubrania". Był zabójcą Wysokiego Dworu. Przez całą wieczność Kraina Czarów drżała przed nim ze strachu. A mimo to ten niedawno stworzony wróż odurzył go i poznał jego przyszłość.

„Sorcha nie powiedziała mi, że jest jasnowidzem".

Devlin nigdy nie znosił dobrze niespodzianek.

Drzwi się otworzyły i do środka wszedł Seth. Rzucił na stół kuchenny podniszczoną torbę na ramię.

– Dzień dobry, bracie.

– Przestań się tak do mnie zwracać i włóż to z powrotem do klatki. – Devlin wskazał zwiniętego boa. – Nie lubię, kiedy coś po mnie pełza.

– Rozwijak cię lubi. – Seth wziął węża na ręce i zaniósł go do terrarium. Posłał Devlinowi oceniające spojrzenie. – Wyglądasz znacznie lepiej. Jeszcze kilka dni przed wyjazdem…

– Przestań. – Devlin upuścił ciuchy z powrotem na krzesło, po czym podszedł do Setha. – Mam nad tobą czuwać.

– Nieprawda. Taki miałeś cel, ale to się zmieniło.

Seth zamknął terrarium.

– Nie wyjdziesz więcej beze mnie – warknął Devlin.

Czuł przemożną chęć, żeby zacisnąć palce na gardle Setha, ale przemoc była w tej sytuacji nieuzasadniona. „Należę do Wysokiego Dworu". Zepchnął pokusę w najodleglejszy zakamarek umysłu.

Seth uśmiechnął się łagodnie i podszedł do stosu ubrań. Odłożył na bok kilka rzeczy z wierzchu, a z resztą podszedł do stołu. Przez cały czas nie dawał po sobie poznać, że ich stosunki nie układają się najlepiej.

– Do tej pory woda pewnie się już zagrzała.

– Nie wyjdziesz z domu podczas mojej kąpieli.

– Zgadza się. – Seth otworzył torbę, którą wcześniej zostawił na stole w maleńkiej kuchni, a następnie włożył do niej ubrania. – Kupiłem kilka przyborów, kiedy spałeś. Wszystko jest tutaj.

– Przyborów?

– Na podróż. Wyruszysz wcześniej, niż sądzisz. Wszystko się zmieniło.

Zanim Seth się odwrócił, Devlin dostrzegł błysk niepokoju w jego oczach.

Rozdział 12

Ani odrzuciła nakrycie i się przeciągnęła. Była jeszcze bardziej zmęczona niż w momencie przekroczenia progu domu Iriala. Gdy schodziła na parter, w budynku panowała cisza. Przystanęła przy drzwiach do salonu, skąd dobiegały pomruki. Poczuła zlepek tęsknoty i odrazy, po czym otworzyła drzwi.

Gdy znalazła się na szczycie schodów, a śpiący teraz gargulec-kołatka znalazł się za jej plecami, zachwiała się na nogach. Na ulicy stał nieruchomo Ly Erg.

– Gdzie idziesz? – zapytał.

– Na pewno nie tam, gdzie ty.

Chociaż było południe i słońce świeciło wysoko na niebie, Ani zadrżała. Odwróciła się i zaczęła oddalać się od intruza.

Czerwonoręcy wróże pomagali Bananach w jej machinacjach – do tego stopnia, że na Mrocznym Dworze regularnie pojawiało się ryzyko buntu. Nie dało się tego uniknąć: wojownikom wystarczała byle wymówka, by rozpętać prawdziwą wojnę. „To nie jest towarzystwo dla mnie". Nawet jeśli Ani miała wątpliwości co do kompetencji nowego Króla Mroku, lojalność wobec Iriala nie pozwalała jej rozsiewać plotek o wskazanym przez niego następcy.

Ruszyła pierwszą zacienioną uliczką; jej dwór zazwyczaj gromadził się w takich miejscach. Jednak zamiast sprzymierzeńców spotkała kolejnego obserwującego ją Ly Erga. Skręciła więc za róg, a potem za kolejny, aż dotarła do tej dzielnicy miasta, którą wielu uważało za najmniej atrakcyjną. Nierówności i dziury w asfalcie wypełniały brązowawe kałuże wody zmieszanej z benzyną i chemikaliami. Odbijał się w nich cały świat – choć trochę ciemniejszy, nieco mniej wyrazisty. Jednak Ani uważała, że jest piękny. Podobnie jak Mroczny Dwór, mętna woda mogła na pierwszy rzut oka wydawać się odrażająca. Dziewczyna jednak dostrzegała piękno tam, gdzie inni widzieli jedynie brud – w końcu zrodziła się z cieni.

„Oczywiście nie każdy twór mroku, tak samo jak nie każdy twór światła, był piękny". Ta myśl pojawiła się w głowie Ani, gdy z ciemności wyłoniła się Bananach. Dziewczynę ogarnęło przerażenie. Ly Ergi zaprowadziły ją do kruczej wróżki.

– Dziewczyna. Dziecię Gabriela. – Bananach przechyliła głowę, jakby na coś czekała. – Jesteś mi potrzebna. Chodź.

Jeden z Ly Ergów, których Ani spotkała wcześniej, stał teraz za Bananach. Ani powstrzymała krzyk. Chociaż bała się niewielu wróżek, wojowniczka o kruczoczarnych włosach ją przerażała. Szpony i dziób, popiół i krew. W obecności Bananach nawet sam Król Mroku czuł się niepewnie. Narastający niepokój i nieufność między dworami wzmocniły ją na tyle, że mogła mierzyć się z najsilniejszymi.

– Pani Wojna nakazuje, byś za nią poszła. – Ly Erg zrobił zapraszający gest. – Sprzeciwisz się?

Jego pełne nadziei spojrzenie przekonało Ani, że niczego nie wskóra, jeśli będzie stawiała opór.

– Nie.

– Grzeczny szczeniak – pochwaliła Bananach.

Ani krucza wróżka, ani Ly Erg nie odezwali się słowem, gdy zmierzali w kierunku budynku, który wyglądał, jakby od dawna nikt w nim nie mieszkał. Okna zamalowano na czarno, a przysłaniające je żelazne kraty przypominały zabezpieczenia przed huraganem. Znajdowali się zaledwie kilka przecznic od domu Nialla. „Czy zabije mnie na progu?" Ani nie potrafiła odpowiedzieć sobie na to pytanie, bo w towarzystwie Bananach nigdy niczego nie można było przewidzieć. Wojna z natury była kapryśna i bezczelna.

Bananach podważyła metal i gestem zaprosiła Ani do środka. Serce dziewczyny waliło jak młotem, tak że czuła je pod skórą. Nie odbierała jednak żadnych emocji Bananach. „Niedobrze". Zanim przestąpiła próg, Ani zapytała:

– Jestem gościem czy więźniem?

– Nie wiem. – Bananach posłała Ani nieodgadnione spojrzenie i wskazała okno. – Idź, zanim zagrozisz bezpieczeństwu moich żołnierzy.

Ly Erg odwrócił się prawdopodobnie po to, by wrócić na stanowisko, a Ani wgramoliła się przez okno do pokoju, który wyglądał jak pomieszczenie w średniowiecznym zamku. Kuto tam i naprawiano miecze oraz inne rodzaje broni. Ta staroświeckość kontrastowała z monitorami i stacjami roboczymi ustawionymi na dużych drewnianych stołach po drugiej stronie pokoju. Ani utkwiła w nich wzrok.

– Nie należysz do stada ani do ich dworu. Taka jest prawda.

Znajomy widok ciemnych oczu Bananach dodawał Ani otuchy, mimo że jej słowa ją obrażały.

– Należę. – Ani uniosła głowę. – Nasz król…

– Twój król. Nie mój. Ja nie chcę króla.

– Ślubowałaś wierność – wyszeptała Ani.

– Istotnie. Dlatego Niall nie zginął z mojej ręki. Dlatego Irial żyje tak długo. – Bananach spojrzała w pustkę za plecami Ani. – Przyjdzie po ciebie, córko Gabriela? Wyrwie cię z moich szponów?

Ani nie była pewna, kogo Bananach ma na myśli. „Gabriela? Nialla? Iriala? Kogoś innego?" Nie należało liczyć na precyzję wypowiedzi kruczej wróżki.

Bananach stanęła obok niej i zbliżyła usta do jej ucha.

– Twojemu ojcu się to nie spodoba. Nie słuchaj go. Nie musisz mu o niczym mówić.

– Mówić mu o… Nie wiem, co masz na myśli. – Chociaż Ani nie pojmowała sensu komentarzy kruczej wróżki, próbowała zachować ton pełen szacunku i opanowania.

– To dobra odpowiedź, córko Gabriela. Powtórzysz to, gdy zapytają. Udawaj, że nic nie wiesz. Będę przemawiać za ciebie.

– Kobiece sekrety. Daj mi, czego pragnę, a ja dam ci więcej.

– Czego pragniesz?

Ani była pewna, że przemawia z szacunkiem. Królik nauczył ją, jak ważne w konfrontacji z szalonym albo niebezpiecznym przeciwnikiem są odpowiedni dobór słów, właściwe gesty i ton. Bananach była jednocześnie szalona i niebezpieczna.

Kłapnęła dziobem i ponownie przechyliła głowę.

– Potrzebuję twojej siły i twojej krwi, mały ogarze.

– Zachowam życie?

– Być może. – Bananach przykucnęła przed nią i spojrzała jej w twarz. – Nie widzę wyraźnie.

– Och!

Ani rozejrzała się w poszukiwaniu wyjścia. Walka z Bananach nie wchodziła w grę. Jednak mogła uciec; nie dorównywała najszybszym ogarom, ale potrafiła prześcignąć większość wróżek.

„Ale czy także ją?"

Bananach poklepała Ani po ręce jak bezpańskiego psa.

– Masz w sobie coś wyjątkowego i ja tego potrzebuję. Możesz zachować życie.

– Ja…

– Najpierw zabijesz Setha… i Nialla. Może na początek Nialla. Nie przysięgałaś mu wierności tak jak ja. Nie będą cię podejrzewać. – Bananach pogłaskała twarz Ani. – Zrobisz to. Potem przyjdziesz do mnie i oddasz mi krew.

Ani zadrżała. Ludzkie geny nie tylko ją osłabiały: chociaż próbowała, nie potrafiła rozbudzić okrucieństwa, które cechowało jej dwór. Sama myśl o zabiciu tych, których znała, wywoływała w niej nieprzyjemne uczucia. Omal się nie wzdrygnęła, ale zapanowała nad emocjami. Zapytała tylko:

– Albo?

Bananach zakrakała.

– Nie ma żadnego „albo". Nie masz wyboru, dziecko. Jeśli mi się sprzeciwisz, postąpisz bardzo... niemądrze. Przyjdę po ciebie.

Ani miała mętlik w głowie. Jeśli Bananach zacznie ją ścigać, w niebezpieczeństwie znajdą się jej najbliżsi – sytuacja ją przerosła.

– Po to się urodziłaś. Gdyby cię zabił, byłoby inaczej, ale nie zrobił tego. – Bananach wstała i się cofnęła. – Chce mojej wygranej. Dlatego pozwolił ci żyć. Dla mnie.

– Kto taki?

– Skończyłam. A teraz biegnij i wykonaj rozkaz albo nie będę zadowolona.

Bananach wyszła. Zostawiła Ani wśród broni i komputerów. Teraz dziewczyna nie zaprzątała sobie głowy ewentualnym pościgiem. Rzuciła się przez pokój z prędkością, którą rzadko osiągała. W tym momencie w każdym calu była córką Dzikiego Gonu.

Nic jej nie spowalniało i nikt nie zatrzymywał.

Rozdział 13

Devlin stał u wylotu uliczki, z której wybiegła dziewczyna. Dzięki jej krwi wytropił Ani w domu Iriala i Nialla, a potem w kryjówce Wojny. „Co tam robiłaś?" Chciał za nią ruszyć. Wbrew logice była dla niego ważna. „Martwa nie miałaby znaczenia". Myślał o jej śmierci, gdy czekał pod domem Króla Mroku, myślał o ogarniającym go przerażeniu, gdy stał przed gniazdem kruczej wróżki.

A potem Ani zniknęła.

– Jest nieprzewidywalna – szepnęła mu Bananach prosto do ucha. Musnęła go czarnymi piórami. Gdy go uściskała, Devlin się cofnął, a ona wbiła szpony w jego boki. – Chaos wcielony. To dla ciebie za dużo, ukochany bracie.

Chwycił ją za nadgarstek i ścisnął tak mocno, że połamał jej delikatne ptasie kostki i zadał ból, który uwielbiała.

– Musisz mnie prowokować?

Bananach się roześmiała. Ten zgrzytliwy dźwięk przypominał krakanie. Zawtórowało jej stado kruków siedzących na szczycie dachu nad nimi. Uszczęśliwiona ostrożnie objęła nadgarstek.

– Zjedz ze mną kolację, bracie. Doskwiera mi samotność.

– Do czego jest ci potrzebna?

Bananach nie ukrywała zdumienia.

– Wyzwoli mnie. Prawda o jej krwi jest owiana tajemnicą.

– Co w jej krwi jest waż…

Bananach cmoknęła z niezadowoleniem i zakryła mu usta dłonią.

– Żadnych pytań. Ona jest wyjątkowa, a ja jej potrzebuję.

Devlin odepchnął rękę Bananach.

– Naprawdę?

– Oczywiście.

Zapiała, a stado czarnopiórych ptaków jej odpowiedziało.

– Potrzebujesz ogara – powtórzył.

Bananach spojrzała na niego z dumą.

– A ty wiesz czemu, prawda? Dlatego jej nie zabiłeś. Teraz to rozumiem. Ona stanowi rozwiązanie. Jej krew pozwoli mi wygrać. Po tylu latach, bracie, w końcu pokonam Rozum.

– Dlaczego…

– …jej nie zabiłeś? – Bananach pogłaskała jego policzek. – Gdy sprowadzili ją na Mroczny Dwór niczym małą owieczkę między wilki, dostrzegłam jej odmienność. Słuchałam. Wiem, że to ty oszczędziłeś jej życie.

Devlin wpatrywał się w siostrę, milczący i przerażony. Nie drżał. „Czy byłbym w stanie ją uciszyć?" Nie mógł zabić jej ani Sorchy. „Jak eliminować problemy, skoro najskuteczniejsza metoda nie wchodzi w grę?"

– Ktoś pojawił się pod osłoną nocy i zarżnął matkę małej owieczki. Od tej pory czuwał nad nią sam Król Mroku. – Bananach kciukiem potarła skórę pod jego okiem, rozcinając ją szponem. Cienka strużka krwi pociekła po jej dłoni. – A ty… Widziałam, jak obserwowałeś ją w ich klubie. Wiem.

Nie miał pojęcia, co odpowiedzieć. Zarówno prawda, jak i krętactwo mogły źle się dla niego skończyć. Nie mógł także odejść, bo wtedy straciłby szansę dowiedzenia się, czego Wojna chce od Ani.

– Jesteś spostrzegawcza.

Uśmiechnęła się.

– To była próba, ale…

– Nieprawda. – Chwycił rękę Bananach i odciągnął ją od swojej twarzy. Splótł palce z jej placami i dodał: – Nie wystawiłbym cię na próbę.

Bananach westchnęła.

– Zrobiłeś to, ale się domyśliłam. Krew tej małej da mi siłę, której nikt nie potrafi sobie wyobrazić.

– Istotnie. – Devlin poczuł macki dotąd mu obcego strachu. Nigdy nie bał się o królową, o dwór ani o Krainę Czarów. Ale o Ani tak. Na szczęście po wiekach tłumienia emocji potrafił przekonująco udawać przed siostrą opanowanie. Wypowiedział słowa, których oczekiwała: – A więc będziesz walczyła z Jej Wysokością.

– Oczywiście!

Wpatrywał się w Bananach w milczeniu. Nie zamierzał się z nią kłócić. Przywdziała powłokę przypominającą Sorchę, po czym roześmiała się radośnie.

– Takie z ciebie perwersyjne dziecię, Dev. Zawsze wiedziałam, że mnie zdradzisz. Gdy usłyszałam, co zrobiłeś... – Zamilkła. – ...byłam wstrząśnięta. Rozczarowana. Nie jesteś taki jak ja, Devlinie. Nie należysz do Krainy Czarów. Nigdy nie należałeś.

– Przestań.

Bananach na powrót zmieniła się w siebie.

– Zawsze lubiłeś ją bardziej ode mnie. Mam rację?

Opadła na siatkę z taką siłą, że metal zazgrzytał nieprzyjemnie. Devlin stanął przed nią.

– Czy wyjawiłem jej miejsce twojej kryjówki?

– Gdyby ona się ukryła, powiedziałbyś...

– Przestań. – Devlin powoli tracił panowanie nad sobą. – To moja królowa. Daje mi schronienie i powód, by żyć.

– Pewnego dnia zostanę królową dworu, który to mi się należy, albo ją zabiję. A wtedy przysięgniesz wierność mnie. – Bananach wyglądała na załamaną. Przez wieki przyświecał jej jeden cel: zawsze, gdy czuła się zagubiona, realizowała plan awaryjny związany z przejęciem władzy albo zabójstwem siostry. – Wykorzystałeś ogara, by mnie wypróbować. A ja wiem, jak może się nam przysłużyć. Myślałeś, że się nie dowiem, ale nie miałeś racji.

– Nie sprawdzałem cię – zapewnił ją. Nie dodał, że to one niejednokrotnie wystawiały go na próbę. Dla Bananach był tylko narzędziem wykorzystywanym w konflikcie z Sorchą. – Gdzie zjemy? – zapytał.

– Może trochę pozabijamy?

– Może. – W jej towarzystwie robił gorsze rzeczy – nie zawsze na życzenie siostry.

Udobruchał kruczą wróżkę. Objęła go w pasie, a on posłusznie oparł rękę na jej ramionach. Poprawiła pierzaste włosy. Opadły na jej plecy niczym płaszcz.

Później udał się do jedynego domu, w którym nie chciałaby go widzieć żadna z sióstr. Nie szukał króla, ale tego podwładnego Mrocznego Dworu, który najlepiej wiedział, jak poradzić sobie z bliźniaczkami. Ostowy wróż pozwolił mu wejść i zaprowadził go do pokoju, do którego wejście zasłaniał ogromny surrealistyczny obraz. Jak tylko Devlin znalazł się w środku, wróż zasunął obraz z powrotem i zniknął.

W ciemnym pomieszczeniu Devlin znalazł tego, którego szukał: dawnego monarchę, wystarczająco silnego, by powrócić na tron w każdej chwili. Nie był królem, ale daleko mu było do zwykłego wróża. „Tak jak i mnie". Chociaż najwięcej silnych wróżek wiodło samotne życie, niektóre z nich dołączały do dworów – zwykle miały w tym jakiś interes, choć nie chodziło im o potęgę.

Dwa krzesła stały po obu stronach sofy, na której wylegiwał się były Król Mroku. Wyjął karafkę z jednego z zagłębień w ścianie, po czym uniósł napełniony kieliszek.

– Napijesz się ze mną?

Devlin skinął głową, więc Irial napełnił drugie naczynie i podał mu.

– Wiele udanych wieczorów zaczyna się od pogoni za śmiertelnikiem... albo mieszańcem.

Devlin zignorował wiadomość, że Irial wie o Ani. Wziął kieliszek i usiadł na krześle po prawej stronie Iriala.

– Być może. Ale to niestosowne dla mojego dworu.

– Czyli dla którego, Devlinie? – Irial korzystał z każdej okazji, by zadać to pytanie. Podobnie jak poprzedni Królowie i Królowe Mroku Irial wiedział o sprawach, które Devlin wolałby zachować dla siebie.

– Jestem poddanym Sorchy – powiedział.

– Czemu? Nie przystajesz do nich. Obaj o tym wiemy. Gdyby...

– Przestań. – Devlin wypił łyk, nie odrywając oczu od Iriala. Jego twarz nie zdradzała emocji. – Nie interesują mnie twoje domysły.

– Aaaa. Twoje okrucieństwo z pewnością predestynuje cię do tytułu podwładnego Wysokiego Dworu.

Przez moment Irial sprawiał wrażenie urażonego, ale wkrótce smutek ustąpił miejsca charakterystycznej nikczemności.

Nie po raz pierwszy Devlin pomyślał o tym, jak wyglądałoby jego życie, gdyby przyrzekł wierność Mrocznemu Dworowi. Irial, podobnie jak poprzedni władcy Mrocznego Dworu, ucieleśniał pokusę. Nie musiał tłumić prymitywnych rządz ani niczego ukrywać.

„W przeciwieństwie do mnie".

Irial uniósł kieliszek, wpatrując się w bursztynowy płyn, jakby widział w nim przyszłość.

– Byłeś w Gnieździe Wron.

– Zostałem wysłany, by przypilnować Setha.

– Rozumiem. – Irial wypił trochę napoju, przeciągając ciszę. – Mogłeś porozmawiać z moim królem, skoro niepokoiłeś się o bezpieczeństwo chłopaka. Sprawdzić, czy jest w domu?

Devlin ostrożnie dobierał słowa. Nie po raz pierwszy podejmował działania bez wiedzy królowej. Chociaż służył jej wiernie całą wieczność, zdarzało mu się buntować przeciwko ograniczeniom. Mimo to angażował się w konkretne sprawy bez rozkazów tylko dla dobra Wysokiego Dworu albo swojej królowej – albo gdy jego poczynania nie pociągały za sobą poważnych konsekwencji.

„Odkąd pojawiła się Ani, wszystko jest inaczej".

Devlin odstawił kieliszek.

– Nie przyszedłem tutaj z powodu Setha, ale przypuszczam, że o tym wiesz.

– Istotnie.

Devlina drażniła nieuchronność tej rozmowy. Odrazą napawała go myśl, że musi wyznać komuś, że martwi go bezbronność Ani. Jednak duma była luksusem, na który nie mógł sobie w tej sytuacji pozwolić.

– Ani jest zagrożona, a ja chciałbym nad nią czuwać.

W śmiechu Iriala pobrzmiewały mroczne nuty.

– Wątpię, że zależy ci na jej bezpieczeństwie.

Devlin zignorował komentarz i dodał:

– Moja siostra interesuje się Ani. Chciałbym zabrać ją z Huntsdale, ale podejrzewam, że gdybym uczynił to bez wiedzy Mrocznego Dworu, wysłano by za nami pościg.

Irial przestał przypominać beztroskiego podrywacza w chwili, gdy obnażył zęby niczym zwierzę.

– Sądzisz, że ukrywałem ją po to, byś teraz zabrał ją do Krainy Czarów?

– Wcale się tam nie wybieram. Zrobię wszystko, co w mojej mocy, żeby tam nie dotarła... Z powodu mojej ingerencji w losy Ani, Sorcha jej nie widzi. – Ostatnie słowa Devlin wypowiedział bardzo cicho. A gdy Irial milczał, dodał jeszcze: – Teraz, kiedy Ani przebywa na twoim dworze, grozi jej niebezpieczeństwo. Przykuła uwagę Bananach.

– A dlaczego Krwawe Ręce Jej Wysokości postanowiły otoczyć opieką ogara? – Irial poruszył kieliszkiem tak, że jego zawartość zawirowała. – Ciekawostka. Nie sądzisz?

– Czy to naprawdę ma znaczenie? – zapytał Devlin.

– Być może. Pewnie ma dla Bananach i dla Sorchy. I miałoby dla mnie, gdyby ci, którym ufam, ukrywali przede mną takie tajemnice. Twoim zdaniem to dla nich nieistotne? Zwłaszcza dla twojej królowej?

Irial nie obwieścił niczego odkrywczego. Wszystkie wróżki znały wagę lojalności. Każdy, kto przyrzekał wierność władcy, musiał być mu bezwzględnie posłuszny. Natomiast Devlin nie wypełnił rozkazów swojej królowej – nie tylko pozwolił Ani żyć, ale także dołożył starań, by nikt inny jej nie zabił. Co więcej, zignorował polecenie, by czuwać nad bezpieczeństwem Setha. Mimo to niewiele wróżek wierzyło, że zabójca na usługach Wysokiego Dworu mógłby sprzeciwić się swojej królowej – poza samą Sorchą.

„W końcu ona zawsze wiedziała, że ten dzień nadejdzie".

Zapadła cisza. Było tak jak na Wysokim Dworze, spokój i kontemplacja. W końcu Irial przemówił:

– Jeśli Ani pójdzie z tobą z własnej woli, przekonam Gabriela i Nialla, by was nie ścigali. Jeśli odmówi, będziemy ją chronić tutaj. Wybór należy do niej. Przysięgnij, że tego dopilnujesz.

Devlin wstał.

– Przysięgam, że pozostawię jej wybór.

Irial zmarszczył czoło.

– Uważaj na nią.

– Będzie bezpieczniejsza ze mną niż na twoim dworze.

Devlin się odwrócił.

– Devlinie? – Zabójca Wysokiego Dworu zatrzymał się z ręką na klamce. – Miej się na baczności. Ani nie jest zwykłą wróżką.

Twarz Iriala zdradzała litość.

– Jestem Krwawymi Rękami Jej Wysokości. – Devlin się wyprostował i wypuścił trochę emocji, by dać byłemu królowi do zrozumienia, że nie musi mu współczuć. – Nigdy żadna wróżka nie pokonała mnie w żadnej dziedzinie.

– Aaaa. Duma bywa przyczyną upadku, mój przyjacielu. – Irial wstał i mocno ścisnął rękę Devlina. – Ale ty już upadłeś, prawda?

Na to pytanie Devlin nie znał odpowiedzi.

Rozdział 14

W Krainie Czarów w końcu zapadł zmrok, więc Rae skorzystała z okazji, żeby choć na trochę opuścić jaskinię. Otaczający ją krajobraz wydawał się mniej dopracowany niż zwykle, ale ona już dawno przyzwyczaiła się do najróżniejszych zmian jego wyglądu. O otoczeniu decydował nastrój Jej Wysokości. Czasami królowa tworzyła całkiem nową panoramę.

Rae popłynęła z prądem strumyka, który dawniej był rzeką. Wierzby porastające oba jego brzegi przypominały stłoczone grupki ludzi pogrążonych w rozmowie. Witki poruszały się na delikatnym wietrze. Na ziemi leżała piękna wróżka, a jej bose stopy dyndały nad wodą. Rae nigdy nie spotkała jej w snach ani podczas przechadzek w ciele Devlina. Nieznajoma spała na lepkim błocie, a policzek opierała na kępce mchu, która wyglądała jak poduszka. Grudki błota, kawałki gałęzi i trzciny zaplątały się w jej płomienne włosy. Nie pasowała do tego miejsca. Przypominała raczej zmysłową kobietę z obrazu prerafaelity.

Rae wniknęła do snu wróżki.

– Nie znam cię – rzekła tamta. We śnie siedziała na brzegu znacznie większego strumienia, może rzeki. W oddali widać było ogród, którego granicę wyznaczały kwitnące bzy. – Skąd pochodzisz? – zapytała.

– Może spotkałaś mnie na ulicy i zapadłam ci w pamięć?

Rae przyzwyczaiła się, że wróżki Wysokiego Dworu kwestionowały jej obecność w swoich umysłach. Śnienie o nieznajomych stało w sprzeczności z logiką, dlatego rozsądne istoty potrzebowały subtelnych wskazówek, by zaakceptować Rae.

– Nie.

Wróżka pokręciła głową. Jej rozpuszczone włosy swobodnie spływały po plecach i opadały na ukwieconą ziemię. Nie było w nich gałązek ani błota. Odwróciła się i wbiła wzrok w taflę wody, jakby przeglądała się w gigantycznym lustrze. Znikające pod powierzchnią twarze przywodziły na myśl tragiczną historię Ofelii. „Czy ona kogoś straciła?" Wróżkom znacznie trudniej było się pogodzić ze śmiercią. Gdy miało się przed sobą całą wieczność, stulecia przypominały ułamki sekund. Rae tyle razy obserwowała, jak Devlin próbuje się uporać z poczuciem straty, ilekroć na rozkaz królowej musiał kogoś zabić.

– O czym śnisz? – szepnęła Rae.

Wróżka nie oderwała oczu od wody. Z jej ciała niczym korzenie wysunęły się srebrne nici, które wniknęły w głąb ziemi i unieruchomiły ją w miejscu. Rae przyglądała się temu jak zahipnotyzowana: wróżki nigdy nie zachowywały się tak niezwykle w krainie marzeń. Prezentowały się mniej więcej tak jak na jawie; nie wykrzywiały rzeczywistości. Należały do Wysokiego Dworu, więc postępowały logicznie w każdej sytuacji.

– Mój syn ode mnie odszedł. – Wróżka spojrzała na Rae. – Nie ma go, a ja nie mogę go zobaczyć.

Serce Rae przeszył ból. Wróżki tak rzadko miewały dzieci, że ich strata zawsze była wyjątkowo dotkliwa. Rae usiadła obok nieznajomej, ostrożnie, żeby nie dotknąć srebrnych nici wysuwających się z jej rąk, ramion i stóp.

– Tak mi przykro.

– Tęsknię za nim.

Łzy potoczyły się po policzkach wróżki. Przypominały kulki rtęci. Rae zebrała je w dłonie, po czym stanęła na brzegu rzeki. Wypowiedziała słowa, które miały moc sprawczą. Z rzeki wkrótce powstało morze.

– Siedem łez do morza – zwróciła się do wróżki. Potem ponownie do niej podeszła i przyklękła. Wyciągnęła rękę i dodała: – Siedem łez za życzenie.

Złapała siódmą łzę. Wróżka w milczeniu obserwowała, jak Rae wrzuca łzy do wody.

– Czego pragniesz? We śnie możesz to mieć. – Rae nadal klęczała u jej boku. – Powiedz, czego pragniesz.

Wróżka utkwiła spojrzenie w Rae. Jej głos był delikatniejszy od bryzy, gdy wypowiedziała życzenie:

– Chcę zobaczyć mojego syna, mojego Setha.

Morze zniknęło, pojawiło się za to lustro w ramie ze zdrewniałych i poczerniałych – jakby osmalonych ogniem – pędów winorośli. W tafli Rae ujrzała wróża zupełnie niepodobnego do ascetycznych postaci, które zwykle widywała na Wysokim Dworze. W jego brwiach lśniły kolczyki, w dolnej wardze tkwiło kółko, a górną część ucha przebijała długa strzałka. Granatowoczarne włosy okalały urodziwą twarz, która jednak nie emanowała pięknem typowym dla wróży. W ogóle nie wyglądał na dziecko wróżki o ognistych włosach.

„Czy to z jego powodu wyobraża sobie, że unieruchamiają ją srebrne kotwice?"

Chłopak walczył z grupą wróżek z tatuażami na przedramionach. Gdyby byli ludźmi, Rae uznałaby, że lepiej nie wchodzić im w drogę. Chwycił muskularną kobietę i wypadł z nią przez okno. Potłuczone szkło posypało się na cementową podłogę w ponurym pomieszczeniu.

„Kim oni są? Czy tak zginął jej syn? Czy oglądamy jego ostatnie chwile?"

Rae zdjęła litość na myśl, że wróżka, która ani na moment nie oderwała oczu od lustra, była świadkiem śmierci swojego syna. Uniosła rękę, jakby chciała dotknąć wizji.

– Mój piękny chłopiec.

Seth roześmiał się na widok grymasu niezadowolenia na twarzy potężnej wróżki.

– Mam cię – oświadczył.

– Nieźle, szczeniaku. – Wróżka, która sprawiała wrażenie okrutnej, wyjęła kawałek szkła z długiego rozcięcia na ramieniu. – Naprawdę nieźle.

Inny wróż podał Sethowi butelkę wody. Chociaż w lustrze pojawiła się tylko jego wytatuowana ręka, Rae była pewna, że to kolejny wojownik. Zapytał grzmiącym głosem:

– Jeszcze jedna rundka z Chelą?

Seth pokręcił głową.

– Nie dam rady. Dziś wieczorem Letni Dwór ucztuje. Ash... rozmawialiśmy i poprosiła, żebym jej towarzyszył.

– A Keenan?

– Jak kamień w wodę. – Seth wyszczerzył zęby w uśmiechu, ale szybko uciekł wzrokiem, jakby nie powinien się cieszyć.

– Szkoda.

– Wiesz, gdzie on...

– Przestań – przerwała mu wróżka o imieniu Chela. – Ani Gabe, ani ja nie mamy prawa przekazywać ci informacji, których udzielił nam nasz król.

Seth skinął głową.

– Jasne. Dobrze dzisiaj walczyłem?

– Nadal za bardzo odwlekasz kolejny ruch – odparł Gabe, który stał poza polem ich widzenia.

– Do jutra?

– Na pewno nie wstaniesz przed wieczorem. Jeśli bawisz się, jak należy, szczeniaku... – w lustrze pojawił się uśmiechnięty Gabe – ...po świętowaniu z Letnim Dworem nie zrywasz się skoro świt.

Scena była zbyt bogata w szczegóły, by pochodzić ze wspomnień. Co więcej, nie skończyła się śmiercią Setha. „Nie jest dobrze". Rae zaczęła podejrzewać, że dokonała czegoś nowego:

w jakiś sposób umożliwiła wróżce zerknięcie do świata śmiertelników. „Jak mi się to udało?"

– Twój syn nie umarł? – zapytała.

– Nie. Jest w świecie śmiertelników.

Wróżka odwróciła się do Rae i spojrzała na nią szeroko otwartymi oczami, które przypominały teraz oczy gada. Wróżki były inne; Rae wiedziała o tym od pierwszego dnia pobytu w ich królestwie, ale rzadko było to dla niej tak oczywiste jak w tym momencie.

– Skąd pochodzisz? – zapytała wróżka z naciskiem.

– Jestem snem – odparła Rae, tak jak powtarzała tylu innym śpiącym wróżkom. Jednak tym razem drżący głos zdradził, że kłamie. – To tylko sen.

– Nie.

– Wytworem twojej wyobraźni? Może widziałaś mnie na jakimś obrazie, zobaczyłaś coś w pałacu…

– Nie. – Wróżka skrzyżowała ręce i wpatrywała się w Rae. – Znam każdy szczegół każdego obrazu w moim pałacu. Nie ma ciebie na żadnym z nich. To, co przed chwilą zrobiłaś, było dotąd… niemożliwe. Nie widzę losów tych, z którymi jestem związana. Ale ujrzałam go.

Rae zesztywniała.

„W moim pałacu? Losy tych, z którymi jestem związana? Sorcha!"

Rae wstała i oddaliła się od królowej oraz od lustra, na którym Seth przemierzał ulicę w ludzkim świecie, w niczym nieprzypominającym tego z jej wspomnień. „Devlin się na mnie wścieknie… jeśli przeżyję". Słowa okazały się nagle groźne. Sny były jej królestwem. Powinna być w nich bezpieczna i wszechpotężna. Ale to Sorcha okazała się wszechpotężna. W Krainie Czarów świat zmieniał się wedle kaprysów wróżki i zgodnie z jej wolą. Rae nie była pewna, czy Jej Wysokość miała władzę także nad snami.

„I nad światem śmiertelników".

– Kim jesteś?

Królowa nie podniosła się z ziemi. Nawet bez tronu i insygniów władzy sprawiała wrażenie bezwzględnej. Wzburzone morze zamarzło. Wysokie fale w każdej chwili mogły spaść na ziemię z hukiem. Uśpiony umysł Sorchy przejmował kontrolę nad obrazami stworzonymi przez Rae.

„Tylko lustro pozostało niezmienne". Nadal stało. Nie niszczyły go kawałki lodu, które zaczęły odrywać się od fal. Sypiące się z góry grudy zwiastowały lawinę.

– To sen. Wymyśliłaś sobie moją twarz dla rozrywki. Nic więcej. – Wróżki nie mogły kłamać, dlatego Rae miała nadzieję, że tym oszustwem kupi sobie trochę czasu. Zamierzała uciec. – Jeśli wolisz, zniknę… – Rae odwróciła się plecami, jakby zamierzała odejść. – To twój sen.

– Stój.

Rae zamarła w pół kroku. A potem, przekonana, że najmądrzej będzie się nie zatrzymywać, ruszyła dalej. W okamgnieniu Sorcha pojawiła się tuż przed nią.

– Powiedziałam: stój.

– Nie możesz kontrolować snów, Sorcho – wyszeptała Rae. – Twoja władza nie sięga aż tutaj.

– Kontroluję wszystko w Krainie Czarów.

Jej wyniosłe spojrzenie natychmiast przywiodło Rae na myśl Devlina. Aż dziwne, że wcześniej nie dopatrzyła się podobieństwa.

– Ale to nie jest twoje królestwo. – Rae uśmiechnęła się do Sorchy tak łagodnie, jak tylko potrafiła. – Istnieją śmiertelnicy, *seanchaís*, którzy potrafią tkać sny. A ty? Jesteś tylko kolejną wróżką w mojej baśniowej krainie.

– A kim ty jesteś? – Sorcha uważnie przyjrzała się Rae, jakby chciała zapamiętać każdy jej szczegół. – Kto cię przede mną ukrywa?

– Nikt – skłamała Rae. – Zawsze tu byłam. Po prostu wcześniej mnie nie interesowałaś.

A potem, nim Sorcha zdołała poznać niebezpieczne tajemnice, Rae opuściła jej sen i wróciła do Krainy Czarów.

Rozdział 15

Chociaż od spotkania z Bananach minęło wiele godzin, Ani nadal się trzęsła. Sytuację dodatkowo pogarszał fakt, że ktoś ją śledził. „Może Bananach pozwoliła mi odejść tylko dlatego, że chciała się przekonać, dokąd się udam". Ani nie miała pewności. Okna barracudy* były tak ciemne, że nie widziała kierowcy. Stwierdziła jednak, że jej prześladowca jest arogancki. Jechał bardzo spokojnie, a to wiele o nim mówiło. Musiał być pewnym siebie egocentrykiem. Taki opis pasował do wielu wróżek, ale istniało małe prawdopodobieństwo, że wozem nie kierował śmiertelnik. Z powodu stali używanej w ich konstrukcji większość samochodów odstraszało wróżki.

Ani próbowała przypomnieć sobie wszystkie wróżki, które urzeczone pięknem maszyn śmiertelników skonstruowały podobne pojazdy za pomocą magii i gliny. Lista była krótka. Ale

* Dwudrzwiowy samochód typu coupé, produkowany w latach 1964–1974 przez amerykańską firmę Plymouth (wszystkie przypisy tłum.).

ten samochód nie wyglądał na ich dzieło. Silnik pomrukiwał cicho, a karoseria delikatnie drżała.

Dziewczyna skręciła za róg. „Na pewno nie kieruje nim wróżka". Wyglądało na to, że barracudę prowadził śmiertelnik. „Z człowiekiem sobie poradzę".

Samochód skręcił w ślad za nią. Ani nie poczuła charakterystycznego zapachu spalin, gdy zwolnił i zatrzymał się przy niej. Silnik nadal pracował, ale nikt nie wysiadł. Okna pozostały zamknięte.

– W porządku. Jeśli nie zamierzasz się pokazać… – Podeszła do wozu. – Zrobimy to w ten sposób. – Przystanęła przy drzwiach kierowcy. Kusiło ją, by wyładować strach i złość spowodowane tym, że ktoś zachował się na tyle głupio, by wejść w drogę córce Dzikiego Gonu. Mimo to dała jeszcze jedno ostrzeżenie: – Naprawdę nie warto ze mną zadzierać.

Samochód się nie cofnął; kierowca nie wyłączył silnika. Ani chwyciła więc klamkę i zamarła. Nie dotykała metalu. Zajrzała przez przezroczyste teraz okna. „Pusto". Stojącego przed nią pojazdu nie stworzyła wróżka. Miała przed sobą coś znacznie bardziej niezwykłego: stworzenie z dziecięcych bajek, w które dawno przestała wierzyć.

„Wierzchowiec bez jeźdźca".

Wydało jej się, że samochód zamruczał. Wibracje przeniknęły ciało dziewczyny.

– Mój? – zapytała.

„Należymy do siebie". Te słowa rozbrzmiały w jej głowie bez ostrzeżenia. Wypowiedział je charakterystyczny głos. Nigdy dotąd nie słyszała żadnego wierzchowca, ale ten był częścią niej.

„Oczywiście". Głos nie był ani męski, ani żeński. „Jestem twój. Odtąd nie będziesz ujeżdżać żadnego innego".

– Nigdy więcej. Teraz jesteś tylko ty.

Pogłaskała długą, wąską maskę. To był prawdziwy klasyk: moc i piękno, wyraziste linie i wspaniały silnik. Pod wpływem jej dotyku wierzchowiec zmienił się w czarnego ducati monstera z chromowanymi elementami.

– Cholera.

Gdy Ani pożerała motor wzrokiem, w jej głowie rozległ się śmiech. A potem ujrzała szkielet rumaka zdolnego rozdeptać każdego na swojej drodze. Uniósł jedną nogę, a potem uderzył w popękany asfalt stalową podkową i rozłupał go jeszcze bardziej. Jak większość mieszkańców Mrocznego Dworu, był piękny w swojej potworności.

– Wspaniały.

„I bardzo niebezpieczny, Ani".

– Pewnie. Niebezpieczeństwo jest wspaniałe.

Pogłaskała go po szyi. Po przerażającym spotkaniu z Banach niewiele rzeczy mogło ją uspokoić. Ale jemu się udało.

„Potrzebujesz mnie".

– Tak – szepnęła.

„Wyczułem, że pragniesz uciec, więc jestem". Wierzchowiec zamknął oczy i oparł łeb na jej ramieniu. „Możemy stąd odjechać".

Wybrał ją. Miała własnego rumaka. Nie będzie musiała więcej chodzić po prośbie do Cheli. Najczęściej mieszańce nie miały swoich wierzchowców, a bezpańskie bestie należały do rzadkości w świecie śmiertelników. Ale ten tu był.

„Chodź, Ani". Znów pojawił się przed nią samochód. Otworzyły się drzwi. „Odjedź ze mną. Daleko stąd".

Ani zajęła miejsce kierowcy. Silnik zawarczał radośnie.

– Och – wydusiła, a wóz ruszył z prędkością, od której mocniej zabiło jej serce.

„Chwytaj kierownicę. Ufam ci" – zapewnił dziewczynę.

– Pomożesz, jeśli coś pójdzie nie tak? – Chociaż już kilka razy prowadziła zwykły samochód, nie miała pewności, czy sobie poradzi.

„Oczywiście. Będę dbał o twoje bezpieczeństwo, Ani. Zawsze. Należysz do mnie".

– A ty… – Nie mogła dokończyć zdania.

Wierzchowiec przyszedł jej z pomocą. „A ja należę do ciebie. To się nigdy nie zmieni".

Po kilku godzinach oszałamiającej jazdy Ani skręciła w uliczkę przy salonie tatuażu. Przejażdżka pomogła jej zapanować nad emocjami, dała czas, żeby się uspokoić. Ale ona nadal nie potrafiła zrozumieć żądań Bananach. Nie mogła zabić swojego króla, nawet gdyby chciała. Nie zamierzała ofiarować kruczej wróżce swojej krwi, by ta mogła stać się potężniejsza. I chociaż nie lubiła Setha, nie była pewna, czy zdołałaby odebrać mu życie.

„Czy wystarczy wykonać jedno z poleceń, żeby udobruchać Wojnę?"

Tego Ani nie wiedziała, ale była pewna, że Niall, jej król, nie wybaczyłby dziewczynie zamordowania Setha. „Ale gdyby nie wiedział..." Istniały różne możliwości. Na pewno nie mogła zignorować Bananach: szalonej, niebezpiecznej i bardzo potężnej wróżki.

„Czy byłabym w stanie zabić Setha?"

W rzeczywistości nie należał do Mrocznego Dworu. Gdyby znaczył coś dla Iriala, to co innego. Był jednak podwładnym Jej Wysokości i ukochanym Królowej Lata, a lepiej nie ściągać na siebie ich gniewu.

„Rozwścieczenie Bananach to też nie najlepszy pomysł".

Silnik zamilkł, a Ani wysiadła z barracudy i delikatnie zamknęła drzwi. Piękna bestia była bezpieczna na tej uliczce. Istniało jedynie ryzyko, że pożre jakiegoś głupiego śmiertelnika, który spróbuje ją ukraść albo się o nią oprzeć. Ostatecznie Ani uznała, że za bardzo wymęczyła wierzchowca, by miał siłę na walkę; nie powinna się raczej spodziewać krwi po powrocie.

Położyła się na masce i szepnęła:

– Niedługo wrócę.

Silnik zamruczał krótko, a potem zgasły wszystkie światła w wozie.

Ani szła chodnikiem do Szpilek i Igieł. Przystanęła u celu. Jeśli przekroczy próg, posypią się pytania. Jeśli odpowie, usłyszy wykład. Jej brat nie przeżyłby na pograniczu Mrocznego Dworu i świata śmiertelników, gdyby nie miał żelaznych zasad.

Nauczył ją wszystkiego, co niezbędne, by przetrwać. Tolerował zarówno nieludzkość Ani, jak i słodycz Tish. Kochał je obie, choć tak bardzo się różniły.

– Wejdziesz? – Królik stał po drugiej stronie szyby. Kozią bródkę farbował ostatnio na czarno i jasnopomarańczowo. W uszach nosił kółka, które wystrugała dla niego z kości po jednym ze swoich pierwszych polowań. Jak zwykle był ubrany w ciuchy ze szmateksu: ciemne spodnie i koszulę na guziki upodabniającą go do pracownika baru szybkiej obsługi.

„Mój dom".

Oparła palce na szklanej tafli drzwi, przez co zasłoniła godziny otwarcia. Królik obserwował ją z typową dla niego, niewiele zdradzającą miną. Później na pewno zada jej zbyt wiele pytań, ale w tej chwili widział to, do czego ona nie chciała się przyznać: strach. To właśnie on szeptał pocieszające słowa, gdy wracała do domu zalana łzami albo kipiąca ze złości; nauczył ją radzić sobie ze światem, który ją dezorientował. Pomógł jej zrozumieć, że wyróżniają ją zarówno siła, jak i słabości.

Otworzyła drzwi salonu i wpadła w jego objęcia. Tulił ją tak ostrożnie jak w czasach, gdy była małą dziewczynką i oboje jeszcze wierzyli, że ostatecznie zwyciężą jej ludzkie geny.

„Tak jak u Tish".

– Powiesz mi, co się stało?

– Może.

Odsunęła się i jakby nigdy nic podeszła do plastikowego krzesła w odległym kącie. Królik wywiesił tabliczkę z napisem „ZAMKNIĘTE" i zasunął zasuwę na drzwiach.

– Słucham.

– Wpadłam na Bananach. – Chwyciła kawałek taśmy izolacyjnej, którą Królik zaklejał rozdarcia w krześle. – Chce, żebym coś dla niej zrobiła.

– Ona zwiastuje kłopoty.

Królik zaciągnął rolety, żeby nie widzieli ich przechodnie.

– A my nie?

Ani spojrzała na brata. Jego wygląd nie wróżył nic dobrego. Na widok członków jej rodziny każdy – nawet ten, kto nie uznaje stereotypów – stwierdziłby, że nie mają problemu z naginaniem, a nawet łamaniem zasad. Ale też przez całe życie postępowali wbrew regułom śmiertelników i tradycjom wróżek. Królik ukrywał siostry przed brutalem, który zabił Jillian, przed Wysokim Dworem i większością podwładnych Króla Mroku. Poza tym pozbawiał ludzi wolnej woli, gdy łączył ich z mrocznymi wróżkami podczas wymian atramentu.

– Ona to co innego.

Królik usiadł po turecku na lśniącej podłodze salonu tatuażu. Nawet poczekalnię utrzymywał w nienagannej czystości. W dzieciństwie spędzała na tej podłodze wiele nocy: budowała samochody z klocków lego i miasta z patyczków po lodach, podczas gdy Królik pracował.

– Ona chce, żebym coś zrobiła... i... – Ani skrzyżowała ręce i przycisnęła je mocno do ciała, po czym zmusiła się, żeby spojrzeć mu w oczy. – Wolę ci o tym nie opowiadać.

– Nie stwarzamy problemów dla zabawy. Nie pakujemy się w bagno. Trzeba zachować rozsądek. Rozumiesz to, Ani? –

Królik przysunął się do niej, tak że siedział teraz u jej stóp. – Odkąd zamieszkałaś na dworze, nie mogę nad tobą czuwać. Obnażyłaś swoją prawdziwą naturę, więc już nie pozwolą ci żyć wśród śmiertelników… przynajmniej przez kilka najbliższych lat.

Przechyliła głowę wyzywająco.

– Irial mi ufa.

– Ja też – odparł Królik, zanim spiorunował wzrokiem drzwi. Ktoś ciągnął za klamkę pomimo zawieszki z napisem „ZAMKNIĘTE" i zasłoniętych żaluzji. Zniżył głos, gdy dodał: – Pomyśl o tym, o co cię poprosiła.

– Ja tylko… jestem przerażona. Jeśli nie będę współpracować… – Słowa uwięzły jej w gardle, gdy pomyślała o rozgniewaniu Wojny.

– Znajdziemy rozwiązanie. Chodź. – Królik wstał i pomógł dziewczynie się podnieść. – Porozmawiamy przy kolacji. Zrobię deser.

Oparł ręce na jej ramionach.

– Otwarcie pudełka z lodami się nie liczy. – Ani próbowała nadać głosowi pogodny ton. Tak postępował Królik, gdy była zestresowana: pozwalał jej się odprężyć, a sam próbował dojść, co ją gnębi. Zaczerpnęła powietrza i dodała: – Chcę zjeść coś, co sam przygotujesz.

– Zgoda. – Otworzył drzwi prowadzące do części mieszkalnej, gdzie Ani spędziła większość życia. – Zadzwonię do Iriala.

Ani się zachwiała. Nie chciała informować Iriala o spotkaniu z Bananach. „A Królik chce mu o wszystkim powiedzieć. Chce się o mnie zatroszczyć". Brat zawsze dokładał wszelkich starań, by zapewnić jej bezpieczeństwo. To się nie zmieniło. Nadal robił, co w jego mocy, chociaż teraz mógł zdziałać znacznie mniej.

– Sama mu powiem, Króliku. – Stanęła przed nim. – Nie musisz się angażować.

Królik wyglądał na starszego niż zwykle.

– Jeśli uwzględniła cię w swoich planach, Irial musi o tym wiedzieć. Nowy król powinien poznać prawdę… a ty, panno impulsywna, potrzebujesz popleczników silniejszych ode mnie. Zadzwoń albo ja to zrobię.

Oparła się o ścianę, wyjęła telefon komórkowy i wcisnęła klawisz z cyfrą 6. Usłyszała tylko jeden sygnał, nim Irial odebrał.

– Hej. Dawno się nie słyszeliśmy. – Nerwowość w jej głosie zdradzała, że to nie przyjacielska pogawędka.

– Gdzie jesteś?

– W domu.

Zamknęła oczy, żeby oszczędzić sobie widoku zaniepokojonej twarzy brata.

– Mam coś przekazać Gabe'owi? – zapytał Irial.

– Jeszcze nie teraz. – Usłyszała oddalające się kroki Królika; jego stopy opadały ciężko na podłogę. Mimo to nie otworzyła oczu. Czekała. Do jej uszu dolatywały różne dźwięki: pisk piekarnika, który zaczął się nagrzewać, szum wody, gdy

Królik mył najpewniej czyste już ręce, trzask otwieranych i zamykanych szuflad. W końcu powiedziała: – Muszę z tobą porozmawiać. Mamy... problem. Sytuację kryzysową? Sama nie wiem. Potrzebuję pomocy.

– Zostań w domu. Już jadę. – Irial został na linii, żeby rozmawiać z nią po drodze. To połączenie telefoniczne było dla Ani jak koło ratunkowe, którego wolałaby jednak nie potrzebować. – Czy ktoś cię skrzywdził?

– Nic mi nie jest. – Usiadła na ziemi i oparła się plecami o ścianę, gdy ogarnął ją strach, z którym walczyła. – Gotuję z Królikiem kolację.

– Pomogę.

Uśmiechnęła się.

– Moje potrawy nie będą równie wykwintne co twoje.

– Zrobiłaś komuś krzywdę? – zapytał.

– Nie.

– Więc będzie dobrze. – Głos Iriala nieodłącznie kojarzył jej się ze strasznymi wydarzeniami z dzieciństwa. To on ją wybawił, sprowadził ją i Tish w bezpieczne miejsce i dopilnował, by nie znalazł ich okrutny wysłannik Wysokiego Dworu czy ktokolwiek inny, kto zabił Jillian. – Wszystko będzie dobrze.

– Nie jestem pewna. – Ani wstała i weszła do kuchni. Królik pocałował ją w czoło, gdy zatrzymała się obok niego przy maleńkim blacie kuchennym. – Dopadła mnie Bananach.

Rozdział 16

Gdy Tish weszła do kuchni, pisnęła, jakby nie widziała siostry od tygodni.

– Tego dźwięku mi nie brakuje. – Królik zakrył uszy rękami i skrzywił się drwiąco. – Mam szczęście, że jeszcze nie ogłuchłem.

Ani rzuciła bratu telefon.

– Porozmawiaj z Irim. Idę poplotkować z Tish.

– Zostańcie w domu! – wrzasnął Królik, gdy ruszyły do swojego pokoju.

„Nie ma mowy".

Ani żałowała, że nie może wyznać Królikowi całej prawdy, ale im więcej o tym myślała, tym bardziej utwierdzała się w przekonaniu, że sprawa jest poważna. Przyszła do domu i naraziła życie najbliższych. Powinna wyjechać. „Zwłaszcza że mam środek transportu". Przemknęła jej przez głowę myśl, że być może wierzchowiec znalazł ją właśnie w tym celu. Musiała udać się gdzieś, gdzie nie będzie stwarzać zagrożenia dla rodziny.

– Kocham cię. – Ani przytuliła siostrę. – Najbardziej na świecie. Wiesz o tym?

– Ja ciebie też. – Tish zmarszczyła czoło. – Więc... co narozrabiałaś?

– Jeszcze nic.

Ani włączyła sprzęt stereo. Głośniki natychmiast zadudniły. Mocne basy przeniknęły pod jej skórę.

„Mój dom".

Oczywiście Królik dobrze wiedział, że muzyka miała uniemożliwić mu podsłuchiwanie. Jej brat nie był ogarem w równym stopniu co ona, ale uszy nigdy go nie zawodziły. Ona odziedziczyła niemal wszystkie cechy ojca. Królik otrzymał ich kilka: długowieczność, siłę i dobry słuch. Z kolei Tish była ogarem tylko w niewielkiej części: odrobinę silniejsza, nieco szybsza i zdecydowanie za bardzo zainteresowana kłopotami od zwykłej dziewczyny.

Usiadły na łóżku Tish. Łóżko Ani też nadal tu stało, niepościelone po ostatniej wizycie. To był azyl, którego potrzebowała. Ale nie mogła zostać, nie tutaj, gdzie mieszkała jej bardzo ludzka siostra.

– Co się dzieje? – Tish usiadła po turecku i czekała.

– Znalazłam się w środku zdarzeń – zaczęła Ani. Tak szybko, jak mogła, zrelacjonowała Tish spotkanie z Bananach. Na koniec dodała: – Powiedz im. Wtajemnicz Królika i Iriego.

– Ani?

Tish wyciągnęła rękę w jej stronę, ale Ani skoczyła na równe nogi i zaczęła się wycofywać.

– Nie mogę zostać. – Wyłączyła sprzęt. – Jeśli po mnie przyjdzie…

– Nie. Nie możesz odejść – wyszeptała Tish. – Jeśli cię obserwuje… Daj spokój, Ani. Skup się. To pomaga.

Ani zerknęła na zamknięte drzwi.

– Jeśli się tu pojawi, skrzywdzi ciebie i Królika. Nie powinnam była przychodzić. Muszę wyjechać, jak najdalej od was. Będziecie bezpieczniejsi i…

– Iri już wie. Wszystko naprawi. Możemy z nim zamieszkać. – Tish wstała i wzięła Ani za ręce. Tak samo przytulała siostrę w dzieciństwie, ilekroć tamta była podminowana. – Daj spokój. Zostań.

– Nie mogę, Tish. Trzymaj się Iriego, dobrze? Trzymaj się Królika albo Gabr… taty. – Ani poczuła się tak, jakby coś drapało jej skórę. Musiała uciec. Gdy myślała o pozostaniu, zaczynała się dusić. Irial zaopiekuje się Tish i Królikiem; bez niej będą bezpieczniejsi. Nie chciała dać się uwięzić w domu ani ich narażać. – Muszę wyjechać na trochę – stwierdziła.

– Dokąd? – Tish nadal ściskała jedną dłoń Ani.

– Jeszcze nie wiem.

Ani wyswobodziła rękę, po czym otworzyła szafę. Chwyciła worek marynarski i zaczęła pakować do środka ubrania. Tish pomagała jej w milczeniu. Akceptowała decyzję Ani. Podała siostrze szczoteczkę. W jej oczach lśniły łzy.

– Uważaj, Nini.

Ani uściskała ją, z trudem powstrzymując się od płaczu.

– Zadzwonię.

– Królik ma twój telefon. – Tish wyjęła z kieszeni jaskraworóżową komórkę. – Weź. Ja przejmę twój, jak tylko przestanie rozmawiać z Irim.

Bez słowa Ani wsunęła aparat siostry do przedniej kieszeni. Wymieniały się nimi tak często, że miały swoje listy kontaktów zapisane w obu telefonach.

– A co z Glennem? Nie mam jego numeru w komórce.

Tish wyszczerzyła zęby w uśmiechu.

– W takim razie będę musiała wybrać się do klubu.

– Nie! – Ani zadrżała na myśl, że jej siostra miałaby pójść tam sama. Wyjęła telefon i przejrzała listę kontaktów. – Zanotuj. Możecie spotykać się w salonie. Nigdzie nie chodź sama, dopóki Iri nie zarządzi inaczej. Jasne?

Tish zapisała numer na dłoni, po czym otworzyła górną szufladę szafki nocnej rozdzielającej ich łóżka. Pod najróżniejszymi stanikami i pończochami leżał *sgian dubh**, taki sam jak ten, który Ani nosiła przymocowany do kostki. Tish wyjęła nóż z czarnym trzonkiem, w czarną pochwę z mocowaniem na nogę.

– Przynosi mi szczęście. Weź go.

– Na pewno? – Ani poklepała się po udzie. – Już mam sztylet.

– Chcę, żebyś miała także ten. Dziewczyna musi wszędzie mieć oczy... albo broń – zażartowała Tish.

– To prawda.

* Szkocki nóż z czarnym trzonkiem, tradycyjnie ukrywany w wysokiej, wełnianej skarpecie.

Ani podwinęła nogawkę sportowych spodni i przepasała udo paskiem pokrowca. Jako podwładna Mrocznego Dworu preferowała stare, dobre ostrza, ale nie lubiła nosić ich w skarpetach ani butach. Tradycje były ważne, ale udogodnienia także. Wsunęła nóż do pochwy, a Tish otworzyła szafę.

– Święte żelazo?

Gdy chodziły do szkoły podstawowej, Irial zabierał je na wyprawy do różnych świątyń. W każdej z nich mężczyzna albo kobieta wypowiadali modlitwę nad garścią ostrych przedmiotów. I tak dziewczyny uzbierały całe pudło broni pobłogosławionej przez wyznawców najważniejszych religii śmiertelników. Podobnie jak wiele innych upominków od Iriala święte żelazo miało praktyczne zastosowanie. „Nigdy nic nie wiadomo – mawiał Irial – a my nie jesteśmy jedynymi istotami, które można spotkać nocą". Ani nienawidziła nosić poświęconej stali, bo odstraszała wiele wróżek, które chciała lepiej poznać. Mimo to nie zamierzała ryzykować. „Nie w tej sytuacji".

Zrzuciła koszulę, założyła kaburę na ramię, dopasowała ją, po czym wsunęła do pochwy na boku dwudziestocentymetrowy ząbkowany nóż.

– Nie ruszaj się. – Tish poprawiła mocowanie kabury. – Weź wszystko. Poproszę Iriego o nowe zapasy.

Ani skinęła głową, chwyciła sztylet, pojemnik z opiłkami żelaza, podobny do tego na gaz pieprzowy, i pałkę teleskopową. Wsunęła to wszystko do torby z ubraniami. Chociaż nie zdoła pokonać Bananach żadną bronią, przed wyruszeniem w drogę warto uzbroić się po zęby. „Bo nie tylko Bananach może mi zagrażać". Myśl o spotkaniu sam na sam z wrogo nastawionym samotnikiem albo Ly Ergiem wbiła Ani w podłogę. Jednak pozbyła się wątpliwości, gdy przypomniała sobie o bezpieczeństwie rodziny. Wzięła do ręki stalową pałkę.

Tish w zamyśleniu skrzyżowała ręce, po czym zwiesiła je po bokach. Jej zdenerwowanie narastało, ale nie chciała dokładać siostrze zmartwień. Zawsze tak było. Jednak emocje zdradzały wszystko to, czego nie wyrażały słowa. Bała się, podobnie jak Ani.

„I żadna z nas nie musi o tym mówić".

Tish uśmiechnęła się na dowód, że też nie zamierza dyskutować na ten temat. Lecz jeszcze bardziej wymowne były jej kolejne słowa:

– Tata będzie wściekły, kiedy cię dorwie.

– A kto mówi, że dam mu się złapać? Nie tylko on ma wierzchowca. – Ogarnęło ją szczęście na myśl, że Gabriel dowie się o jej rumaku. „Będzie dumny". Odwróciła się do siostry plecami i wyszeptała łagodnie: – Kocham cię.

Tish załapała ją i przytrzymała tak mocno, jak potrafiła.

– Uważaj na siebie. Proszę.

– Ty też.

Ani uścisnęła siostrę równie żarliwie, więc Tish wzmocniła uchwyt, a potem się odsunęła. Razem otworzyły okno.

Z torbą na ramieniu Ani zeszła po murze. Tish rzuciła siostrze stalową pałkę, po czym cicho zamknęła okno. Potem jej twarz zniknęła za firanką.

W ułamku sekundy Ani pokonała pół przecznicy. „Tak jest lepiej". Była tego pewna, tym bardziej że znów ktoś ją śledził. Idąc równym tempem, skręciła w boczną uliczkę, gdzie zaparkowała barracudę. Spokojnie podeszła do wierzchowca.

„Słyszysz mnie?" Pomyślała o wozie, przypomniała sobie dreszcz rozkoszy, który czuła podczas jazdy, i ciepło maski odprowadzające ją do salonu tatuażu. „Nie śpisz?"

„Nie. Byłoby łatwiej, gdybyś nadała mi imię, Ani. – Jego głos wibrował tak samo jak silnik. – Myślałem o tym. Brakuje mi nazwy. Jestem twoim wierzchowcem, a ty jesteś moim jeźdźcem, a nadal pozostaję bezimienny. – Jego słowa dudniły w jej głowie. – Imię jest ważne".

„W porządku, ale to nie jest najlepszy moment" – odpowiedziała mu.

„Nie zwlekaj zbyt długo" – poprosił.

Rzuciła worek na ziemię, schyliła się i wyciągnęła *sgian dubh* z pochwy przymocowanej do kostki. Potem odwróciła się, żeby spojrzeć w twarz prześladowcy, i zrobiło jej się słabo. Na ulicy stał wróż, który całował ją w Gnieździe Wron i który poznał smak jej krwi.

– To ty – wydusiła.

– We własnej osobie.

„Nie powinnaś z nim rozmawiać, Ani" – zagrzmiał wierzchowiec. Wyczuła jego ruch za plecami. Zmienił się w hummera, ogromną, przysadzistą maszynę z taką masą stali, że odstraszyłaby każdą wróżkę. Bestia stworzyła naprawdę przekonującą iluzję, która powinna przerazić nieproszonego gościa.

Ale przystojniak nawet nie drgnął. Z kolei Ani nie przysunęła się do niego.

– Myślałam, że zostawiłeś mnie w spokoju.

– I tak było.

Obserwował ją z takim samym opanowaniem jak w klubie. Ani zadrżała. Z jednej strony chciała zapytać, czy ją wytropił, ale z drugiej wolała nie znać odpowiedzi.

– Wiesz, kim jestem?

Zmierzył ją wzrokiem.

– Wróżką z klubu... Powinienem wiedzieć o tobie coś więcej?

Wyprostowała plecy i utkwiła w nim spojrzenie. Nie przyszło jej to z trudem.

– Śledziłeś mnie.

– Tak. Zamierzasz uciec?

– A powinnam?

– Nie. – Minął ją i skręcił w wąską, zacienioną uliczkę. – Powinnaś pójść ze mną.

Miała nadzieję, że odszukał ją z powodu pocałunku, ale nie była głupia. Wszyscy chcieli przypodobać się Gabrielowi, Irialowi albo Niallowi: na pewno przywiodły go interesy. „Albo Bananach".

– Czy... przysłała cię Wojna? – zapytała, zamiast ruszyć za nim.

Przystanął i zerknął przez ramię.

– Nikt mnie nie przysłał. Jestem tutaj w trosce o własne interesy.

Zadrżała.

– A konkretnie co cię interesuje?

– Ty – szepnął wróż spowity mrokiem.

Ani weszła w uliczkę.

„On nie nadaje się na ofiarę" – mruknął wierzchowiec.

„Trochę się tylko rozerwę i pożywię przed drogą – odparła Ani. – Nie zabiję go... jeśli nie będę musiała".

Z jednej strony kusiło ją, by ukryć przed wróżem swoją prawdziwą tożsamość, ale z drugiej – do głosu dochodziła potrzeba uczciwej walki.

– Nie jestem samotnikiem – powiedziała wykrętnie.

Jego ruchy miały w sobie tyle lekkości. Bez wysiłku śledził każdy jej gest. Obserwowała jego reakcję, podchodząc do niego. Wytropił ją jak prawdziwy wojownik.

– Wiem o tym.

Uniósł kącik ust w grymasie przypominającym uśmiech. Twarz nieznajomego nie wyrażała okrucieństwa Mrocznego, obojętności Wysokiego ani słodyczy Letniego Dworu.

– Służysz Królowej Zimy? – zapytała. Za plecami ściskała nóż.

– Nie. Zimno mi nie odpowiada.

Nagle jego twarz rozjaśnił uśmiech. Już wcześniej wyglądał grzesznie cudownie, ale teraz trudno było mu się oprzeć. Ani podeszła bliżej. W jego oczach dostrzegła chmury gradowe; nie biło od nich ciepło.

– Nie należysz do Letniego Dworu – stwierdziła.

– Podobnie jak ty.

Gdyby nie znała odpowiedzi, zapytałaby, czy ślubował wierność Królowi Mroku. Wystarczająco często spędzała czas z Irialem i Gabrielem, by wiedzieć, że taka siła jak jego należała do rzadkości.

– I sprawiasz wrażenie zbyt rozrywkowego, żeby służyć Wysokiemu Dworowi.

– Istotnie.

Jego oczy zdradzały to, do czego nie przyznał się na głos: był niebezpieczny. Instynkt podpowiadał dziewczynie, że powstał z takich samych cieni jak Irial. Powinien służyć jej królowi.

„Nie zmieszczę się w uliczce w tej postaci, Ani" – ostrzegł wierzchowiec stłumionym głosem, gdy szła w kierunku wróża.

– Kim jesteś? Gancanaghem? Wodną istotą? Samotnikiem na tyle pewnym siebie, by zawędrować w te strony? Daj mi wskazówkę. – Drugą rękę przysunęła bliżej noża w pochwie na boku. „Chociaż i tak na wiele mi się to nie zda". Sądząc po tym, jak beztrosko przechadzał się po Huntsdale, był tak silny, że nie mogła się z nim mierzyć. Napotkała jego wzrok. – Kim jesteś?

– Devlin. Strażnik porządku Sorchy, ale…

– Szlag. – Cofnęła się. – Nie wybieram się do jej świata. Należę do Mrocznego Dworu Ir… Nialla. On mnie chroni. Nie możesz mnie zabrać.

Narastała w niej panika; czuła się tak, jakby rój skrzydlatych stworzeń próbował opuścić jej ciało. Cofała się tak długo, aż poczuła na plecach ciepły oddech roztaczający woń siarki. Wierzchowiec ponownie zmienił postać.

„Mówiłem ci" – zamruczał.

Spojrzała na niego. W miejscu, gdzie stał hummer, ujrzała stworzenie przypominające gada. Zielone łuski pokrywały masywne ciało. Pazury długości jej przedramienia ryły ziemię. Bestia trzymała pierzaste skrzydła blisko ciała, żeby nie zawadzać nimi o budynki po obu stronach uliczki. Rozdziawiła paszczę i wysunęła cienki, czarny język, a potem pochyliła masywny łeb. Przez moment Ani sądziła, że zostanie pożarta.

„Nie wygłupiaj się. Nie zjadłbym cię..." Zamilkł niespodziewanie, jakby zamierzał dodać coś jeszcze. W głowie Ani panowała dziwna cisza, do czasu. „Nawet gdybym konał z głodu. To ciekawe. Jesteś moim pierwszym jeźdźcem... Mógłbym zaryzykować dla ciebie życie. Hm. To..."

– Możemy przełożyć tę rozmowę na później?

Spojrzała w ogromne oko.

„Oczywiście".

I wtedy wróż podszedł do niej. Jedną ręką objął ją w pasie, a drugą oparł na jej karku.

– Mógłbym zabić to coś – szepnął. – Albo ciebie. Tym się zajmuję, Ani. Zabijam tych, którzy zakłócają porządek.

Wolną ręką szarpnęła za jego nadgarstek, jednocześnie próbując wymierzyć cios głową. Ale on tylko wzmocnił uchwyt na gardle dziewczyny.

– Przestań.

– Jestem jednym z ogarów Gabriela – wychrypiała. – Należę do Mrocznego Dworu. Nie masz do czynienia z pierwszym lepszym mieszańcem. Będą konsekwencje, jeśli...

– Powiedz bestii, żeby się cofnęła albo nie zostawisz mi wyboru. Nie chcę tego. Podobnie jak ty. – Devlin ją ścisnął. – Każ jej odejść. Wtedy cię puszczę.

Ani spojrzała na wierzchowca. W jego oczach wirowały ogniste trąby powietrzne. Pazurami rył głębokie bruzdy w asfalcie.

„Zabiję go, jeśli cię skrzywdzi. – Ponownie wysunął język. – Wbiję pazury w jego wnętrzności i..."

– Nic mi nie będzie – zapewniła go, chociaż nie była o tym przekonana. Jednak gdyby nie wierzyła we własne słowa, nie mogłaby ich wymówić. Kłamstwo nie przyszłoby jej tak łatwo. – Puści mnie.

Wróż zmniejszył uścisk na gardle dziewczyny do tego stopnia, że ledwie czuła jego palce.

– Uwolnię cię, jeśli... – Naprężyła się. – Jeśli nie uciekniesz. Naprawdę nie chcę cię dzisiaj zabić.

Trwała bez ruchu.

– Ani zabrać mnie do Sorchy?

Roześmiał się i ten cudowny, złowieszczy dźwięk przywiódł jej na myśl Mroczny Dwór.

– Zdecydowanie nie.

Potem ją puścił. A gdy odeszła kilka kroków dalej, wyciągnął rękę, jakby chciał się przywitać.

– Jak już powiedziałem, nazywam się Devlin.

Najpierw spojrzała na jego wyciągniętą rękę, a potem na twarz. Jej serce waliło młotem od kakofonii strachu i wściekłości.

– Mam powiedzieć: „miło mi cię poznać”? Chcesz wymienić ze mną uprzejmości?

Pomimo przerażenia odwróciła się do niego plecami i podeszła do wierzchowca. Wtuliła się w niego. Bestia zmniejszyła rozmiary: była teraz raptem dwukrotnie większa niż jako wierzchowiec. Miała ciało lwa i głowę gada. Pierzaste skrzydła trzymała złożone przy ciele i leżała płasko na brzuchu, żeby ułatwić Ani wspięcie się na górę.

Dziewczyna nie dosiadła bestii, ale przylgnęła do niej.

„Chciałbym otrzymać imię, Ani” – mruknął wierzchowiec.

– Jak tylko z nim skończę – obiecała, nie odrywając oczu od Devlina. – Mieszkam tutaj. Twoja królowa nie ma interesu...

– Nie przysłała mnie dzisiaj po ciebie.

Stał na sztywnych nogach. Nie sprawiał wrażenie tak rozluźnionego jak wcześniej, zanim ją unieruchomił. Przywodził na myśl wszystko to, co zwykle podziwiała: śmiercionośną siłę i kontrolowaną przemoc.

– Nie chcę mieć nic wspólnego z Wysokim Dworem. – Chociaż wszystko w niej krzyczało, przemawiała spokojnym głosem. – Po prostu odejdź...

– Zamierzasz pomóc Bananach? – zapytał Devlin. – Dasz jej swoją krew?

– Nie. Nie pomogę ani jej, ani tobie, ani Wysokiemu Dworowi. – Przez całe życie walczyła ze strachem i nic nie wskazywało, żeby miało się to zmienić, bo z powodu jakiejś genetycznej anomalii wszyscy pragnęli jej krwi. Ściągnęła łopatki. – Możesz mnie zabić, ale nigdy nie zdradzę Iriala.

Twarz Devlina złagodniała na moment. Trwało to tak krótko, że gdyby nie była wprawiona w obserwowaniu powściągliwych wróżek, nigdy by tego nie zauważyła. Delikatność zniknęła równie szybko, jak się pojawiła.

– Rozumiem.

Ani zadrżała. Chociaż wróż stwierdził, że nie odszukał jej na polecenie Bananach, wiedział, że krucza wróżka pragnęła jej krwi. Nie miała ochoty czekać na kolejne pytania. Najrozsądniej było opuścić miasto.

– Jeśli to wszystko, to spadam – oświadczyła.

Już miała odejść, ale jego słowa ją powstrzymały.

– Jestem zabójcą Wysokiego Dworu. Uwierz mi, że ucieczka przede mną nie jest dla ciebie najlepszym rozwiązaniem, Ani.

Rozdział 17

Devlin czekał na reakcję Ani. Był podekscytowany. Gdyby uciekła, popędziłby za nią. Chociaż całą wieczność spędził na dworze siostry, nie zdołał zapanować nad sobą. Jako Krwawe Ręce Jej Wysokości mógł czasami ulegać instynktowi, ale jak dotąd zawsze chodziło o interesy – a pościg zawsze kończył się morderstwem. Perspektywa pogoni za Ani dla przyjemności wydawała mu się niezmiernie kusząca.

Ale ona nie uciekła. Wypchnęła tylko biodro do przodu i spiorunowała go wzrokiem.

– Masz pojęcie, co by się stało, gdybyś mnie zabił?

Speszony obserwował, jak na niego patrzy. Każdy jej ruch i każde słowo były wyzywające.

– Oświeć mnie – odparł.

– Irial, Gabriel, Niall nie daliby ci spokoju. – Ręce trzymała na biodrach, głowę wysoko w górze, a łopatki ściągnięte.

– Swoją postawą zachęcasz do ataku. – Wskazał jej ręce. – Ale pamiętasz o równowadze.

– Co?

– Spójrz na swoje stopy. To dobra pozycja na wypadek ataku, stabilna – wyjaśnił. Chciał ją szkolić. Skosztował jej krwi: wiedział, że była na dobrej drodze, by dorównać siłą Gabrielowi.

– Zamierzasz mnie zaatakować?

– Nie, wolałbym porozmawiać. To bardziej cywilizowana forma interakcji – powiedział.

– Jasne. Cywilizowana rozmowa po tym, jak mnie wytropiłeś, unieruchomiłeś i zagroziłeś śmiercią. Chyba jednak należysz do Wysokiego Dworu.

Potrząsnęła głową i zerknęła na swoją bestię, która wcisnęła gadzi łeb pod jej ramię. Dziewczyna naradzała się z wierzchowcem. Devlin ich nie słyszał.

– W porządku… porozmawiajmy.

Była spięta, ale nie zmieniła agresywnej postawy.

– Chodź.

Odwrócił się i wyszedł na ulicę skąpaną w świetle. Nie podał jej ręki ani nie sprawdził, czy za nim idzie. Stłumił wszystkie nieczyste uczucia, które go wypełniały, ukrył je i zachował stoicki spokój, tak jak nauczył się tego dawno temu. Pragnienie, by chronić tę dziewczynę, zakrawało na głupotę. Mimo to bardzo zależało mu na ocaleniu Ani.

„Zwłaszcza przede mną".

Manewrował po ulicach źle rozplanowanego miasta tak długo, aż dotarł do dzielnicy, gdzie znajdowały się głównie magazyny. Kilka wróżek, które minęli po drodze, z pewnością doniesie o jego obecności Niallowi i Irialowi, a oni potem poinformują Gabriela. Poza królem i jego doradcą nikt nie odważyłby się przekazać takiej wiadomości przywódcy stada. Gniew ogarów łatwo wybuchał i długo stygł. Jedynie ktoś, kto szukał guza, powiedziałby Gabrielowi o spotkaniu Devlina z Ani. Jako strażnicy porządku wrogich sobie dworów Gabriel i Devlin nie dogadywali się najlepiej.

Devlin zatrzymał się na skrzyżowaniu. Spojrzał na przejeżdżające samochody i pomyślał o wątpliwej przyjemności podróżowania w klatkach z metalu. Większość rzeczy w tym świecie wydawała mu się nienaturalna.

„Inaczej niż w Krainie Czarów".

W minionych stuleciach często zastanawiał się, czy mógłby przywyknąć do życia wśród śmiertelników. Teraz myślał o tym kolejny raz. Bananach się udało. Wiele wróżek musiało się przystosować, gdy dawno temu Król Mroku wyprowadził je z Krainy Czarów. Niektóre chorowały. Inne umierały albo popadały w obłęd. Jednak część z nich miała się świetnie. Devlina przytłaczał jednak pęd świata ludzi.

Zmysły zawsze bombardowało tu zbyt wiele irytujących bodźców: klaksony i silniki, mrugające neony i oślepiające światła znaków, dym i perfumy śmiertelników. A jakby tego było mało, osobliwe obrazy i pogoda działały na niego jak płachta na byka. To był dziwny świat, w którym jedzenie za każdym razem smakowało tak samo, z chmur nie padało nic prócz lodu albo wody, a klimat zmieniał się w zależności od szerokości geograficznej i momentu obrotu planety. Nieprzewidywalność Krainy Czarów wydawała mu się bardziej sensowna.

Przystanął. Za szybą naprzeciwko widać było rzędy butów w jasnych kolorach. Auta sunęły ulicą. Głosy nakładały się na siebie, a syreny wyły.

– Na co patrzysz?

Ani stała obok niego. Z bliska wydawała się drobniejsza. A może tylko odniósł takie wrażenie, bo opuściła ją agresja. Czubek jej głowy znajdował się na wysokości jego barku; różowe końcówki jej ciemnych kosmyków musnęły jego ramię, gdy odwróciła głowę, żeby się rozejrzeć.

Za szybą chorobliwie chuda kobieta oglądała buty; jej twarz rozjaśniały ostre światła sklepu. Wyjrzała na zewnątrz. Jej wzrok przemknął po jego twarzy, żeby po chwili się na niej skoncentrować.

Tymczasem Devlina interesowała wyłącznie Ani. Podobnie jak Rae należała do tych nielicznych istot, które się go nie bały. Nawet w swojej królowej budził grozę: taka była naturalna kolej rzeczy. Wróżki powinny przed nim drżeć. W Krainie Czarów był katem – strażnikiem porządku.

Mimo to Ani zachowywała się beztrosko i zdecydowanie niemądrze, jakby w ogóle nie zdawała sobie sprawy z zagrożenia. Gdy tylko uznała, że chwilowo nie grozi jej niebezpieczeństwo, wróciła dawna zuchwałość. „Czy właśnie dlatego Rae chciała, żebym spotkał się z ogarem? Wiedziała, że tak będzie?" Przecież nie mogła przewidzieć takiego biegu zdarzeń. Tak czy inaczej mało kto zachowywał w jego obecności odwagę, więc Devlin tym bardziej podziwiał postawę Ani.

– Halo! – Szturchnęła go. – Na co się gapisz?

– Musimy przejść przez ulicę w tym miejscu.

Devlin nie był pewien, jaką prędkość potrafi rozwinąć Ani. Zauważył, że ludzie poruszają się dużo wolniej. Ale ona nie była stuprocentową śmiertelniczką, a jej ojciec należał do jednego z najszybszych gatunków w świecie wróżek. Niemniej jednak myśl o śmierci dziewczyny pod kołami wozu nie dawała mu spokoju.

„Ona jest ważna".

Złapał ją za ramię tuż nad łokciem i ruszył przed siebie. Zmusił ją w ten sposób, by zrównała z nim krok.

Ani wyrwała rękę z jego uchwytu.

– Co ty wyprawiasz?

– Pomagam ci przejść przez ulicę? – Zmrużył oczy. Jej zuchwałość przestawała go bawić. Krzyżowała jego plany. – Maszyny pędzą, a ty masz w sobie ludzką cząstkę. Nie jestem pewien, jak szybko śmiertelnicy…

– Jestem ogarem.

Popędziła do kolejnej przecznicy. Devlin obserwował ze swojego miejsca jej wojowniczą sylwetkę. Zachowała się lekkomyślnie, ale nie zaskoczyła go. Powinien był to przewidzieć i mocniej ją przytrzymać.

„Jest nieokiełznana. To…" Zamarł. Świat jakby stanął w miejscu, gdy zza pleców Ani wyłoniła się Bananach. Krucza wróżka objęła ramiona dziewczyny. „Nie!"

Zanim słowa protestu uformowały się w jego głowie, Devlin stanął przed nimi.

– Odsuń się, siostro.

– W zamian za co?

Zacisnęła palce na ramieniu Ani. Przypominające szpony paznokcie nie wbiły się w skórę dziewczyny, ale po uścisku kruczej wróżki z pewnością zostaną siniaki.

Logika podpowiadała Devlinowi, że istnieje sposób, by Ani wyszła bez szwanku z konfrontacji z Wojną. Mimo to wybrał absurdalne słowa.

– Należy do mnie. Wziąłem ją pod swoje skrzydła.

– Nie zginęła. – Bananach otarła policzek o włosy Ani niczym kot. Wyglądało to dość osobliwie w wykonaniu kruczej wróżki. – To dobrze. Odkryłam, że potrzebuję jej żywej. Ma zadanie do wykonania. Prawda, szczeniaku?

Ani napotkała jego wzrok. Nie sprawiała wrażenia przerażonej i Devlinowi przemknęło przez myśl, że może jest szalona. Znał mieszańce, które nie były zdolne do odczuwania strachu. „Czy ona nie ma instynktu samozachowawczego?"

Szeroko otworzyła oczy, jakby chciała przekazać mu swoje myśli. Devlin wpatrywał się w nią, próbując zrozumieć. Na krawężniku stał jej wierzchowiec, który wyglądał teraz jak samochód. Najwyraźniej chciała użyć bestii przeciwko kruczej wróżce. Gdyby rzeczywiście przypuściła atak na Bananach, nie zdziałałaby wiele – a z pewnością mogłaby spodziewać się odwetu.

„Wtedy ja musiałbym skrzywdzić siostrę".

Devlin stanął między wierzchowcem a kruczą wróżką. Nie zawsze przepadał za swoimi siostrami, ale przysiągł je chronić.

„Nawet przede mną".

Przysunął się możliwie jak najbliżej Bananach, żeby osłonić ją przed atakiem. Ani spiorunowała go wzrokiem.

– Popełniłeś kilka błędów. Siostry wiedzą. – Bananach wygięła szyję do przodu, tak że potarła policzkiem twarz Ani. – Nie zdradzę naszych sekretów.

Devlin ostrożnie ważył słowa. Nie mógł skłamać. „Żałuję, że nie ma tu Rae". Gdy władała jego ciałem, mógł łgać do woli.

– Ty też będziesz trzymać buzię na kłódkę, prawda, mały szczeniaku? – Bananach obróciła Ani twarzą do siebie. – Wrócisz na swój dwór. On może się przydać. Po to przybyłeś, bracie? Żeby pomóc?

Bananach spojrzała na Devlina nad ramieniem Ani, a on wytrzymał jej spojrzenie i powiedział:

– Tak. Przybyłem, by pomóc.

Bananach nie odpuściłaby tak łatwo, gdyby chodziło o innego wróża; nalegałaby na precyzję wypowiedzi – ale od niego tego nie oczekiwała. Nie wierzyła w jego nielojalność. Krucza wróżka pocałowała Ani w czoło.

– Zaufaj mu, mała. On jest mądry.

Na dźwięk tych słów do głosu doszły emocje, które Devlin tłumił od dawna. Mimo wszystko to ona tchnęła w niego życie. Cierpiałby, gdyby ją zdradził – tak jak czternaście lat temu zdradził Sorchę.

„Dla ciebie, Ani".

Dziewczyna odsunęła się od Bananach. Zerknęła na Devlina, a potem ruszyła w stronę wierzchowca. Gdy sięgnęła do klamki, drżenie rąk zdradziło jej strach – a może złość.

Wróż bez słowa odwrócił się plecami do siostry i ruszył za Ani. Zajął miejsce obok kierowcy i jak tylko zamknął drzwi, dziewczyna wcisnęła pedał gazu. Devlin widział siostrę w bocznym lusterku: patrzyła na nich.

Ani włączyła stereo; z głośników popłynęły brzęczące dźwięki szarpanych z wściekłością strun i wrzaski. Devlin dotknął jej rąk, ale ona strząsnęła jego dłoń.

– Pomagasz Bananach? – Ani nie oderwała oczu od drogi. Śmigała między samochodami i od czasu do czasu podjeżdżała tak blisko innych pojazdów, że Devlin szykował się na szczęk zgniatanego metalu. – Powiedziała…

– Czy twoim zdaniem pozwoliłaby nam odejść, gdybym zakomunikował jej, że zamierzam zabrać cię jak najdalej stąd?

Spojrzała na niego.

– Czemu mam ci zaufać?

– Może nie powinnaś. – Chociaż właśnie zdradził dla Ani swoją drugą siostrę, nie mógł przyrzec dziewczynie, że jej nie zabije. Gdyby musiał wybierać pomiędzy nią a Krainą Czarów, z pewnością zadbałby o dobro tej drugiej. – Nie chciałem cię zabić ani zranić, Ani.

Zacisnęła palce na kierownicy.

– Ale?

Spojrzał na nią oczami pełnymi żalu. Było mu przykro, że przyciągnęła uwagę Sorchy i Bananach. Nie mógł jej tego wyznać, a przynajmniej nie w tej chwili, gdy targały nią furia i przerażenie. Ale nie chciał także, by trwała w niewiedzy, dlatego powiedział:

– Ale masz coś, czego ona chce i co według niej pozwoli jej pokonać Sorchę. Wierzy, że dzięki temu stanie się silniejsza niż kiedykolwiek wcześniej, a ja nie mogę na to pozwolić.

– Czemu?

Westchnął.

– Chcesz jej pomóc?

– Nie, ale…

– A ja wolę cię nie zabijać – przerwał jej Devlin. – Jeśli jej pomożesz, zostanę do tego zmuszony.

Żadne z nich nie odezwało się słowem, gdy Ani pogłośniła drażniące dźwięki w trakcie tak nieostrożnej jazdy jak na ogara przystało. Opuścili Huntsdale przy akompaniamencie ryku silnika.

„Obym tylko zdołał znaleźć jakieś rozwiązanie, które ocali ją od śmierci”.

Rozdział 18

Rae nie korzystała z dobrodziejstw prawdziwego snu, ale potrafiła pogrążyć się w kontemplacyjnej ciszy, która dodawała jej energii. Czuła się tak, jakby dryfowała w szarym morzu nicości, z dala od świata.

– Ty!

Rae wyobraziła sobie jaskinię i wróciła do stanu, w którym egzystowała od wielu lat. Spojrzała na skalne ściany, które tworzyły jej „dom". W zacienionej alkowie czekała na nią królowa Krainy Czarów. W lewej ręce niosła potłuczone lustro. Wokół jej stóp leżały porozrzucane odłamki szkła, niczym kości poległych na polu bitwy.

– Bez ciebie nic nie działa tak, jak powinno. – Sorcha puściła lustro i kolejne srebrzyste kawałki rozsypały się po ziemi. – Weszłaś do mojego umysłu.

„Jak mnie znalazła?"

Rae się wzdrygnęła, po czym przywołała na twarz zadowolenie, jakby naprawdę wypoczęła na podłużnym głazie w jaskini.

Dzięki takiemu udawaniu nie czuła się tak bardzo oderwana od rzeczywistości. Spojrzała Sorsze prosto w oczy i rzekła:

– To prawda.

– Nie pozwoliłam ci żyć w Krainie Czarów. Nigdy nie poprosiłaś mnie o zgodę – stwierdziła Sorcha. Ostatnie słowa wypowiedziała pytającym tonem, chociaż wcale nie chciała, żeby tak zabrzmiały.

Miała rozbiegany wzrok. Nie patrzyła na Rae, ale na coś za jej plecami. Nie wyglądała tak uroczo jak we śnie. Tutaj jej władczość była odpychająca, a surowość – drażniąca. Nie wydawała się równie żywiołowa co we śnie. Rea miała wrażenie, jakby patrzyła na królową przez grube szkła.

Rae może nawet ogarnęłoby współczucie, gdyby Sorcha nie była wzbudzającą strach królową, która wytyczyła Devlinowi wyboistą drogę przez życie. Zarówno Devlin, jak i Rae nie obchodzili Sorchy, równie dobrze mogliby nie istnieć. Dlatego też Rae nie żałowała Jej Wysokości.

Wstała i ruszyła w głąb ciemnej jaskini, żeby oddalić się od królowej. Potem przyjęła taką pozę, jakby opierała się o ścianę. Wiedziała, że nie ucieknie przed Sorchą, ale z tej odległości łatwiej panowała nad nerwami.

– Czy teraz mogę poprosić o zgodę?

Sorcha znieruchomiała.

– Nie jestem pewna. Nie wiem, czy podoba mi się twoja obecność w moich snach… w snach wróżek. To niestosowne.

Rea milczała. Dawniej, jako śmiertelniczka, ugięłaby się pod ciężarem oskarżenia o nieodpowiednie zachowanie. Gdyby uległa starym nawykom, z pewnością by przeprosiła, ale w końcu nie postąpiła niewłaściwie: próbowała jedynie uśmierzyć ból zrozpaczonej wróżki. Przeprosiny należały się natomiast Devlinowi za to, że się ujawniła.

Rae milczała z rękami skrzyżowanymi na piersi i wzrokiem wbitym w ziemię z fałszywą skromnością. Taka strategia wydawała się właściwa.

– Ale nie wiem, jak cię zabić. Brak ciała, które można by wykrwawić, komplikuje sprawę.

Sorchę cechowała bezwzględność, którą wielu przypisywało Devlinowi. Była równie niezłomna co logika, a przy tym przerażająca.

– Rozumiem. – Rae skinęła głową. – Wyraziłaś życzenie, bym umarła?

– Nie.

– Mogę zapytać…

– Nie.

Nagle Sorcha usiadła na srebrnym tronie wzniesionym na podium, którego nie było w jaskini sekundę wcześniej. Pojawił się, bo o nim pomyślała, podobnie jak podłoga, marmurowe kolumny i…

„Nie jesteśmy w jaskini". Rae zadrżała. Najwyraźniej Jej Wysokość mogła przenieś Rae. „Albo cały świat".

– Na szczęście dla ciebie postanowiłam, że mi się przydasz.

Sorcha uniosła rękę w zapraszającym geście. Na ten znak podeszły do niej dwie śmiertelniczki; twarze obu skrywały woale. Przejrzyste zasłony sięgające ramion były wykonane z podobnej tkaniny co ubrania kobiet. Ręce i stopy miały odsłonięte.

Rae zastanowiło, czy spotkała je podczas wędrówek w świecie snów albo przechadzek w ciele Devlina. Jednak naga ręka czy stopa to za mało, żeby rozpoznać człowieka. Kobiety stały w milczeniu przed Jej Wysokością. Sorcha zwróciła się do nich:

– Zaśnijcie. Tutaj.

Podłoga była piękna: ciągnące się na całej powierzchni kafelki mozaikowe przypominały prawdziwe dzieło sztuki. Mimo to nie sprawiała wrażenia wygodnej.

Śmiertelniczki posłusznie położyły się na posadzce, skrzyżowały nogi na wysokości kostek i splotły ręce na brzuchach. Gdy tak leżały w milczeniu u stóp swojej królowej, wydawały się martwe.

Rae zamierzała coś powiedzieć, ale czuła, że Sorcha nie będzie z tego zadowolona. Podejrzewała, że zostanie poproszona o odwiedzenie ich snów z powodu, którego królowa jeszcze nie zdradziła.

– Powiedz, o czym śnią – zażądała Sorcha.

– Ale one nie śpią.

– Oczywiście, że śpią. Na mój rozkaz.

Beznamiętne spojrzenie Sorchy nie zachęcało do sporu, ale ktoś musiał jej pokazać, że źle postępuje.

– Nie zdołam wejść do ich snów, skoro nie śnią – skłamała Rae.

W rzeczywistości potrafiła sprawić, by kobiety pogrążyły się w marzeniach. Wymagało to sporej koncentracji, ale nie wykraczało poza jej możliwości, zwłaszcza jeśli śmiertelniczki były kreatywne, tak jak większość podwładnych Jej Wysokości. Chociaż nie miała zbyt wielu okazji do eksperymentowania, jako że Devlin ukrywał ją przed światem, nauczyła się kilku sztuczek.

– Nakłoń je do śnienia.

Sorcha wygładziła spódnicę, jak tylko usadowiła się wygodnie na tronie. Bardziej interesował ją wygląd niż ludzie spoczywający u jej stóp.

– Ale one nie śpią.

Rae nie była pewna, jak wielki zawód może sprawić Jej Wysokości bez ryzyka, że nie otrzyma przebaczenia. Zaczęła żałować, że nie pożegnała się z Devlinem.

– Śpijcie – powtórzyła Sorcha, zwracając się do śmiertelniczek, lecz one nie posłuchały. Jej Wysokość mogła zmieniać wszystko wokół, ale nawet ona nie potrafiła kontrolować organizmów żywych istot.

– Może gdybyś dała im poduszki i coś bardziej miękkiego od podłogi… – zasugerowała Rae.

Nim dokończyła zdanie, pokój się zmienił. Śmiertelniczki leżały teraz na łóżkach, które przypominały ogromne poduszki o grubości kilkudziesięciu centymetrów. Stelaże tworzyły kolczaste pnącza, a z nich, niczym zasłona, spływał hiszpański mech.

Kobiety nawet nie drgnęły. Chociaż zmienił się cały świat, one pozostały w niezmienionych pozycjach. Nadal wyglądały na martwe. Z kolei Sorcha na nic nie zwracała uwagi. Właśnie przed taką pogardliwą królową chronił ją Devlin.

A Rae nie należała do Wysokiego Dworu. Zawędrowała do Krainy Czarów przez przypadek i szczęśliwym zbiegiem okoliczności Devlin jako pierwszy pojawił się na jej drodze. Z czasem stał się dla niej bardzo ważny.

„I ucieszyłby mnie teraz jego widok".

Jej Wysokość spojrzała na Rae.

– Powiedz, o czym śnią. Natychmiast.

Śmiertelniczki na łóżkach oddychały wolno i spokojnie. Zasnęły, więc Rae weszła do snu pierwszej z nich.

Ujrzała kobietę projektującą stroje. Znajdowała się we wspaniałym magazynie pełnym tkanin, kawałków futer i kadzi z dziwnymi przedmiotami. Pod ręką miała stosy nieoszlifowanych kamieni i pogiętych metali.

Śmiertelniczka siedziała przy stole, który ciągnął się przez całe pomieszczenie. Leżały na nim projekty; podświetlony pergamin, na którym je sporządzono, sprawiał wrażenie przezroczystego. Niektóre ubrania wisiały już na manekinach. Inne zostały skrojone, ale nie były jeszcze spięte ani zszyte.

Sen nie wydał się Rae szczególnie interesujący. Prawie wszyscy artyści marzyli o tym samym: o większej liczbie przyborów do pracy nad nowymi dziełami. Nie zostawiali Rae dużego pola do popisu, chociaż w Krainie Czarów zdarzały się bardziej nużące wizje. Śmiertelnicy opierali się jej sugestiom, a artyści byli nawet jeszcze bardziej uparci. Nie pozwalali jej na zmiany. Sami chcieli tworzyć. Kreatywność, przez którą zostali sprowadzeni na dwór Jej Wysokości, była ich dominującą cechą.

Rae wyszła ze snu artystki.

– Zbudź się. – Sorcha trąciła kobietę i wskazała Rae. – Słucham.

– Śniła o swojej sztuce. Widziałam materiały, magazyn i dziwne dodatki do strojów, które projektowała – wyjaśniła Rae.

Śmiertelniczka skinęła głową, a Sorcha się uśmiechnęła. Ale Rae czuła się zbrukana. Chociaż nie ujrzała niczego skandalicznego, na rozkaz królowej naruszyła zaufanie śniącej. Nigdy wcześniej nie relacjonowała nikomu cudzych snów.

– A ta druga? – Jej Wysokość wskazała śpiącą postać. – O czym śni?

Rae się zawahała i coś w jej postawie musiało zdradzić niechęć. Sorcha podeszła tak blisko, że Rae poczuła pokusę, by zawładnąć jej ciałem. To była jej ostatnia deska ratunku; skorzystałaby z niej, gdyby nie miała innych opcji. Ale na razie zachowała tę wiedzę dla siebie.

– Jak ci na imię? – zapytała Jej Wysokość.

– Rae.

– Władam Krainą Czarów, Rae – przemówiła Sorcha głosem tak delikatnym, że nie przypominał nawet szeptu. – Wszyscy tutaj naginają się do mojej woli. Będziesz mi posłuszna albo twoja egzystencja dobiegnie końca. – Rae nic nie odpowiedziała. – O czym ona śni? – powtórzyła królowa.

I Rae przeniknęła do umysłu śmiertelniczki. Miała nadzieję, że kobieta nie zdradzi sekretów, które mogłyby zainteresować Sorchę. Jednak na miejscu, w komnacie przypominającej tę rzeczywistą, ujrzała zniecierpliwioną twarz. „Wracaj" – rozległ się głos Sorchy, która przemawiała do swojej podwładnej na jawie.

– Słucham? – zapytała Rae.

– Królowa cię wzywa. Opuść mój sen. – Śmiertelniczka trwała bez ruchu. Po chwili rozejrzała się, jakby na kogoś czekała. Spanikowana dodała pospiesznie: – Idź już. Nie wolno jej ostatnio ignorować. Królowa Rozsądku przestała się zachowywać racjonalnie.

Rae skinęła głową, po czym wróciła do pokoju, w którym czekała na nią Sorcha.

– Wezwałaś mnie?

Postawa Jej Wysokości uległa zmianie. Arogancja ustępowała ekscytacji. Srebrzyste oczy władczyni lśniły jak księżyc w pełni. Uśmiechnęła się do Rae z radością.

A Rae rzadko bała się równie mocno jak w tej chwili.

– To działa. – Sorcha spojrzała na śmiertelniczki i rzekła: – Przygotujcie wszystko.

Damy dworu królowej usiadły. Jedna podeszła do Jej Wysokości i wzięła od niej nakrycie wierzchnie, a druga ułożyła poduszki na zdobionym łożu, które nagle się przed nimi zmaterializowało. Rama była wykonana z kamienia, a materac zastępowało kilka kołder.

Sorcha pochyliła się w stronę Rae i szepnęła:

– Spotkam się z synem. Ty to umożliwisz. – Ze strachu Rae nie mogła się ruszyć. – Opuścisz mój sen, jak tylko go zobaczę. – Sorcha weszła po sześciu kamiennych schodach prowadzących do łóżka. Gdy się na nim ułożyła, zawisły nad nim ściany z przezroczystego szkła. – Tylko Devlin i Seth zdołają mnie zbudzić. Powiedzcie mu, gdy wróci, że jestem bezpieczna we własnym łóżku.

Obie śmiertelniczki dygnęły. Żadna z nich się nie odezwała.

– Zrobisz, co każę, Rae. Zostaniesz moimi oczami i uszami. Każdego dnia odwiedzisz mnie… – spojrzała na śmiertelniczki – …żeby złożyć mi raport.

– Wasza Wysokość…

– Królowo – poprawiła ją Sorcha. – Jestem władczynią Krainy Czarów. Chcesz dalej tu żyć?

– Tak. – Sorcha uniosła cienką brew, na co Rae dygnęła. – Tak, królowo. Ale jeśli pojawi się zagrożenie? Czy nie powinniśmy móc cię obudzić?

– Nie. – Jej Wysokość zamknęła oczy, a szklane szyby otoczyły ją ze wszystkich stron. – Taka jest moja wola. Bądź mi posłuszna.

Rozdział 19

Gdy Ani zmagała się ze złością, Devlin milczał. Po wiekach spędzonych w Krainie Czarów potrafił trwać nieruchomo jak głaz. Jednak podróżowanie z ogarem okazało się nie lada wyzwaniem; z trudem zachowywał opanowanie. Z Ani było zupełnie odwrotnie: im bardziej samochód przyśpieszał i im częściej wciskał się w małe przestrzenie między pojazdami, tym większy ogarniał ją spokój.

Devlina irytowało podobieństwo wierzchowca do zwykłego auta. Uwięziony w stalowej klatce nie cierpiał tak jak większość wróżek, ale nie był zachwycony. Co więcej, musiał znosić niewygody, bo bestia wybrała dla siebie formę niewielkiego auta. Zamiast przestronną barracudą jechali teraz niedorzecznie małym austinem mini. Był w kolorze wiśniowym, miał rozkładany dach, a według Ani także klasyczną linię z 1969 roku. Nie cechowała go subtelność i z pewnością nie został zaprojektowany z myślą o użytkownikach nielubiących się wyróżniać – ani o wysokich pasażerach. Ponadto puszczała muzykę tak głośno, że bez wątpienia trwale uszkodziła słuch śmiertelników w okolicy. To wszystko uprzykrzało Devlinowi życie.

– Ani?! – Próbował przekrzyczeć piosenkarkę, która śpiewała, że ma dość tandety. Dziewczyna zignorowała go jednak, więc ściszył głos. – Ani, chciałbym omówić nasz plan. – Jego głos nie zdradzał frustracji ani niepokoju.

– Nasz plan?

– Tak. Nasz plan. Sądzisz, że poradzisz sobie sama z moją siostrą?

Devlin chwycił się mocniej drzwi, gdy Ani ponownie przyspieszyła.

– Równie dobrze mogłabym być sama. Nie miałam z ciebie pożytku, gdy postanowiłam ją zaatakować. – Ani zerknęła na niego i wyszczerzyła zęby. – Jesteś do niczego. Powinnam zostawić cię na środku drogi. Może gdybyśmy spróbowali...

– Uprowadziłaby cię albo zabiła. – Zamknął oczy na trzy sekundy, a potem je otworzył. Szukał właściwych słów, by nie zdradzić, jak bardzo wyprowadziła go z równowagi myśl o obu ewentualnościach. W końcu stwierdził: – To była mądra decyzja. Nie możemy się zatrzymywać. Na dłuższy przystanek potrzebujemy miejsca rzadko odwiedzanego przez wróżki. Może pod naszą nieobecność moja siostra znajdzie sobie inny obiekt zainteresowania. Często zmienia plany, a w Huntsdale dzieje się wystarczająco dużo, żeby znalazła sobie zajęcie.

Ani milczała, wpatrując się w zatłoczoną drogę przed nimi. Zredukowała bieg, a potem wyprzedziła dużą ciężarówkę.

Devlin zastanawiał się, jaka by była, gdyby dorastała wśród ogarów. Miała od nich mniej ognisty temperament, ale gwałtownością biła wszystkie na głowę.

Ostatecznie przerwała milczenie.

– Kazała mi zabić Nialla, a ja rozważam tę możliwość.

Opuścił go spokój.

– Nie powinnaś trąbić o tym wszem i wobec.

– Wiem. Nie jestem do tego przekonana. Śmierć Nialla zasmuciłaby Iriego. – Zmarszczyła czoło. – Należę do Mrocznego Dworu, więc morderstwo nie powinno stanowić dla mnie problemu, ale nawet gdyby nie zależało mi na Irim, chyba nie mogłabym zabić króla. On na to nie zasługuje.

– Mogłabyś zabić w obronie Iriala? – dopytywał Devlin.

– Jasne.

– A czy nie okazałabyś nieposłuszeństwa swojemu dworowi, gdybyś odebrała życie Niallowi? – kontynuował.

– Pewnie tak, ale nigdy nie przysięgałam wierności. Ogary ani śmiertelnicy tego nie robią. – Wpasowała się w wąski prześwit między dwoma samochodami, po czym zmieniła pas. Przy okazji wyprzedziła sportowe wozy, które jej zdaniem jechały zbyt wolno. – Tak naprawdę on nie jest moim królem, to znaczy technicznie…

– Nie jesteś zwykłą śmiertelniczką – przerwał jej. – Ogary są lojalne. Irial zasłużył sobie na twoje oddanie, więc rozumiem twoje dylematy, tym bardziej że nie są czymś niezwykłym dla ogara z Mrocznego Dworu.

– Dla ogara… jasne. – Oderwała oczy od drogi i posłała mu pochmurne spojrzenie. – Twój dwór musi być niezwykle rozrywkowy.

– Istotnie.

Devlina bawiły jej wahania nastroju i nie zdołał tego ukryć. Tymczasem Ani zjechała z głównej drogi z zawrotną prędkością.

– Próbuję to wszystko ogarnąć. Ona chce także, żebym zabiła Setha.

Devlin znieruchomiał. Gdyby Ani zaatakowała świeżo upieczonego wróża, z pewnością skończyłaby na cmentarzu. „Czy to przewidziała Sorcha?" Jeśli Sethowi groziło niebezpieczeństwo, Devlin powinien wrócić do Huntsdale. Ale chłopak miał za towarzyszy Nialla i Iriala. Mógł liczyć na wsparcie i nie był bezbronny. Oczywiście Sorcha uznałaby, że Devlin zawiódł ją na całej linii.

Skręcając ostro, Ani spojrzała na niego.

– Po co zabijać Setha? Umiesz myśleć logicznie. Pomóż mi znaleźć odpowiedź.

– Żeby wywołać większy zamęt – mruknął Devlin. – To zawsze jest jej cel. Zależy jej, by wszystkich ze sobą skłócić.

– A Seth jest taki ważny? Ciekawe.

„Podobnie jak ty – pomyślał Devlin, ale nie wypowiedział tego na głos. – Jeszcze za wcześnie". Nie mógł jej wyznać, że liczyła się do tego stopnia, iż przyciągnęła uwagę dwóch najstarszych wróżek, przez co otrzymał rozkaz, by ją zabić. Nie wspomniał także o tym, że dla niej zdradził obie swoje siostry. Wolał przemilczeć pewne sprawy.

Ani zjechała na postój i zgasiła silnik. Pomimo wczesnej godziny na zewnątrz tłoczyli się śmiertelnicy. Wchodzili do bliżej nieokreślonych budynków i wychodzili z nich, nie zwracając uwagi na otoczenie. Kilka wróżek przycupnęło w konarach drzew porastających brudny skwerek, gdzie ludzie wyprowadzali swoje zwierzaki. Czarno-biały pies warknął na jarzębinowego człowieka, który zamachnął się na czworonoga, gdy ten chciał go obsikać.

– Rozprostuję kości, a ty w tym czasie możesz pomyśleć, ignorować mnie albo robić, co ci się żywnie podoba.

Ani otworzyła drzwi i wysiadła. „Nierozsądnie". Devlin zastanawiał się nad ewentualnymi scenariuszami: ktoś mógł ich śledzić; Sorcha albo Bananach mogły usłyszeć o ucieczce Ani; samotnicy mogli mieć świadomość, jaka ważna jest Ani. Różne wróżki mogły wziąć ją za łatwy cel i zaatakować. Świat wydał się nagle miejscem o wiele groźniejszym niż kiedykolwiek przedtem.

W okamgnieniu opuścił maleńki samochód i ruszył za dziewczyną, ale ona zdążyła dotrzeć już do budynku. Poruszała się z prędkością odpowiednią dla ogara, zwłaszcza rozdrażnionego. Podążył za nią. Ale za ciężkimi drzwiami powitały go wściekłe twarze kilku kobiet i dziewcząt stojących przy rzędzie umywalek.

– W porządku, skarbie? – zapytała Ani starsza kobieta, która ściskała mały czarny pojemnik z rozpylaczem.

– Devlin. – Ani ujęła go za rękę i zrobiła kilka kroków w kierunku drzwi. – Nie możesz dotrzymywać mi towarzystwa w damskiej toalecie. Wyjdź.

Pod ostrzałem spojrzeń prawie wszystkich zebranych wróż rozejrzał się dookoła, po czym skinął głową.

– Zaczekam na zewnątrz. Jeśli znajdziesz się w niebezpieczeństwie…

– Wiem. – Głos dziewczyny był pozbawiony emocji, w przeciwieństwie do wyrazu jej oczu. Coś niezmiernie ją rozradowało.

Czekając przed toaletą, Devlin zastanawiał się, czemu tak na niego spojrzała. Zajął pozycję blisko drzwi; zostawił tylko tyle miejsca, żeby ich nie blokować. Słyszał rozmowy śmiertelniczek.

– Masz kłopoty, skarbie? On strasznie się martwi – mówiła ta sama kobieta co poprzednio.

– On się boi byle czego. – Ani bez wątpienia wiedziała, że Devlin podsłuchuje, ale nie ściszyła głosu. – Jest taki wrażliwy. A ja nie. Nie boję się tak jak on.

– Biedactwa – odparła kobieta. – Zaczekam tutaj, żebyś mogła w spokoju skorzystać z toalety. Zastąpię na moment twojego strażnika.

Dobroć kobiety wywołała uśmiech na twarzy Devlina. Niczego by nie wskórała, gdyby Ani rzeczywiście coś groziło. Jednak z pewnością zyskała sobie przychylność dziewczyny. Właśnie taka ludzka bezinteresowność zdumiewała Devlina przez wieki.

Poza tym w przeciwieństwie do wróżek ludzie postępowali nieprzewidywalnie. „Tak jak Ani". To wprawiało go w zakłopotanie – i napawało niezrozumiałym podziwem.

Ani wyszła w towarzystwie troskliwej starszej kobiety. Obie przystanęły naprzeciwko Devlina. Zanim kobieta się odezwała, Ani ją objęła.

– Jesteś dobrym człowiekiem.

– Ja... – Kobieta sprawiała wrażenie zdumionej, ale ścisnęła dłoń Ani. – Uważaj na siebie.

Ani skinęła głową, po czym wtuliła się w Devlina, jakby byli sobie bliscy.

– Obiecuję. On się mną zajmie. Prawda, Dev?

– Mam nadzieję – mruknął Devlin.

Po kilkuminutowej rozmowie kobieta odeszła w stronę mężczyzny, który czekał na nią parę metrów dalej.

Ani nadal tuliła się do wróża, a gdy westchnęła, pomyślał o niestosownych rzeczach. Nadal kontrolował emocje najlepiej, jak potrafił. Z nikim nie dzielił się swoimi sekretami ani uczuciami. „Prócz Rae". Niepokój o bezcielesną przyjaciółkę ponownie dał o sobie znać. Razem z nim przyszła myśl, że z chęcią przedstawiłby Rae Ani.

Tymczasem ogar muskał palcami nagą skórę pod jego koszulą. Gdy wracali do samochodu, dziewczyna wciąż się o niego opierała.

– Ani?

– Hm?

Trzymała się blisko niego, jakby coś ich łączyło.

– Co robisz? – Nie miał ochoty o to pytać. Bał się, że rozczaruje go odpowiedź. Snucie romantycznych wizji niczemu nie służyło. Emocje wpływały na jego zdolność oceny; od dawna wiedział, że to niewłaściwe.

Spojrzała na niego szelmowsko.

– W jakim stopniu jesteś związany z Wysokim Dworem, Devlinie?

Nie mógł odpowiedzieć zgodnie z prawdą. „Być może nie znam już odpowiedzi". Niechętnie odsunął się od niej.

– Jestem Krwawymi Rękami Jej Wysokości, Ani. Jak mocna więź łączy mnie twoim zdaniem z dworem?

Wskoczyła na maskę wozu, który zmienił postać podczas ich nieobecności. Bestia ponownie stała się barracudą. Ani leniwie poklepała karoserię.

– Szczerze? Uważam, że przypominasz moich ziomków o wiele bardziej, niż chcesz się do tego przyznać.

Przysunął się do niej.

– Jesteś dzieckiem – powiedział niskim głosem. – Nie oczekuję, że…

– Dzieckiem? – Jej głos brzmiał niebezpiecznie łagodnie, a oczy błysnęły charakterystycznie.

Jakaś część niego – „rozsądna część" – ostrzegała przed udzieleniem odpowiedzi, ale instynkt, którego zwykle nie dopuszczał do głosu, kazał brnąć dalej. Jego dwie natury starły się i chociaż przez wieki wygrywała logika, teraz nie chciał jej słuchać. Gdyby naprawdę był dzieckiem Rozumu, zabiłby ogara, zanim na dobre zatraciłby się w tym szaleństwie. Jego królowa darowałaby mu nieposłuszeństwo. A Rae wybaczyłaby mu z czasem. Musiałby tylko wszystko naprawić.

„Nie mogę".

– Próbujesz mi powiedzieć, że wymyśliłam sobie twoje zainteresowanie podczas naszego pierwszego spotkania? – Wyprostowała jedną nogę w dżinsowej nogawce. Drugą trzymała zgiętą, opierając stopę na masce. – Tylko bez analiz. Powiedz, dlaczego mi pomagasz, albo przyznaj, czemu ukrywasz pragnienie, które wyzierało wtedy z twoich oczu. Martwiłeś się o mnie.

Chciał wywieść ją w pole niemal równie mocno co wyznać jej prawdę.

– Czy to ma znaczenie?

– Jesteśmy sobie prawie obcy, ale martwisz się o moje bezpieczeństwo bardziej niż większość tych, których znam… i to jest istotne. – Objęła się rękami, a dłonie oparła na biodrach. – Tak, to na pewno ma znaczenie.

Obserwował, jak szykuje się do skoku na niego.

– Jestem od ciebie silniejszy. To logiczne, że dbam o twoje bezpieczeństwo.

– To zupełnie bez sensu. – Przechyliła głowę i szeroko otworzyła oczy. W jej spojrzeniu kryło się coś błagalnego. – Wiesz, kim jesteś, Devlinie. Spodziewasz się, że będę siedziała obok najsilniejszego wróża, jakiego poznałam poza swoim dworem, i ignorowała fakt, że pojawił się znikąd i postanowił otoczyć mnie opieką?

– Moje motywy nie powinny się liczyć. – Devlin nie mógł powiedzieć, że się nie liczyły: to byłoby kłamstwo.

– Wytłumacz. – Ona nie prosiła, lecz żądała od niego wyjaśnienia. – Jeśli nie interesujesz się mną z powodów osobistych, to jaki masz cel? Niemal uwierzyłam, że chodzi o interesy, ale nie patrzyłeś na mnie z chłodną kalkulacją, gdy mnie śledziłeś, i z pewnością nie myślałeś jak podwładny Wysokiego Dworu, gdy dotknęłam twojej skóry. Powiedz, dlaczego chcesz ze mną być.

Nie zamierzał odpowiadać, na pewno nie teraz, a może nawet nigdy. Wyciągnął rękę.

– Chodź. Musimy jechać. Wsiądź do samochodu...

– Kłopoty! – przerwała mu.

Zsunęła się z maski wozu. Nie patrzyła dłużej na niego, więc się obrócił. Stali ramię w ramię.

Z dwóch stron zmierzały ku nim dwa Ly Ergi, a z oddali obserwowała ich ostowa wróżka. Wszyscy napastnicy należeli do Mrocznego Dworu i istniało prawdopodobieństwo, że byli poplecznikami Bananach. Devlin nie wiedział, czy zostali wysłani za nimi w pościg, czy pojawili się tutaj przypadkiem. Tak czy inaczej stwarzali problem, który należało szybko rozwiązać.

– Zajmę się Ly Ergami – oświadczyła Ani.

– Nie dasz rady dwóm naraz.

Spojrzał na Ani kątem oka i zauważył, że bestia ponownie przyjęła postać wielkiego gada. Zarówno wierzchowiec, jak i wróżki pozostawali niewidoczni dla śmiertelników na parkingu.

– Daj spokój. – Nie oderwała od nich oczu, ale ton jej głosu podziałał na niego podobnie jak gniewne spojrzenie. – Jest ich tylko dwóch. Ty zajmij się tamtą.

– Załatwisz jednego.

Obserwował Ly Ergi. Widział ich wciąż rozluźnione mięśnie, słyszał nadal spokojnie bijące serca. To byli wyszkoleni wojownicy, nie tak jak ostowa wróżka, która przyglądała im się z oddali.

– Jesteś tak samo okropny jak Irial – mruknęła, rzucając się na Ly Erga.

Wraz z instynktowną gotowością do walki pojawiło się pragnienie, by stanąć z boku i obserwować Ani. Przez moment Devlin był rozdarty. W końcu wygrała logika.

„A może pragnienie chaosu".

Podczas walki akceptował dziedzictwo, które otrzymał od obu sióstr: precyzja w eliminowaniu przeciwników mieszała się z satysfakcją, jaką czerpał z zabijania.

– Tylko spróbuj – rzuciła Ani butnie.

Wycelowała długi nóż w swój cel. W drugiej ręce ściskała krótkie ostrze.

Devlin przyjrzał się zaroślom: między drzewami przemykało kilka innych wróżek. Chciał to powiedzieć Ani. Przez moment żałował nawet, że nie potrafi porozumiewać się z nią telepatycznie, tak jak wierzchowiec. Jednak gdy na nią zerknął, przechyliła głowę, pociągnęła nosem i się uśmiechnęła.

Miała w sobie wiele z ogara. Bez wątpienia poczuła to, co on zobaczył.

– Więcej rozrywki, Dev! – zawołała, próbując raz jeszcze dźgnąć Ly Erga. – W końcu i tak dostaną mi się co najmniej dwie ofiary.

– Musimy jechać.

Devlin zauważył co najmniej czterech napastników nadciągających z lewej strony. Ostowa wróżka odwróciła się i odbiegła. Devlin jednak nie triumfował, lecz stał zdjęty trwogą. Bez wątpienia uciekinierka poinformuje Bananach o wydarzeniach, których była świadkiem. Musiał zatem zabrać Ani jak najdalej stąd.

Wierzchowiec chwycił w zęby Ly Erga i unieruchomił go w ten sposób. Ani przecięła mu więzadła kolan. Wróż natychmiast runął na ziemię.

Dziewczyna cofnęła się, a wierzchowiec przybrał formę samochodu i otworzył drzwi. Nie bacząc na krwawiącego Ly Erga, Ani wskoczyła za kierownicę. Spojrzała na Devlina.

– Moglibyśmy ich pokonać.

Popatrzył na nią w milczeniu. Zrozumiał, że jest równie sprawna co młody Gabriel. Zastanawiał się przez chwilę, czy w takim razie nie powinni jednak stanąć do walki, a potem ruszyć w pościg za ostową wróżką.

– Może i masz rację. Nadajesz się na moją partnerkę, Ani.

Jej uśmiech był rozkoszniejszy od niejednego pojedynku.

– Nadaję się jak cholera.

Rozdział 20

Po walce Ani roznosiła energia. Wierciła się na siedzeniu, stukała palcami w kierownicę i nie mogła wytrzymać długo w jednej pozycji. Zawsze źle znosiła zamknięcie w małych pomieszczeniach. Zdenerwowanie tylko pogarszało sytuację.

„Chcesz się zatrzymać?" – zapytał wierzchowiec.

„On się nie zgodzi" – odparła Ani.

Devlin siedział obok niej, milczący i nieprzystępny.

Po kilku skrętach wjechali na węższą drogę. Devlin nadal rozmyślał z zamkniętymi oczami.

Nagle silnik zadudnił, gdy wierzchowiec stanął na poboczu. Z ciemności za szybą wyłaniał się gęsty las. „Powiedz, że wysiadła mechanika – zasugerowała bestia. – Musisz się wybiegać".

– Co robisz? – Devlin otworzył oczy i spojrzał na nią podejrzliwie.

– Wysiadam. – Otworzyła drzwi, po czym postawiła stopy na żwirze.

W zasięgu wzroku nie było żadnych samochodów. Księżyc świecił wysoko na niebie, a nocną ciszę przerywały jedynie odgłosy zwierząt.

Ani wzięła głęboki wdech, a Devlin otworzył drzwi.

– Ani?

Przeciągnęła się.

– Ani – powtórzył wróż.

– Możesz iść ze mną albo poczekać. Niedługo wrócę – zapewniła go, nim popędziła w kierunku drzew.

Do tej pory, ilekroć szła pobiegać – a nie robiła tego od dawna – Gabriel wysyłał z nią obstawę. Otoczona ogarami nie decydowała nawet o wyborze trasy. Nigdy nie mogła rozkoszować się swobodą – i też nigdy nikt jej nie gonił.

Ani nie była zaskoczona, że Devlin za nią ruszył. Właściwie ją to ucieszyło. Na myśl, że jest jego ofiarą, ogarnęła ją niespodziewana ekscytacja.

Devlin miał tempo niemal równie dobre jak ogar. Zaczęła się więc zastanawiać, do jakiego należy gatunku.

Po około dwudziestu minutach zatrzymała się, przeciągnęła i zaczekała na niego. Nadal kontrolował emocje i blokował dostęp do nich.

– Jesteś męcząca – oświadczył.

– Jaka?

Oparta o drzewo, obserwowała go uważnie, gdy pokonywał kilka ostatnich metrów.

– Męcząca, nużąca, zdolna pozbawić mnie ostatnich strzępków spokoju.

Patrzył na nią tak, jakby liczyła się tylko ona, ale Ani wiedziała, że zachował czujność i był świadomy obecności każdej istoty w okolicy. „Bo on też jest drapieżnikiem". Większość wróżek czmychnęło, gdy ona i Devlin pędzili przez lasy wzdłuż autostrady.

– O czym myślisz?

Ani stłumiła dreszcz, który wywołał dźwięk jego niskiego głosu. Instynkt podpowiadał, że ten wróż coś przed nią ukrywa – coś ważnego.

– Musiałam się przebiec. To ty dołączyłeś do mnie, więc niech ci się nie wydaje, że możesz dyktować warunki.

Wyrzuciła nogę w powietrze z zamiarem kopnięcia go w twarz, ale złapał jej stopę.

– Nie. Miałaś swoje pięć minut, a teraz musimy wracać.

Ani wyszarpnęła nogę. Nie podobało jej się, że próbował nią dyrygować, nawet jeśli wiedziała, że to on ma rację.

– To nie tobie gro...

– Przestań.

Spojrzał jej w oczy. Ani nie dostrzegła cienia frustracji, a jedynie gniew, tak intensywny, że wyczułaby go, nawet gdyby nie należała do Mrocznego Dworu. „Rozkoszny".

Chociaż Devlin służył Jej Wysokości, wypełniał go mrok typowy dla jej własnego dworu. Jego zachowanie było takie, jakiego oczekiwała od mrocznych wróżek: chociaż traktował ją po partnersku, to troszczył się o jej bezpieczeństwo.

Nie lekceważył Ani jako przeciwniczki ani nie dawał jej forów.

– Wracaj do wozu – rozkazał.

– Nie. – Przysunęła się do niego. – Najpierw chcę poznać odpowiedzi.

Przeczesał włosy palcami i zmrużył oczy.

– Wielkie nieba. Może powinienem był cię zabić, gdy byłaś skomlącym szczeniakiem.

Ani zamarła.

– Powtórz to. – Odwrócił się do niej plecami, ale ona złapała go za ramię. – Powtórz to. W tej chwili.

Strząsnął jej rękę z taką łatwością, jakby odpędzał ćmę.

– Puść mnie, Ani.

– To byłeś ty. W naszym domu. Ty... – Ani potknęła się i przewróciła. Wpatrywała się w niego. – Zabiłeś moją matkę.

Jego biała niczym marmur twarz nie wyrażała żalu ani bólu.

– Dbam o porządek dla Jej Wysokości. To moje zadanie.

„Moja matka".

– Zamordowałeś kochankę Gabriela. Moją matkę... Dlaczego?

– Tym się zajmuję, Ani. Przywracam ład. Moja królowa ma wystarczająco dużo problemów z mieszańcami na innych dworach. Potomstwo mrocznych wróżek jest nieprzewidywalne. Niektórzy... – Spojrzał na nią wymownie. – ...stanowią większe zagrożenie od innych. Zostałem wysłany, by zaradzić kłopotom.

– Potomstwo? – Nie mogła oderwać od niego oczu.

– Tak.

Stał nieruchomo jak posąg, jakby nie zdawał sobie sprawy z niezręczności sytuacji. Najwyraźniej nie chciał usiąść obok niej na ziemi.

Ani wstała, chociaż czuła się tak, jakby nie miała kontroli nad własnym ciałem. Jak przez mgłę dotarło do niej, że gdy odpychała się od ziemi, pobrudziła ręce. Nagle każdy szczegół wydał się zbyt intensywny, zbyt rzeczywisty.

Devlin trwał bez ruchu.

– Byłaś na tyle ważna, żeby przyciągnąć uwagę Jej Wysokości, a teraz... – Urwał w połowie zdania, gdy Ani się do niego zbliżyła.

Przechyliła głowę, żeby spojrzeć mu prosto w oczy, a potem brudną ręką spoliczkowała go z całej siły.

– Zabiłeś Jillian? Bo jej potomstwo stanowiło zagrożenie?

Ponownie uniosła rękę, ale Devlin uniemożliwił jej kolejny cios.

– Nie. Tylko ty.

Chwytając jej nadgarstek, stracił panowanie nad sobą do tego stopnia, że pierwszy raz zdołała poczuć jego emocje. „Słodki smutek. Strach. Opiekuńczość. Tęsknota".

Znieruchomiała. To nie były uczucia kogoś, kto chciałby ją skrzywdzić. W rzeczywistości zależało mu na jej bezpieczeństwie.

„Co mi umyka?"

Patrzyła na niego, spijając jego emocje, by zaspokoić głód.

– Nie zabiłeś mnie wtedy. Nie zabijesz i teraz... Czy zrobiłbyś to na ich rozkaz?

– Bananach mi nie rozkazuje.

Ani prawie uśmiechnęła na myśl, że próbował zwieść ją słowami.

– Niezła sztuczka. Ale musisz się bardziej postarać. Zamordowałbyś mnie, gdyby zażądała tego Sorcha?

Nie poruszył się.

– Gdyby kazała mi położyć kres twojemu życiu, a ja bym odmówił, zostałbym wygnany. – Patrzył Ani w oczy. – Złamałbym przysięgę, którą złożyłem. Dowiódłbym, że nie jestem wierny mojej królowej.

– Już to zrobiłeś. Masz przed nią sekrety, ukrywasz mnie przed nią. – Wszystko zrozumiała. – Zawsze wiedziałeś, gdzie mnie szukać.

Skinął głową.

Ani wsunęła ręce w tylną kieszeń dżinsów.

– Czemu nie poinformowałeś Sorchy o moim istnieniu? Czemu darowałeś mi życie? I dlaczego nie ocaliłeś Jillian?

Przez pewien czas tylko na nią patrzył i oddychał spokojnie, chociaż kipiały w nim różne emocje, począwszy od strachu, a skończywszy na nadziei. Gdy się nie kontrolował, mogła obżerać się wręcz nieprzyzwoicie.

„Jakby karmił mnie sam król".

Devlin dotknął jej policzka.

– Chłoń do woli, Ani. I tak niczego nie zrozumiesz.

Otworzyła szeroko usta. Nikt spoza dworu nie wiedział, czym żywią się mroczne wróżki. Karą za wyjawienie tego sekretu było zagłodzenie na śmierć.

Przesunął rękę niżej i oparł ją tuż nad jej sercem. Ani nie była pewna, czy traktować ten gest jak groźbę czy pieszczotę.

A on stał nieruchomo z palcami spoczywającymi na jej skórze. Wolno wdychał i wydychał powietrze.

– Zapytaj jeszcze raz. – Jego głos był łagodny. – Powtórz swoje pytanie.

Zawahała się. Nie blokował dostępu do emocji. „Gdzie tkwi haczyk?"

– Zabiłbyś mnie? – zapytała.

– Nie to miałem na myśli. – Musnął kciukiem jej szyję. – Ostatnie pytanie.

Całe życie czekała, by usłyszeć odpowiedź od tego wróża.

– Dlaczego zabiłeś Jillian?

Pochylił się do przodu i szepnął jej do ucha:

– Nie zrobiłem tego. Ukryłem ją w Krainie Czarów.

Ani straciła równowagę, ale Devlin uchronił ją od upadku. Położył ją na ziemi. Wszystko, w co wierzyła i co wiedziała o swojej przeszłości, straciło znaczenie. Jej matka żyła. To zbyt piękne, by mogło być prawdziwe. Do oczu napłynęły jej łzy. Potwór, który napawał ją strachem, okazał się wybawcą, ocalił Jillian i zaryzykował własne życie. Spojrzała na wróża, który ją uratował. „Pozwolił Jillian żyć". Myśli chaotycznie krążyły jej w głowie.

– Moja matka – powiedziała tylko.

Ukląkł przy niej.

– Nie chciała, żebyś się dowiedziała, ale ja... nie chcę, żebyś mnie nienawidziła. Nie zdołam cię ochronić, jeśli będziesz czuła do mnie odrazę.

– Ona... Gdzie ona jest? Tam, dokąd zmierzamy?

– Nie. Jest bezpieczna, ale nie możemy do niej dołączyć – wyjaśnił.

– Myślałam... – Ani próbowała znaleźć odpowiednie słowa po latach życia w strachu i poczuciu straty, ale nie mogła. – Myślałam, że ona nie żyje. Że ty...

– Tak było lepiej.

– Pomóż mi zrozumieć. Przez lata sądziłam, że umarła i drżałam ze strachu, że pewnego dnia on... że ty wrócisz po Tish.

Po policzkach Ani płynęły łzy.

– Miałem ograniczony wybór. Sorcha widzi wszystkich prócz tych, którzy są z nią związani w ten czy inny sposób – zaczął. Ani nie mogła się odezwać. Patrzyła więc tylko na niego i czekała na ciąg dalszy. – Wiedziałem, że jeśli Jillian zniknie, Sorcha nie będzie jej szukać. Nie była dla niej na tyle ważna. Dopilnowałem więc, by znalazła bezpieczną kryjówkę... i zapomniała o własnych dzieciach. – Emocje Devlina się rozpierzchły, ale ton jego głosu pozostał niezmienny. – Gdybym tego nie zrobił, musiałbym ją zabić.

– Uratowałeś wielu ludzi, których śmierci pragnęła Sorcha?

Nagle zablokował jej dostęp do swoich uczuć.

– Tylko ciebie.

– I Jillian.

– Nie. Nie otrzymałem rozkazu zamordowania Jillian, ale... jej zniknięcie nakłoniło Iriala do zajęcia się tobą. To był jej pomysł. Zrobiłaby wszystko, żeby zapewnić bezpieczeństwo tobie i twojej siostrze.

Ani siedziała. Chciała go dotknąć. Chciała powiedzieć, że wszystko mu zawdzięcza.

„Dzięki niemu żyję".

Prawie godzinę spędzili w ciszy. W końcu Ani spojrzała na niego.

– Szanujesz tradycje, prawda, Devlinie? Zgodnie z obowiązującymi zasadami mam trzy pytania.

– To prawda, ale już...

– Zostało mi jeszcze jedno – przerwała mu. – I masz obiecać, że na nie odpowiesz.

Nie uciekł wzrokiem ani nie stwierdził, że nie ma prawa. Skinął tylko głową.

– Powiedz mi, kim jesteś, Devlinie. O mnie wiesz wszystko. – Ujęła jego dłoń. – Śledziłeś każdy mój ruch.

Wyglądał na zaskoczonego.

– Nieprawda. Trzymałem się na uboczu... Do tamtego wieczora widywałem cię tylko w przelocie. Nie prześladowałbym cię. To... niestosowne.

Patrzył na nią błagalnie, jakby prosił o wyrozumiałość. Wysoki Dwór był powściągliwy, nie ulegał pożądaniu; nie liczyły się impulsy, a jedynie rozsądek. A do Ani zaczynało docierać, że Devlin złamał każdą zasadę swojego dworu, żeby z nią być, ocalić ją i ukryć. Nie domyślała się tylko motywu jego działań.

– Znasz mnie, moją historię, moją rodzinę. A ja muszę wiedzieć, kim ty jesteś. – Nadal mocno ściskała jego dłoń, jakby od tego zależało ich życie. Ale nie chciała się się teraz pożywiać, łaknęła tylko odpowiedzi, które on znał. – Wytłumacz. Chcę zrozumieć, co się dzieje.

Zadrżała pod naporem jego emocji. Smakował strachem.

– Przez całą wieczność dbałem o interesy mojej królowej… aż pojawiłaś się ty. A teraz Wojna twierdzi, że dzięki tobie zabije Jej Wysokość. Powinienem był cię zamordować, Ani. Wtedy, przed chwilą…

– Cieszę się, że tego nie zrobiłeś.

– Ja też – przyznał – ale skoro twoje życie oznacza jej śmierć… nie mogę poświęcić wszystkiego.

– Wiem.

Ani nie znała słów, które mogłyby im cokolwiek wyjaśnić. Nigdy nie była mocna w przemówieniach. Wspięła się na kolana, żeby spojrzeć mu w twarz.

Devlin się nie cofnął. Jego serce zaczęło bić szybciej. Słyszała to.

„Z mojego powodu".

Wolno, ostrożnie pochyliła się i pocałowała go. Ten pocałunek był tak subtelny jak muśnięcie motylich skrzydeł, ale właśnie pod wpływem takich pieszczot świat stawał w miejscu. Na chwilę odebrało jej mowę.

„Co powinno się mówić w takich chwilach? Albo czuć?"

Ani spojrzała w tę stronę, gdzie zostawił wierzchowca.

– Chodźmy.

– Dokąd? – Z jego oczu wyzierał niepokój. – Nie mogę zabrać cię do Jill. Ona żyje w Krainie...

– Wiem – odparła.

Gdyby Jej Wysokość dowiedziała się o istnieniu Ani, z pewnością kolejny raz zażądałaby jej głowy, a dziewczyna nie potrzebowała kolejnych kłopotów. Mimo to poczuła ból na myśl, że chociaż jej matka żyła, pozostawała dla niej nieosiągalna.

– Jaką mam szansę na przeżycie? Szczerze.

Devlin spochmurniał.

– Nie musisz zaprzątać sobie teraz głowy statystykami. Istnieje możliwość, że Bananach nie przestanie się tobą interesować. Szansa, że...

Uniosła wolną rękę.

– Rozumiem. Szczęście mi nie sprzyja.

W milczeniu dotarli do drogi.

– Pole kempingowe – powiedziała Ani. – Królik zabierał nas tam, oczywiście w asyście mnóstwa strażników i tylko na kilka dni.

– Dziwne z ciebie stworzenie, Ani.

Devlin spróbował wyrwać rękę z jej uścisku, ale ona nie puściła. „Jeszcze tylko trochę". Była pewna, że nie często będzie miała okazję oglądać to oblicze Devlina.

Podeszła do drzwi od strony pasażera.

– Chcę powłóczyć się po lesie.

– Miasto zapewni nam lepsze schronienie.

Niechętnie puściła jego rękę.

– Ale to łatwy cel. Bananach na pewno uzna, że tam skierowałby się podwładny Wysokiego Dworu. Bądźmy nieprzewidywalni.

Devlin się zawahał.

– Jeśli będę nalegał, żebyśmy udali się do miasta, uciekniesz?

– Nie. – Pocałowała go w policzek, zanim od niego odeszła. – Ocaliłeś moją matkę i mnie. Jesteś wystarczająco groźny, by zapewnić mi bezpieczeństwo. I chociaż nie chcesz tego przyznać, interesujesz się mną. Nie należę do Wysokiego Dworu, ale mój zmysł praktyczny podpowiada, że lepiej trzymać się razem. Na jakiś czas cię zatrzymam.

– Zatrzymasz mnie?

Posłał jej spojrzenie, które miało wzbudzić w niej strach, ale niełatwo było zastraszyć wróżkę, która od dziecka spędzała czas z ogarami i Królem Koszmarów.

– Na razie. – Uśmiech cisnął się jej na usta, gdy słyszała arogancję pobrzmiewającą w jego głosie. Powstrzymała go jednak. – Nie jesteś taki nudny, za jakiego próbujesz uchodzić. W ustach ogara to nie lada pochwała.

– Istotnie.

Oparł rękę na drzwiach jaskrawo czerwonego lexusa. Ani zajęła miejsce za kierownicą, po czym spojrzała na Devlina. Głos rozsądku wciąż nakazywał, by trzymała się z daleka od tego wróża. Ale on jako jedyny rozbudził jej zainteresowanie, nie tylko dlatego że mógł zaspokoić jej głód. Naprawdę go polubiła.

Rozdział 21

Devlin wściekał się na siebie, gdy pędzili autostradą. Za bardzo zbliżył się do Ani. Musiał pamiętać, że wkrótce jej życie dobiegnie końca, a on miał przed sobą całą wieczność. To prawda, że była nietypowym ogarem i nie przypominała żadnej znanej mu wróżki, ale w jej żyłach płynęła ludzka krew, co oznaczało, że zostało jej najwyżej kilkadziesiąt lat życia.

„Jest taka krucha. Od dawna nie powinna chodzić po ziemi. Jej utrata mnie zniszczy".

Nie wierzył w przeznaczenie, przed którym nie ma ucieczki. Sądząc po tym, jak często jego siostry zmieniały losy świata, niewiele rzeczy można było brać za pewnik. Podczas gdy Bananach szukała możliwości szerzenia niezgody, Sorcha skupiała się na umacnianiu porządku. Devlin często był świadkiem konsekwencji działań obu bliźniaczek. Jednak przy Ani zrozumiał, jak mało wie. Jej przyszłość pozostawała dla niego zagadką.

Jakiś skrawek wspomnienia o Ani przetrwał w jego pamięci, ale nie potrafił go przywołać. „Rae". Ona coś wiedziała. To akurat pamiętał. „A co z resztą?" Rozbolała go głowa, gdy próbował przypomnieć sobie szczegóły. „Dlaczego zostałem wysłany, by zabić Ani?" Gdyby stanowiła zagrożenie dla Sorchy, byłby skłonny zabić ogara, ale pomimo insynuacji Bananach nie wierzył, by Ani miała pomóc kruczej wróżce. Nie oddałaby jej swojej krwi ani nie zabiłaby Sorchy.

„Bo nie jest okrutna".

Devlin zastanawiał się, czy jego decyzje zmieniły przyszłość i czy wyznanie Ani prawdy zadecyduje o jej losie. „Czy moje wybory wpływają na kolejne wydarzenia, czy może postępuję zgodnie z ustalonym z góry planem?" Nie mógł zapytać Sorchy o zdanie, Bananach też by nie pomogła. Wojna znała możliwe scenariusze, ale wybierała z nich tylko to, co jej odpowiadało. Te najmniej prawdopodobne potrafiła brać za pewnik. Jej pragnienia wpływały na ocenę sytuacji.

Ani przestała pojawiać się w wizjach Jej Wysokości w chwili, gdy jej los połączył się z losem Devlina. Jednak wcześniej miała ją na celowniku. I wtedy to do niego dotarło. Przerażony zrozumiał, że Sorcha poznała wspólną przyszłość jego i ogara.

Zrobiło mu się słabo. Doskonale wiedział, jak zazdrosne i okrutne potrafiły być jego siostry. Nie miał więc wątpliwości, że posłużyłyby się nim dla własnych celów. To leżało w ich naturze. Sorcha przekształcała świat wedle swojej woli, a Bananach manipulowała wróżkami, żeby siać zniszczenie. Może Ani nigdy nie miała zostać uwikłana w ich życia, a tylko w jego.

„Czy właśnie to Bananach miała na myśli, gdy mówiła, że krew Ani zabije Sorchę? Czy ja do tego doprowadzę, bo nie zabiłem ogara?" Podobne interpretacje pasowały do kruczej wróżki.

„Ale jej krew jest inna. Skosztowałem jej. Ona jest inna".

– Dobrze się czujesz? – Głos Ani go zaskoczył. – Znów, hmmm, blokujesz dostęp do swoich emocji.

– Powtórz dokładnie słowa Bananach. Czego od ciebie zażądała?

– Śmierci Setha i Nialla. I mojej krwi, co... – Ani nabrała powietrza. – Jeśli powiesz komuś to, co zaraz usłyszysz, Irial cię dopadnie. Więc nie możesz tego zrobić. Nigdy.

Skinął głową.

– Irial jest nadopiekuńczy, ale... on... – Zamilkła, zrobiła kolejny wdech, po czym dodała: – Mogę ci zaufać?

Zawahał się. Nie przypuszczał, że będzie musiał podjąć tak ważną decyzję. Nikt nigdy nie był dla niego ważniejszy od królowej. Dopóki nie poznał Ani.

– Możesz mi zaufać – zapewnił ją Devlin.

Pomyślał, że powinien powiedzieć jej o rozmowie z Irialem, ale nie chciał wspominać, że były Król Mroku pozwolił mu zaopiekować się Ani. Gdyby się dowiedziała, że wszystko ukartował, mogłaby się na niego zdenerwować, a to by mu nie pomogło.

„Wypłynęłyby inne sprawy, o których nie chcę rozmawiać". Devlin pozwolił byłemu Królowi Mroku poznać wystarczająco dużo swoich emocji, by dać mu do zrozumienia, jak bardzo troszczył się o Ani, i przekonać go, że będzie z nim bezpieczna. Zamierzał znaleźć dla niej schronienie, a potem wycofać się z jej życia. Tylko to rozwiązanie było właściwe i zgodne z logiką.

– Mów – zwrócił się do Ani.

– Wiesz, że karmię się emocjami? – Zamilkła na ułamek sekundy, zanim dodała: – Podobnie jak wszyscy na Mrocznym Dworze?

– Wiem.

– Ale ja potrafię żerować także na śmiertelnikach. – Świadomie czy nie dodała gazu. – Nie powinno tak być.

Devlin z trudem kontrolował emocje. Im więcej zdradzała mu Ani, z tym większą siłą docierało do niego, jaka jest wyjątkowa. „Jeśli Sorcha dowie się o Ani, zacznie ją ścigać". Istniała spora szansa, że Bananach przekaże siostrze informację o jego ucieczce z ogarem. Wojna dolewała oliwy do ognia. To leżało w jej naturze.

„Żadna z bliźniaczek nie spocznie, póki nie zdobędzie albo nie zniszczy Ani".

Dziewczyna nie patrzyła na niego. Prowadziła coraz szybciej. Najwyraźniej chciała wyznać mu coś, czego nie powinna, dlatego nie naciskał.

Po kilku minutach ponownie zabrała głos.

– Ale uczucia nie są pożywieniem ogarów, o czym zresztą wiesz.

– Ogary potrzebują dotyku, a nie emocji. – Gdy wymawiał te słowa, dotarło do niego to, do czego tak trudno było jej się przyznać: ona pragnęła kontaktu fizycznego. Nakrył dłonią jej dłoń na drążku zmiany biegów. – Byłem nieczuły. Wybaczysz mi?

Przyspieszyła jeszcze bardziej.

– Co takiego…

– Ogary muszą czuć. – Wsunął palce między jej palce. – Dlatego chciałaś być blisko mnie. Teraz to rozumiem. Powinienem był o tym pomyśleć. Przepraszam.

Obserwował, jak Ani bierze kilka wdechów, jakby się bała. Do tej pory widział w niej śmiertelniczkę i poddaną Mrocznego Dworu. Zapominał natomiast o tym, co odziedziczyła po ojcu. Niewiele młodych ogarów radziło sobie z głodem tak dobrze, by skutecznie go ukrywać. Z tego powodu nie odłączały się od stada. Devlin mylnie założył, że niezależność Ani oznacza brak tego rodzaju żądzy.

– Nie wykorzystam tego przeciwko tobie – szepnął. – Możesz trzymać mnie za rękę albo… obejmować mnie tak jak przedtem, jeśli tylko poczujesz głód. Powinienem był…

– Nie chciałam dotykać cię z tego powodu.

Zaczerwieniła się nieznacznie. Ta reakcja tak do niej nie pasowała, że zbiła go z tropu.

– Och. Mam cofnąć rękę?

Ani się zaśmiała.

– Wielkie nieba, nie. Boję się. Jestem diabelnie głodna. Zastanawiam się, czy umrę. Ogary potrzebują dotyku… Nie jestem pewna, czy będzie mi łatwiej, jeśli nabiorę wprawy, ale ze mną wszystko jest nie tak jak trzeba. I robi się coraz gorzej.

Devlin wyjrzał przez okno. Pozwolił jej skosztować swoich emocji. Wpuścił ją głębiej niż dotychczas.

– Dev?

Spojrzał na nią, ale nie mógł się odezwać. Zasady, których się trzymał przez wieczność, zniknęły. Latami karmił się krwią i sprawdzał siły w walce. Pozwalał sobie także na inne przyjemności, które nie przystoją Wysokiemu Dworowi. Ale był wiernym sługą Jej Wysokości, jakby to leżało w jego naturze.

– Mogę trzymać cię za rękę? – zapytała. – Proszę. Chcę tego, a ty… Myślę, że ty też tego pragniesz. – Ostatnie słowa wyrzuciła z siebie w pośpiechu, a potem zamilkła. Odwróciła dłoń wierzchem do dołu, a bestia dopasowała się do sytuacji i zmieniła skrzynię biegów z manualnej na automatyczną. Drążek zniknął. – Mylę się?

– Nie.

Ścisnął jej dłoń.

Nigdy nie stworzył prawdziwego związku. Od czasu do czasu wróżki Wysokiego Dworu wybierały sobie partnerów, ale żadna nigdy nie zainteresowała się Devlinem. Miał opinię nieosiągalnego i wzbudzał zbyt duży strach. Z rozbawieniem pomyślał, że na całym świecie żyły tylko dwie starsze od niego wróżki, a mimo to nie miał doświadczenia w sprawach damsko-męskich.

„Czy to ma znaczenie? Nie mogę z nią zostać. Nie mogę zaangażować się w tę znajomość”.

Devlin patrzył przez okno na zmieniający się krajobraz. Jeśli Ani przeżyje, zwróci ją Mrocznemu Dworowi. Irial, Niall i ogary zaopiekują się nią. W końcu byli jej rodziną. A on wróci do Krainy Czarów. To naturalna kolej rzeczy. Niespodziewane uczucie nie mogło tego zmienić.

„Skup się na sytuacji Ani".

Opanował emocje i zaczął rozmyślać o tym, co ujawniła mu Ani. W szczegółach kryła się odpowiedź. Musiał się skoncentrować.

Nie warto liczyć na to, że Bananach straci zainteresowanie Ani: miała zbyt ważne motywy. Zamordowanie kruczej wróżki miałoby katastrofalne skutki, a zabicie Ani nie wchodziło w grę. „Co nam zatem zostaje?" Nie mogli uciekać do końca życia ogara, ale Devlin nie miał lepszego planu.

Ani obserwowała, jak Devlin blokuje dostęp do swoich emocji. Czuła, jak wróż wznosi mur. Gdyby nie dotyk jego ręki pomyślałaby, że jest sama w wozie.

„On się ciebie boi" – zasugerował wierzchowiec.

Ani nie chciała o tym rozmawiać. Spytała więc tylko: „Jak ci się podoba imię Barry?".

Zapanowała cisza.

„To skrót od barracudy. Nadaje się dla obu płci".

Po raz kolejny zmieniła pas i przyspieszyła.

„Podoba mi się – mruknął uszczęśliwiony wierzchowiec. – Jest moje. Nazywam się Barry".

Ani uśmiechnęła się do siebie.

„Jeden problem z głowy. Jeszcze tylko kilka…"

Niestety, przez resztę dnia milczeli. W końcu Barry szepnął: „Śpij, Ani. Ja poprowadzę".

Kolejne cztery dni i noce upłynęły im dokładnie według takiego samego schematu: krótkie przystanki na jedzenie, godziny ciszy i przerywany sen, gdy Barry wiózł ją coraz dalej od wszystkich, których znała. Przecinali Stany, kierując się na zachód, gdzie pełno było parków i miejsc odpowiednich do biwakowania i biegania. W miarę możliwości przejeżdżali przez miasteczka na uboczu i miasta, gdzie, co prawda, poruszali się wolniej niż na drogach przelotowych, ale ogromna ilość stali pozwalała lepiej ukryć się przed wróżkami. Gdyby nic im nie groziło, to byłby początek wspaniałej podróży.

Uznała Devlina za niezwykle pociągającego już przy pierwszym spotkaniu, a po bojowej konfrontacji jego notowania wzrosły. Polubiła go, gdy wyznał jej swoje sekrety, ale dopiero pasja, którą ujawniał wyłącznie podczas walki i biegania – rozbudziła w niej namiętność.

Ale Devlin był niedostępny. Odzywał się coraz rzadziej, a kiedy to robił, zachowywał uprzejmy dystans. Milczenie i rezerwa doprowadzały ją do szału, tym bardziej że siedział tak blisko niej. Miała nadzieję, że szczera rozmowa, którą odbyli, zbliży ich do siebie, ale na niego wpłynęła zupełnie odwrotnie.

Szóstego dnia podróży Ani zaparkowała przed motelem. Budynek otaczał duży stalowy płot; balkony miały stalowe balustrady, a w oknach widniały bezpieczne stalowe kraty. Zważywszy na awersję wróżek do żelaza, to było idealne miejsce na odpoczynek. Nie groziło im tutaj nic prócz pożaru.

– Zostanę z Barrym, a ty idź po klucz. – Ani musnęła rękę zamyślonego Devlina.

Spojrzał na nią roztargniony.

– Słucham?

Wskazała buczące światła neonu „WOLNE POKOJE" i zastanowiła się, czy Devlin kiedykolwiek nocował w motelu. Miała wrażenie, że Kraina Czarów wyglądała nieco inaczej.

– Załatw dla nas pokój. Masz pieniądze albo kartę kredytową?

– Tak, ale... – Devlin ściągnął brwi. – Barry?

– Mój wierzchowiec... – przejechała ręką po desce rozdzielczej – ...otrzymał imię.

– Sam mogłem go ochrzcić – burknął Devlin.

„Nadal wkurza się z powodu ustawienia siedzenia – stwierdził Barry z wyraźnym rozbawieniem. – Kolana... głowa... i może ramiona trochę mu dokuczają. Tak sądzę".

Ani rozsądnie nie odpowiedziała żadnemu z nich. Rzuciła tylko:

– Zaczekam tutaj. Ani na chwilę nie opuszczę Barry'ego, nawet nie wyściubię nosa na zewnątrz.

Barry otworzył drzwi dla Devlina.

– Po co ten postój? Mogę... – Jego siedzenie opadło do tyłu. – Barry poprowadzi, gdy ty będziesz odpoczywać.

– Potrzebuję prysznica. Poduszki. Łóżka. – Ani zrobiła nieokreślony gest ręką. – Proszę. Jedna noc w motelu.

– Pewnie nie zaszkodzi. – Miał bardzo zmęczony głos, najwyraźniej podróż wyczerpała go tak samo jak ją. Ani nagle uświadomiła sobie, że Devlin nadal nie opracował planu, który nie zakładałby ciągłej tułaczki.

„Moglibyśmy zabić kruka" – zasugerował Barry.

Chociaż Ani się z nim zgadzała, nie miała pewności, czy Devlin by na to przystał. Bananach nie była zwykłą wróżką. Gdyby tylko wystarczyło uciec odpowiednio daleko i ukryć się dość dobrze, by ją zgubić… Ani wolała nie prosić Devlina, by zabił własną siostrę.

Dziewczyna zamknęła oczy w oczekiwaniu na powrót wróża. Perspektywa odpoczynku, nawet w najbardziej obskurnym pokoju, wydawała się niezwykle kusząca. Gorąca woda i łóżko rzadko wydawały się jej takim luksusem jak w tej chwili.

„Byłyby nawet jeszcze lepsze, gdybyśmy skorzystali z nich razem…"

Rozdział 22

Dawniej, gdy nie mogła opuszczać jaskini, Rae czuła się sfrustrowana. Nie zdawała sobie wówczas sprawy, jakie miała szczęście. Zrozumiała to dopiero, gdy na dobre utknęła w pałacu Sorchy. W jaskini, gdzie nikt jej nie towarzyszył, nie była zdana na niczyją łaskę. Tutaj stała się więźniarką Jej Wysokości. Była łączniczką pomiędzy Krainą Czarów a królową, która powinna dbać o porządek.

„Ale tego nie robi".

Sorcha wycofała się do świata snów, skąd mogła obserwować swojego nieobecnego syna.

Jedna ze śmiertelniczek z twarzą zasłoniętą woalem siedziała obok śpiącej królowej i obserwowała ją; druga wyszła zebrać informacje potrzebne Jej Wysokości. Żadna z nich z nie rozmawiała z Rae, jeśli nie było to konieczne. Omijały ją szerokim łukiem. Najczęściej przesiadywały na stopniu podium. Chociaż sala była pusta, żadna z kobiet nie ośmieliła się stanąć na szczycie schodów ani zbliżyć się do tronu wykonanego ze splecionych srebrnych nici. Trwały milczące i odległe.

„Boją się jej czy mnie?"

Komnata, w której czekała Rae, była znacznie większa od jaskini. Zajmowała ogromną przestrzeń. Część pomieszczenia spowijały cienie, a resztę zalewał blask padający przez gigantyczne okna łukowe. W najdalszym rogu znajdowały się zakratowane przejścia, częściowo zasłonięte wiekowymi gobelinami. Oszklone łoże śpiącej królowej spoczywało na mozaice, nieco dalej podłoga przypominała gładką, czarną skałę. Liczne białe kolumny podtrzymywały sufit usiany gwiazdami.

Rae wstała i podeszła do Jej Wysokości. Szkło zabarwiło się na niebiesko; stawało się tym ciemniejsze, im dłużej spała Sorcha. W miarę jak mętniało, coraz więcej wróżek pogrążało się we śnie, z którego nie można było ich wybudzić. Rae wyczuwała ich sny poza murami pałacu, w którym doglądała królowej.

„Gdzie jesteś, Devlinie? Proszę, proszę, wróć do domu". Ale nikt nie słuchał jej próśb, a nadzieja na ocalenie była równie próżna co w czasach, gdy wiodła życie śmiertelniczki.

– Już czas – przemówiła kobieta siedząca na podeście. – Musisz udać się do królowej.

Rae nie miała pojęcia, skąd śmiertelniczka to wie ani jak odmierza mijający czas. Ale to nie miało znaczenia. Teraz liczyło się tylko to, że Rae musiała przeniknąć do snu Jej Wysokości.

– Nie cierpię tego – mruknęła, wspinając się po stopniach prowadzących do niebieskiej gabloty.

We śnie Sorcha nie odrywała oczu od lustra, które wyglądało dokładnie tak jak podczas ich pierwszego spotkania: zamglona tafla otoczona osmolonymi winoroślami. Na nim Rae ujrzała syna królowej, Setha. Siedział na dziwnym zielonym krześle i rysował na kartce z bloku. W porównaniu z innymi wizjami ta nie była specjalnie interesująca, ale Sorcha wpatrywała się w nią jak zahipnotyzowana. Jej twarz wyrażała zachwyt.

– Kreuje takie piękne rzeczy. – Królowa uniosła rękę i powiodła palcami wzdłuż linii szkicu. – Szkoda, że ja tak nie potrafię.

– Tworzysz cały świat. To...

– Nikt nie może się z nim równać.

Sorcha spiorunowała wzrokiem Rae, która od razu zrozumiała, że nierozsądnie byłoby wszczynać kłótnię.

– Tak, królowo.

Podobnie jak Kraina Czarów, świat we śnie Sorchy się kurczył. Tylko dwie ściany małego pokoju, w którym siedziała przed lustrem, były dokładnie odtworzone; reszta wyglądała jak niedokończony obraz. Otaczająca królową ciemniejąca niebieska otchłań przypominała bezkresne niebo albo morze.

Rae zaczęła wyobrażać sobie pola Krainy Czarów, żeby zmienić krajobraz w ten z początku snu. Pustka wzbudzała niepokój, tym bardziej że śniła o niej ta, która stworzyła Krainę Czarów.

– Nie. Nie chcę niczego podobnego.

Sorcha machnęła ręką i cały wysiłek Rae poszedł na marne. To był sen królowej, więc Jej Wysokość mogła zmieniać go do woli – zwłaszcza że jako władczyni Wysokiego Dworu rozumiała istotę przekształcania świata.

„Skoro nie może oderwać oczu od lustra, jaki los czeka Krainę Czarów?"

Rae stała bezczynnie w wyśnionym pokoju. W ponurym milczeniu spoglądała w pustą przestrzeń bez pragnień i koszmarów. „Tak musiała wyglądać Kraina Czarów przed Sorchą". Jednak Jej Wysokość ignorowała to, co działo się wokół niej. Widziała tylko swojego syna w świecie śmiertelników. Ze wzrokiem utkwionym w chłopaku powiedziała:

– Zostaw mnie.

– Może mogłabyś się obudzić – zaczęła Rae. – Świat się rozpada...

– Obudzę się, gdy wróci mój syn.

Jej Wysokość poruszyła palcami. Na ten znak trzy skrzydlate lwy zrodzone ze światła księżyca i błyskawic zablokowały dostęp do królowej. Przejrzyste ciała zwierząt kojarzyły się z burzowym niebem rozświetlonym błyskawicami. Gdy jeden z lwów rozwarł pysk, posypały się iskry. Nie podszedł do Rae, ale ją obserwował. Drugie stworzenie rozpostarło skrzydła, żeby zasłonić Jej Wysokość i lustro. Trzecia bestia warknęła.

Rae nie była pewna, co by się stało, gdyby została przez nie pogryziona, ale nie zamierzała sprawdzać. Dygnęła niedbale, po czym odwróciła się i opuściła sen Sorchy, żeby powrócić do rozpadającej się Krainy Czarów.

„Trzeba ją obudzić".

Rae ofiarowała królowej okno z widokiem na świat śmiertelników, chociaż sama nie była pewna, jak tego dokonała. Jej Wysokość, ucieleśnienie logiki, nie powinna ulegać fascynacji. Rae podejrzewała, że coś jest nie w porządku, nie miała jednak pojęcia co.

„Muszę dotrzeć do Devlina".

Oczywiście nawet nie powiedział Rae o bratanku – o synu Sorchy mieszkającym w królestwie ludzi. Istnienie chłopaka tłumaczyło częste i tajemnicze wizyty Devlina w tamtym świecie. Ale czemu Królowa Porządku zachowywała się tak nieracjonalnie?

„Dzieje się coś złego".

W milczeniu Rae przemierzyła salę tronową i przystanęła. Jedna ze śmiertelniczek szlochała.

– Co się stało? – zapytała Rae.

Druga kobieta wskazała jedno z wysokich okien. Rae nawet z tej odległości widziała, że zniknął fragment góry. Królestwo Jej Wysokości drżało w posadach. Ponieważ umysł królowej rejestrował tylko obrazy widoczne w lustrze, Kraina Czarów straciła dla niej znaczenie. Niektóre wróżki nie mogły przywyknąć do braku logiki, więc za przykładem władczyni zapadały w sen. „Prawdziwe wróżki Wysokiego Dworu czują się zagubione bez niej". Na ulicy przed pałacem kolejne istoty osuwały się na ziemię tam, gdzie stały. Kraina Czarów pogrążyła się w uśpieniu.

Szlochająca śmiertelniczka uniosła woalkę i spojrzała na Rae.

– Świat się kończy.

Za plecami Rae leżała królowa. Na jej nieruchomych ustach malował się uśmiech. Wyglądała, jakby odnalazła spokój, którego brakowało jej tak na jawie, jak i we śnie.

– Wracaj. – Śmiertelniczka spojrzała na Rae zapłakanymi oczyma. – Porozmawiaj z nią. Ona musi się obudzić.

A Rae nie miała wyboru. Za murami zamku wróżki chorowały albo traciły przytomność. W pałacu zostało ledwie kilka istot, które jeszcze nie zasnęły. Pierwszy raz, odkąd wkroczyła do Krainy Czarów, wszędzie wokół widziała śpiących. Wróciła więc do snu Sorchy.

Jej Wysokość kucała nieruchomo przed lustrem.

– Ile czasu upłynęło?

– Dwór cię potrzebuje. Sądzę, że najwyższy czas, byś się zbudziła.

– Sądzisz? – Sorcha się roześmiała. – Nie. Możesz mi przeszkadzać tylko w sytuacjach kryzysowych.

– To jest właśnie taka sytuacja. – Rae uklękła obok królowej. – Kraina Czarów… się rozpada. Jej fragmenty znikają.

Sorcha zerknęła na nią pobłażliwie.

– Jest wystarczająco duża, by przetrwać, dziecko. Odejdź po cichu. Mój syn odpoczywa. Śpi tak niespokojnie. Czasami martwi mnie jego zdrowie.

Jej Wysokość nie była zainteresowana uwagami Rae, swoim dworem ani Krainą Czarów. Rae rozważyła usunięcie lustra, ale nie miała do pomocy nikogo, kto poradziłby sobie z rozwścieczoną królową po jej przymusowym powrocie do rzeczywistości. „Potrzebuję Devlina... co znaczy, że muszę do niego dotrzeć... co znaczy..."

Sorcha przysunęła się do lustra.

– Nie widzę tytułów książek, które lubi czytać. Odkłada je na chybił trafił, zamiast ustawiać równo na półkach.

Po tych słowach Jej Wysokość straciła kontakt z Rae, która wróciła do Krainy Czarów z nadzieją, że nie zastanie większych zniszczeń.

W pokoju zapalonych było kilka świec, ale ich wątłe płomienie ledwie oświetlały śpiącą królową. Jedna ze śmiertelniczek zniknęła. Zanim Rae zdążyła zapytać, druga kobieta wyjaśniła:

– Poszła do kuchni.

– Muszę sprowadzić pomoc – stwierdziła Rae.

Żałowała, że nie może zabrać ze sobą śmiertelniczki albo obiecać jej, że wszystko się ułoży. Nie potrafiła nawet znaleźć odpowiednich słów, by ją pocieszyć.

„Zaśnij, Devlinie. Potrzebuję cię".

– Nie budzi się. – Śmiertelniczka oparła rękę na ciemniejącym niebieskim szkle. Napotkała spojrzenie Rae, po czym zapytała: – Dokąd pójdziemy, gdy Kraina Czarów zniknie? Czy zginiemy razem z nią?

– Kraina Czarów nie zniknie. Podobnie jak wy.

Ale Rae nie była pewna, czy wierzy we własne słowa. Przypuszczała, że bez mocy stwórczej Jej Wysokości niechybnie nastąpi koniec i nie miała pojęcia, jaki los czeka wtedy mieszkańców Krainy Czarów.

Rozdział 23

Devlin trzymał w ręku klucz do pokoju motelowego. Wsunął go w zamek z uczuciem wdzięczności, do którego nie przyznałby się bez zakłopotania. Nie przeszkadzała mu szalona jazda Ani. „Chaos bywa kuszący". Jednak jej wierzchowiec od czasu do czasu przesuwał siedzenie Devlina, czym zmuszał go do trzymania nóg w niewygodnych pozycjach. W innych chwilach Barry rozkładał fotel tak, że Devlin mógł jedynie leżeć.

Oczywiście dziewczyna uśmiechała się za każdym razem; stworzenie nie potrzebowało większej zachęty, by powtarzać swoje sztuczki przez kolejne godziny jazdy z niedozwoloną prędkością. Ani ogar, ani jego rumak nie potrafili pozostawać niewidoczni w tłumie.

– Może się do mnie odezwiesz? – Zarówno ton głosu, jak i postawa Ani dowodziły, że oczekiwała konfrontacji. Oparła się o ścianę obok drzwi. W jednej dłoni ściskała pasek torby, która wisiała na jej ramieniu, a drugą opierała na biodrze. – Czy nadal zamierzasz udawać, że podróżujesz sam?

Wysunęła zadziornie podbródek. Bez wątpienia była zła.

– Co masz na myśli?

– Nie zamieniłeś ze mną słowa przez co najmniej osiem godzin.

Minęła go i rzuciła torbę na łóżko.

– Osiem godzin?

– Właśnie. – Odwróciła się i spiorunowała go wzrokiem. – Osiem godzin ciszy.

– Analizowałem nasze położenie.

– Chcesz usłyszeć skróconą wersję? Jest do bani.

Ani skrzyżowała ręce na piersi.

– Ja…

Patrzył na nią z uczuciem, które musiał stłumić. W obecności Ani traciły znaczenie wszystkie te jego cechy, które czyniły z niego poddanego Wysokiego Dworu.

„I to mi się podoba".

Stanęła plecami do niego, rozsunęła suwak torby, po czym dodała:

– Utknąłeś między Bana…

– Nie. – Podszedł do niej i zakrył jej usta dłonią. – Nie wspominaj o niej ani o tej drugiej. Dla bezpieczeństwa. Rozumiesz?

Jak tylko Ani skinęła głową, cofnął rękę.

– Czemu?

Wróciła do grzebania w torbie jak gdyby nigdy nic. Może dziecko sfory było przyzwyczajone do takich sytuacji.

– Nie tylko ogary mają dobry słuch. Już raz nas znaleźli. Jej zwolennicy o wszystkim ją informują. Wielu chce tego samego co ona.

– Która ona?

– Obie mają oddanych sprzymierzeńców. A tej nocy wolałbym nikogo nie zabijać. Walka sprawiłaby mi radość, ale... – Zerknął na zaciągnięte zasłony, a potem na nią.

– To tak jak mi.

Uśmiechnęła się do niego, jakby zobaczyła coś niezwykłego. Devlin denerwował się pod wpływem tak intensywnego spojrzenia. Mimo to nie uciekł od niej wzrokiem.

– Zadbam o twoje bezpieczeństwo.

– I?

– I już. – Devlin zamknął drzwi na klucz. Wiedział, że to nie powstrzyma wróżek, ale przynajmniej uchroni ich przed śmiertelnikami szwendającymi się w pobliżu. – Jeśli nie spełnisz żądań mojej siostry, ona cię znajdzie, a wtedy zginiesz. Jeśli jej posłuchasz, stracisz życie na rozkaz jej bliźniaczki. I to ode mnie będą oczekiwać, że cię zabiję... A mnie z jakiegoś powodu nie podoba się myśl o twojej śmierci.

Zachował dystans. Stał blisko drzwi, poza jej zasięgiem. „Żeby jej nie dotykać".

Wyciągnęła z torby kilka ubrań i szczotkę do włosów.

– Czy logika nie podpowiada ci, żeby mnie sprzątnąć? Miałbyś problem z głowy. Wiesz, że obie się na ciebie wściekną, a nie wierzę, że potrafią łatwo wybaczać. Mógłbyś wrócić do Krainy Czarów, do stanu sprzed...

– Nie. Nie chcę tego. Nie chcę cię skrzywdzić i nie chcę wracać. – Zamilkł i potrząsnął głową, gdy dotarł do niego sens tych słów. – Nie chcę…

– Czego?

Nie mógł jej odpowiedzieć, więc tylko na nią patrzył.

W milczeniu Ani poszła do łazienki i zamknęła za sobą drzwi.

„Mogę wrócić? Mogę ją skrzywdzić? Dlaczego ona jest ważna?" Rae znała odpowiedzi. Skoro tak często naciskała, by spotkał się z dziewczyną, musiała coś wiedzieć. Ale się tym z nim nie podzieliła. Devlin nie znał nawet jej motywów.

Ani wróciła do pokoju, odstawiła torbę na podłogę z tej strony łóżka, której nie zajmował Devlin. Nie odezwała się słowem. Odwróciła się do niego plecami i zaczęła serię ćwiczeń rozluźniających. Jej koszula uniosła się, a oczom Devlina ukazało się nagie ciało. Wpatrywał się w ten odsłonięty skrawek skóry.

„Nie mogę jej zatrzymać".

Ale pragnął tego. Pierwszy raz w życiu poznał wróżkę, z którą chciał się związać. Myślał o wspólnej przyszłości, o walkach u jej boku. „Ogary niechętnie tworzą związki". Uczepił się tej myśli, jakby była istotniejsza od faktu, że Ani prawdopodobnie zginie z ręki jednej z jego sióstr.

Rozciągała się jeszcze przez jakiś czas, po czym stanęła przed nim z rękami opartymi na biodrach i zapytała:

– Kontemplujesz widoki czy masz mi coś do powiedzenia?

Jej oczy wyrażały wiele: była przerażona, zmęczona i głodna. Zachowywała się tak samo jak inne wróżki Mrocznego

Dworu, gdy były osłabione – atakowała bez zastanowienia. Devlin ujął jej dłonie.

– Ta sytuacja jest dla mnie nowa. Jeśli moje milczenie ci przeszkadza, mów do mnie. Nigdy nie wymagano ode mnie zwyczajnej rozmowy.

– Chodzi o to, że… – Najwyraźniej chciała powiedzieć coś niemiłego, a przynajmniej to sugerowała jej mina, ale zamiast tego ścisnęła dłonie Devlina. Jej ramiona opadły nieznacznie.

A on zrozumiał, że nie tylko z nią nie rozmawiał, ale od kilku dni także jej nie dotykał. Przez cztery doby nawet nie musnął Ani. A ona dotknęła go tylko raz, w ramię, żeby wysłać go po klucz.

Puścił jej lewą dłoń i rozpiął koszulę. Ani nawet nie drgnęła, nie spojrzała mu też w twarz.

„Nie traktuje tego osobiście. Po prostu potrzebuje kontaktu fizycznego". Żałował, że nie może skosztować jej uczuć. „To nielogiczne, ale chcę, żeby to coś dla niej znaczyło".

Nadal bez słowa puścił jej prawą dłoń i zdjął koszulę. Wtedy na niego spojrzała.

– Co robisz?

– Potrzebujesz pożywienia. – Przesunął się dalej na łóżku. – A ja chcę cię nakarmić.

Ani nie ruszyła się z miejsca. Spojrzała na niego drapieżnie, a potem zapytała bardzo niskim głosem:

– Co proponujesz?

– Dotyk.

– Jesteś pewien? – Zrobiła dwa kroki w jego stronę i stanęła przy brzegu łóżka. – To znaczy…

Uwolnił emocje, chociaż wiedział, że za ich pośrednictwem Ani dowie się o sprawach, których wolał jej nie zdradzać. „Łaknienie. Strach. Wątpliwość. Radość. Nadzieja. Ekscytacja". To wszystko, by zaspokoić jej apetyt. Uklękła przy łóżku.

– Jeśli mnie pragniesz, czemu nie…

– Nie mogę cię zatrzymać, Ani. – Wyciągnął rękę. – Gdybyś była kimś innym… ale nie jesteś.

Zdjęła koszulę, po czym ujęła jego dłoń.

– Nie rozumiem cię, Dev.

Dając upust uczuciu, którego nie potrafił nazwać, objął ją i przyciągnął do siebie. Ani oparła palce na jego brzuchu, a policzek przytuliła do jego ramienia. Mokre różowe końcówki jej włosów musnęły jego tors.

Devlin leżał nieruchomo. Jedynie opadająca i unosząca się klatka piersiowa sygnalizowała, że żyje. Skupił się i ponownie ukrył przed Ani emocje. Bliskość dziewczyny go przerażała, a nie chciał się przed nią przyznać, jakim strachem i jaką radością wypełniło go to zbliżenie.

Jednak Ani nie zwracała uwagi na jego uczucia. Przez godzinę leżała w milczeniu na jego piersi. Potem uniosła głowę i pocałowała miejsce tuż nad sercem.

– Zadziwiasz mnie.

– Potrzebujesz dotyku. Logika nakazuje, bym ci go zapewnił.

Odprężył się trochę, gdy jego ciało i umysł sprzeciwiły się rozsądkowi. Delikatnie musnął palcami jej skórę.

Ani westchnęła i przylgnęła do niego.

– Gdybyśmy byli w Krainie Czarów, a ja byłabym jakąś inną wróżką… co byś powiedział?

– O czym?

– Gdybym leżała tak w twoich ramionach.

– Nie leżałabyś. – Uśmiechnął się. – Tak się nie robi.

– Nie leży się obok siebie? Chcesz powiedzieć, że w Krainie Czarów nie ma seksu? – Spojrzała na niego zdumiona. – Naprawdę?

– Oczywiście, że jest seks, ale to… – Wskazał ich oboje. – …nie jest seks. Teraz robimy coś zupełnie innego.

– A co dzieje się potem?

– Po seksie trzeba się wykąpać i ubrać.

Devlin stłumił westchnienie rozkoszy, gdy ponownie wtuliła się w jego ramiona. Nigdy nikogo tak nie trzymał dla przyjemności albo z potrzeby serca.

– Kraina Czarów musi być koszmarna.

Ani zadrżała. W milczeniu zaczęła kreślić wzory na jego brzuchu.

– Nie, nie koszmarna. Tylko brakuje w niej równowagi – przyznał Devlin, chociaż nigdy wcześniej nie wypowiedział na głos tej opinii.

Częste wycieczki do świata śmiertelników utwierdzały go w przekonaniu, że w pięknie Krainy Czarów jest coś niepełnego. Jasność potrzebowała cieni, których brakowało w Krainie

Czarów odciętej od wpływów Mrocznego Dworu i przez to na wieki pozbawionej równowagi.

„Czy dlatego Sorcha postępuje tak niewłaściwie?" Czuł wyrzuty sumienia, że w ogóle tak pomyślał, ale Królowa Porządku zachowywała się karygodnie, ilekroć wysyłała go do nowo stworzonego wróża.

– Dev? – Ani uniosła głowę, żeby na niego spojrzeć. – Znów milczysz jak grób.

– Przepraszam – odparł.

Dziwne, ale naprawdę było mu przykro z powodu własnej powściągliwości; tyle przez nią stracił. Pozostawanie skrytym nie sprawiało mu przyjemności, podobnie jak służba u Sorchy. Prawie wszystkie rozkosze odnajdywał w świecie śmiertelników, gdzie choć na ułamek sekundy mógł zapomnieć o samokontroli. „Jak wyglądałaby Kraina Czarów, gdyby Mroczny Dwór ponownie w niej zagościł?" Ta myśl nim wstrząsnęła. Powrót Króla Mroku i jego podwładnych spowodowałby zmiany w królestwie Jej Wysokości. „I może… oznaczałby zmiany dla Ani". W innym wypadku nie mógłby zabrać dziewczyny do Krainy Czarów i musiałby zostać w świecie śmiertelników. Sorcha przemieniła Setha; mogłaby uczynić z niego swojego nowego mordercę. Albo wybrać do tego zadania jakiegoś innego sługę. „Mógłbym być wolny".

Devlin pogłaskał policzek Ani.

– Nie chcę trzymać cię na dystans. Chcę być blisko ciebie. – Znieruchomiała i na moment wstrzymała oddech. Jego jedynym celem było obronienie dziewczyny przed Bananach.

– Jak mógłbym cię zostawić, gdy grozi ci niebezpieczeństwo?

– Irial zdoła mnie chronić. Nie jest związany z dworem... Może mógłby się przeprowadzić albo ja mogłabym się ukryć. Nie musisz...

– Ale chcę.

Obwiódł dłonią linię jej szczęki i zatrzymał palec pod jej ustami.

– Czego chcesz?

– Wszystkiego.

Poczuł nerwowość, jakiej nigdy wcześniej nie doświadczył.

– Co proponujesz? – powtórzyła to samo pytanie, które zadała, gdy zdjął koszulę.

– Proszę – poprawił ją. – Proszę o pozwolenie na pocałunek. Mogę?

– Tak – szepnęła.

Na początku Ani nie całowała go tak żarliwie jak w Gnieździe Wron, ale ostrożnie i delikatnie, jakby chciała poznać smak jego ust, jakby poznawała ich dotyk. Devlin nigdy nie przeżył niczego podobnego. A potem dziewczyna rzuciła się na niego jak wygłodniałe zwierzę.

„Żadnej logiki. Żadnych negocjacji".

Położyła się obok niego, a on przekręcił się na bok, tak że znaleźli się naprzeciwko siebie.

„Żadnej rozmowy".

Nie miał pojęcia, dokąd zmierzają, ale w tej chwili nie chciał niczego rozważać. Jak długo żyła, tak długo był za nią odpowiedzialny.

„Mój cel. Tylko mój".

Gdy oplotła go nogą, stracił resztki opanowania. Skąpał Ani w morzu emocji, które nie przystawały słudze Wysokiego Dworu. Podobało mu się to. Czuł się swobodnie.

„Z Ani, tak powinno być. Przy niej..." Poczuł coś dziwnego, co nie przypominało żądzy, niepokoju ani troski. Wszystkie emocje, które go dotąd wypełniały, dały początek czemuś nowemu.

Gdy się całowali, przyspieszył mu puls. A potem nagle ogarnęło go zmęczenie. Nie potrafił się skoncentrować. Ani odepchnęła go gwałtownie.

– Nie.

Tyłem zeszła z łóżka.

– Ani? – Wyciągnął rękę. – Czy cię obraziłem...

– Nie.

Jej oczy świeciły na zielono. Była ogarem i mogła go zniszczyć. Poczuł dreszcz przerażenia, a ona wyciągnęła ręce w ostrzegawczym geście.

– Nie mogę... gdyby tobie... to... nie... nie tobie. Nie jesteś bezpieczny, jeśli... Nie wiesz, kim jestem.

Pobiegła do łazienki i zatrzasnęła za sobą drzwi.

Ani siedziała na podniszczonej podłodze i próbowała zapanować nad drżeniem całego ciała. Przekręciła klucz, chociaż to nie miało znaczenia: żadnego z nich nie powstrzymałby zwykły zamek ani nawet drzwi.

„Nie skrzywdzę go".

Słyszała go, czuła jego emocje. „Wyrzuty sumienia. Wstyd. Strach. Niepokój". Jeśli mu niczego nie wyjaśni, będzie przekonany, że zrobił coś złego.

– Mogę to zrobić. Mogę mu powiedzieć – szepnęła, a potem zawołała: – Stań na końcu pokoju, proszę!

Odczekała chwilę, nasłuchując odgłosów jego kroków. Dobiegało ją też dudnienie jego serca. „Jakby był ofiarą". To tylko utrudniało jej panowanie nad instynktem.

Wolno otworzyła drzwi i zrobiła dwa kroki do przodu. Devlin stał po drugiej stronie maleńkiego pokoju. Ponownie zablokował jej dostęp do niebezpiecznych emocji.

– Skrzywdziłem cię?

Ani zaśmiała się mimowolnie.

– Nie.

Jego twarz przypominała maskę.

– Nigdy nie zmusiłbym…

– Wiem. – Usiadła na podłodze i oparła się plecami o framugę. – Nie chodzi o ciebie… Ja…

Devlin nadal stał.

– Nie musisz tłumaczyć.

Ani jego głos, ani postawa nie wyrażały emocji, które tak wyraźnie odbierała, gdy siedziała w łazience. Ale dobrze wiedziała, co Devlin czuje, i zdawała sobie sprawę, że on ma tego świadomość. Z jednej strony wolała udać ignorancję, ale z drugiej – nie była taką egoistką, żeby wpędzić go w poczucie winy.

„Z innymi tak bym postąpiła, ale nie z tobą, Devlinie".

Westchnęła, po czym rozpoczęła rozmowę, na którą nie miała ochoty.

– Jak się czułeś po naszym pocałunku w Gnieździe Wron?

– To było dawno…

– Wyczerpany? – Zamilkła, a gdy on skinął głową, dodała: – Oszołomiony? Słaby?

– Jestem Krwawymi Rękami Jej Wysokości. Nie jestem słaby. – Wykrzywił twarz w grymasie, spoglądając na nią. – Ostatnio miałem wiele na głowie, ale…

Przerwała mu kolejny raz:

– Wysysam energię z wróżek… i śmiertelników.

Devlin nie zdradzał emocji. Nie znosiła, gdy tak się zachowywał.

Przyciągnęła kolana do piersi i objęła nogi rękami.

– Gdy dostaję emocje bez dotyku, jest dobrze. Gdy dostaję dotyk bez emocji, też jest dobrze. Ale czasami, gdy mam jedno i drugie… Tamtej nocy spijałam twoją energię, Devlinie.

Przez dłuższy moment milczał.

– A dzisiaj? – zapytał ostatecznie.

Ani zrobiła głęboki wdech.

– Poczułam twoje emocje, więc przestałam.

– Rozumiem.

Devlin podszedł do niej, po czym ukląkł na dywanie. Spojrzała na niego.

– Nie chcę cię skrzywdzić.

– Muszę zachować siłę, jeśli mam cię ochraniać. – Jego głos był beznamiętny.

– Nie o to chodzi.

Zamknęła oczy. Cierpiała katusze, gdy znajdował się tak blisko niej. Pogłaskał ją po włosach.

– Tak mi przykro, że cię zdenerwowałem.

Otworzyła oczy.

– Mogłam cię zabić.

– Teraz też możesz – szepnął Devlin. – Pewnie bym cię nie powstrzymał.

Zadrżała.

– Nie chcę cię skrzywdzić – powtórzyła. – Pragnę... ciebie.

Kontrolował emocje, gdy przesuwał dłoń w dół jej ręki.

– Rozmawiałem z Irialem.

Niewiele rewelacji mogłoby zaskoczyć ją bardziej. Wbiła wzrok w Devlina.

– Ty...

– Ostrzegł mnie przed tobą, ale nie wyjaśnił czemu – szepnął Devlin. – Poinformowałem go, że chcę cię zabrać i zadbać o twoje bezpieczeństwo, a... on odparł, że wybór należy do ciebie.

– Och.

Pochylił się i pocałował ją czule.

– Jak bardzo jesteś groźna?

– Mogę unicestwić każdą wróżkę, której dotknę, pod warunkiem że nie zablokuje mi dostępu do swoich uczuć. Jestem w stanie nakarmić cały dwór. – Ani nie zdołała powstrzymać drżenia. Przerażała ją myśl o wysysaniu życia z ciał stygnących w jej ramionach. – Pewnie dlatego Banan... ona pragnie mojej krwi. Nie mam pojęcia, jak miałaby tego dokonać, ale gdyby jej się powiodło, mogłaby żerować na śmiertelnikach, mieszańcach, wróżkach... Mordowałaby, by zaspokajać głód dworu. Ona to lubi.

Devlin wytrzymał jej spojrzenie.

– Nie pozwolę, żeby cię wykorzystała.

– Iri też by mnie wykorzystał. Kazał mi cię zabić w razie konieczności.

– Zrobisz to, Ani?

Devlin podał jej rękę, a gdy Ani wsunęła palce w jego dłoń, przytulił ją mocno.

– Nie chcę tego.

– A jeśli otrzymasz rozkaz od króla? – dopytywał.

– Nieposłuszeństwo wobec króla... albo Iriego oznaczałoby dla mnie pożegnanie się z dworem. – Odsunęła się od niego. – Ale raczej bym cię nie zabiła.

– Ani ja ciebie. – Pocałował ją w czoło, a potem podszedł do łóżka. Ale Ani stała w miejscu. – Chodź. Ukryję przed tobą emocje, żebym mógł leżeć przy tobie.

Odsunął kołdrę. Ani zapiekły oczy.

– Jesteś pewien?

– Nigdy w życiu niczego nie byłem taki pewien. – Ponownie wyciągnął rękę w jej stronę. – Odpocznij, Ani. Nawet potencjalne morderczynie potrzebują snu.

Rozdział 24

Rae chodziła po pałacu i wyglądała przez okna. Kraina Czarów przypominała opuszczone miasto, które w dodatku rozsypało się w gruzy. Zniknęła góra, morze zaczęło wysychać, a dawniej połyskująca tafla w odcieniu delikatnego fioletu zmatowiała. Na ulicach leżeli uśpieni śmiertelnicy, mieszańce i wróżki. Chociaż niektórzy nie stracili kontaktu z rzeczywistością, a większość krajobrazu przetrwała, Krainie Czarów groziła zagłada.

Przemierzała pałacowe korytarze w poszukiwaniu tropu Devlina. W końcu poczuła, że zasnął gdzieś w świecie śmiertelników.

„Wybacz mi to, co przyszłam ci powiedzieć, Devlinie".

Rae nie miała wątpliwości, że Sorcha porzuciła swój dwór z jej winy; to ona naraziła ojczyznę Devlina i musiała mu o tym powiedzieć.

Gdy weszła do jego snu, ujrzała go opartego o ścianę i wpatrującego się w zamknięte drzwi małego kamiennego budynku, który przykrywały wyszczerbione metalowe pręty. Całą budowlę oplatały cierniste pnącza. Gmach zaprojektowano tak, by wzbudzał trwogę i zniechęcał do wejścia do środka.

Rae zaciekawiło, czy ten budynek istniał w rzeczywistości, tym bardziej że Devlin opierał się fantazjom i słabościom. Chociaż Rae od ponad stu lat nie wkroczyła do żadnego snu w świecie śmiertelników, jeśli nie liczyć wizyt składanych Ani, wątpiła, by ta baśniowa konstrukcja była przykładem współczesnej architektury.

„Co skrywa ten budynek?"

Rae podeszła do niego.

– Devlinie?

Odwrócił się i zmarszczył czoło.

– Co tutaj robisz, Rae? Wiesz, ile ryzykujesz? Musisz odejść…

– Wracaj – przerwała mu. – Sorcha zapadła w sen i nie chce się obudzić. Ona… źle się czuje. Interesuje ją wyłącznie oglądanie syna. Nie mogę zmienić jej snu na tyle, żeby zmusić ją do powrotu do rzeczywistości. Gdy po raz pierwszy wniknęłam do jej umysłu, potrafiła mi się oprzeć i…

– Syna? – Devlin uniósł brwi i ściągnął wargi. – Seth…

– Musisz sprowadzić go z powrotem – powiedziała Rae z naciskiem. – Kraina Czarów znika. Wszystko się rozpada. Wróżki zasypiają i nie można ich dobudzić.

Devlin zerknął na kamienny budynek.

– Dowiedziała się o tobie… a teraz Kraina Czarów niszczeje, podczas gdy ona ogląda swojego syna we śnie. Zniszczy swoje królestwo z tęsknoty za nim. Dlaczego zapomniała o logice?

Rae skrzywiła się na dźwięk beznamiętnego głosu wróża.

– Przepraszam – powiedziała. – Dopilnowała, żeby jedynie jej syn albo brat mogli ją obudzić. Nie znam go… a ona ma obsesję na jego punkcie. Nie jestem pewna, czy obudzi się bez jego pomocy.

Twarz Devlina wykrzywił grymas.

– Trzeba nakłonić Setha, by powrócił do Krainy Czarów.

– Znasz miejsce jego pobytu? – zapytała Rae.

– Tak. To z jego powodu ona wysyła mnie do świata śmiertelników.

Emocje Devlina, zwykle czytelne dla Rae, pozostawały ukryte, gdy przemawiał.

– Dev?

– Wróci, czy tego chce, czy nie. – Devlin ponownie zerknął na kamienny budynek. – Sorcha nigdy mi nie powiedziała.

Rae dotknęła jego ramienia, a on spojrzał na nią.

– O czym? – zapytała.

– O swoich sekretach. – Devlin spojrzał na rękę Rae, a potem na budynek. – Ale ja nie zdradziłem jej swoich.

Drugą ręką Rae dotknęła jego policzka.

– Przykro mi. Nie wiedziałam, że to Sorcha, kiedy ją spotkałam. Przepraszam.

Potrząsnął głową.

– Już wcześniej źle się czuła. Dlatego kazała mi zostać w świecie śmiertelników. Powinienem był… sam nie wiem.

Nie mam pojęcia, co powinienem był uczynić. Jak mogłem nie wiedzieć, że Seth jest jej synem?

Sprawiał wrażenie zagubionego, a Rae nie potrafiła mu pomóc. Nie mogła skłamać ani obiecać, że wszystko będzie dobrze. Musiała być z nim szczera.

– Naprawiłabym wszystko, gdybym potrafiła – mruknęła. Wciąż dotykała jego twarz, a on jej nie odepchnął, jak to robił wcześniej, ilekroć okazywała mu czułość. – Nie mogę tego naprawić. Oświadczyła, że tylko ty albo Seth możecie ją obudzić. Próbowałam z nią rozmawiać. Poszłam do niej i… ale jej nic nie obchodzi. Jest Królową Porządku, ale już o nic nie dba.

– Czy pragnienie innego życia jest złe? – Devlin oparł czoło na czubku jej głowy. – Bo właśnie tego chce Sorcha, prawda?

– Tak. – Rae przemawiała łagodnie. – Ale lekceważy życie tych, za których odpowiada.

Devlin zaśmiał się ponuro.

– Nie zawiodę Krainy Czarów. Nigdy jej nie zawiodłem.

– Wiem. – Rae uśmiechnęła się do niego. – Jesteś inny niż ona. Silniejszy.

– Nieprawda. Rozumiem postępowanie Sorchy. Z miłości traci się rozum. Dla niej odrzuca się logikę, robi głupie rzeczy, ryzykuje. – W jego oczach zalśniła tęcza. – To ona. Ani. Pragnę życia u jej boku. Dla niej mogę pozwolić, by świat pogrążył się w chaosie.

– Nie. – Rae oparła ręce na jego ramionach, zanim zdążył odejść. – Nawet teraz dbasz o dobro Krainy Czarów. W przeciwieństwie do Sorchy przez całą wieczność balansowałeś między namiętnością a praktycznością. Gdybyś był królem, nadal chroniłbyś swój dwór. Ona też by to robiła, gdyby nie zachorowała.

Devlin przez kilka chwil wpatrywał się w oczy Rae w milczeniu, zanim rzekł:

– Wkroczyłaś do mojego snu w świecie śmiertelników... z powodu Ani. – Rae zwiększyła odległość między nimi. – Masz przede mną tajemnice. – Otworzyła usta, żeby odpowiedzieć, ale on uniósł rękę. – Wiem, że tak jest, ale nie proszę, byś mi je zdradziła. Muszę jednak wiedzieć, czy Ani będzie bezpieczniejsza ze mną w Krainie Czarów czy tutaj beze mnie.

– Tego nie mogę ci powiedzieć – wyszeptała Rae. – Jest ważna. Wybacz, że nie mówię ci wszystkiego, ale... dbaj o nią. Jest groźna, ale także istotna. Oddałabym życie... cokolwiek jest warte... żeby zatrzymać ją u twego boku. Otocz ją troską, tak jak mnie.

Devlin patrzył tak, jakby potrafił wyczytać sekrety z jej twarzy. Potem skinął głową.

– Co się stanie, gdy wrócisz do Krainy Czarów?

– To zależy od tego, czy będzie do czego wracać – odparła Rae. – Wszystko znika tak szybko, że trudno prognozować. Nie jestem pewna, jak długo Kraina Czarów jeszcze wytrzyma, jeśli królowa się nie obudzi.

– Odszukam jej... syna. – Ton Devlina wyraźnie zdradzał gniew. – Wracaj i spróbuj z nią porozmawiać. Przekaż, że brat sprowadzi jej dziecko do domu. Dodaj, że jeśli losy Krainy Czarów będą zagrożone, Seth nie zdoła do niej wrócić.

Rae nie wiedziała, jak rozumieć złość Devlina. Jej Wysokość odpychała go na każdym kroku, ale do tej pory to nigdy nie wzbudzało w nim gniewu. Wszystko się zmieniało i chociaż Rae nie rozumiała tych zmian, żywiła nadzieję, że zwiastują przyszłość, którą ujrzała.

Devlin podszedł do budynku z kamienia. Jedna ściana zamieniła się w szklana taflę. W środku spała Ani. Ściskała w pięści nóż z czarnym trzonkiem. Uniósł rękę, jakby chciał dotknąć bariery.

– Jest... zapalczywa i silna. Moje siostry chcą jej śmierci, ale ja pragnę, by żyła.

– Zawsze tego pragnąłeś – mruknęła Rae.

Zerknął na nią przez ramię.

– Mam nadzieję, że spotkamy się w Krainie Czarów.

Rae skinęła głową, po czym ujęła dłoń Devlina. Objął ją i ścisnął mocno.

– Żałuję, że nie mogę zatrzymać cię tutaj albo sprowadzić tam Ani. Żałuję, że nie możemy wszyscy ukryć się w twojej jaskini. Chciałbym ocalić cię przed Sorchą, a Ani przed Bananach. Będziesz ostrożny? – zapytała nagle.

– Nie. – Pokręcił głową. – Sądzę, że będę bardzo nieostrożny. Nie tylko przez kilka skradzionych chwil, ale bardzo często. Powstałem z porządku i niezgody. Może najwyższy czas dopuścić do głosu obie moje natury.

Rae wspięła się na palce i pocałowała go w policzek.

– Kocham twoje oba oblicza, Devlinie. Od początku.

Przez moment nic nie mówił i tylko obejmował ją ostrożnie.

– Sprowadzę Setha do Krainy Czarów – obiecał na koniec. – Obudzę królową, ale potem... sam nie wiem.

Rae pragnęła mu wyznać, że istniało jeszcze jedno rozwiązanie, ale nie mogła. Pozostało jej tylko mieć nadzieję, że je dostrzeże.

– Gdyby to było możliwe, nie odstępowałabym cię na krok.

Devlin tulił ją mocno.

– Wkrótce wrócę do domu – powiedział stłumionym głosem.

Jak tylko się odwrócił, Rae stworzyła mgłę, żeby się w niej ukryć, i szepnęła:

– Wybacz mi, Devlinie.

A potem chwyciła sen Ani i połączyła go ze snem wróża. Zszyła marzenia śpiących kochanków. Jeśli nie zginie, później je rozdzieli. Jednak jeśli przepadnie razem z Krainą Czarów, Devlin będzie musiał znaleźć inne ujście dla swoich emocji. Póki co Rae zapewniła jemu i Ani przestrzeń, gdzie Ani nie potrafiła go skrzywdzić, a Wysoki Dwór ograniczyć.

Rozdział 25

Ani śniła, że jest na plaży. Za jej plecami widniały klify porośnięte gęstym lasem. Nadchodził przypływ i woda obmywała jej stopy. Mokre brzegi dżinsowych nogawek oblepił piasek.

Naprzeciwko niej stał Devlin. Rozglądał się, jakby szukał kogoś innego.

– Co jeśli to nie jest sen, Ani?

– To jest sen – odparła z naciskiem.

– To znaczy, że o mnie śnisz? – Uśmiechnął się swobodniej niż w rzeczywistości.

– Może. – Zaczerwieniła się, ale nie spuściła oczu. Chłonęła każdy szczegół budzącej grozę postaci: nieludzkie oczy i niezwykłą siłę. – Przyjemnie się na ciebie patrzy.

– Na ciebie też. – Pogłaskał jej twarz. – Jesteś piękna, Ani. Przez całą wieczność nie spotkałem wróżki, przy której chciałem zapomnieć o całym świecie.

– I chodzi wyłącznie o mój wygląd? – Przewróciła oczami. – Chyba jestem płytka, skoro mój umysł pokazuje mi takie rzeczy.

– Nie miałem na myśli tylko twojej fizyczności. Ty... twoje nastroje i szaleństwa, i namiętność... nawet troska o tego irytującego wierzchowca. – Devlin patrzył na nią jak na najcenniejszy skarb. – I pomimo twojej zabójczej natury nie umiałbym ci odmówić.

Czuła się tak, jakby zbyt długo wstrzymywała oddech, gdy zapytała:

– Czego?

– Niczego. Zrobię wszystko, co zechcesz.

Nie porwał jej w ramiona, tylko zrobił krok w jej stronę, pochylił się i ją pocałował. Gdy rozchylił wargi, nie zaczęła sączyć jego energii. To był zwykły pocałunek. Wprawdzie przyprawiał o zawrót głowy, ale nie uśmiercał.

Całowanie Devlina nie mogło równać się z niczym, czego wcześniej doświadczyła. Odchyliła się i spojrzała na niego.

– Nie chcę cię skrzywdzić. Nigdy.

– Nie zrobisz tego. Nie tutaj. – Devlin stał tak blisko niej, że czuła jego oddech na ustach. – Tutaj nic nam nie grozi.

Wilki, które tak często pojawiały się w jej snach, leżały na piasku, wyglądały z jaskiń u podnóży klifów, czekały między drzewami nad plażą. Wszystkie sprawiały wrażenie niezwykle zadowolonych.

– Zostań ze mną – szepnął Devlin, ponownie przykuwając jej uwagę. – Jeszcze trochę. Z resztą poradzimy sobie po przebudzeniu.

Nie była pewna, czy to było pytanie, czy oświadczenie. Przesunęła rękę po nagim torsie wróża. Jego muskularne ciało, podobnie jak ciała większości członków jej dworu, pokrywały jasne blizny. Wróżki dochodziły do siebie po najbardziej dotkliwych obrażeniach. Liczne blizny sugerowały, że doświadczył wiele przemocy.

– W pokoju próbowałam tego nie robić.

Nie poruszył się.

– Czego?

– Dotykać twoich blizn. Żałuję, ale sama nie mam ich zbyt wiele. – Warknięcie zamarło jej w gardle. – Gabriel nie pozwala mi walczyć.

– Lubię, jak walczysz.

Wyszczerzyła zęby w uśmiechu.

– Hmmm. Co jeszcze ma mi do powiedzenia ta wersja ciebie, którą wyśniłam? Zdradzisz, co naprawdę o mnie myślisz?

– Oczywiście.

– A jesteś pewien, że chcę to usłyszeć?

– Nie całkiem. – Znów ją pocałował, choć tym razem krótko, a potem dodał: – Dlaczego nie zapytałaś mnie o to na jawie?

Brzmienie jego głosu kazało Ani się zastanowić, czy to na pewno sen. Cofnęła się i spojrzała na niego. Devlin stał przed nią na plaży, z bosymi stopami i nagim torsem. Za jego plecami widniało morze. Od czasu do czasu do wody wskakiwały z pluskiem ciekawskie zwierzęta. To wszystko przypominało bardziej sen niż rzeczywistość.

– Czy ja śnię? – szepnęła.

– Oboje śnimy.

– Jeśli to sen, dlaczego nie mogę sprawić, by ubrania zniknęły? – Ani mówiła bardziej do siebie niż do niego. Dotknęła jego dżinsów. – Guziki. Suwaki. To głupota, żeby o nich śnić.

Nie opierał się jej zabiegom.

– Masz rację. W prawdziwym świecie też bywają uciążliwe.

Ani wydała stłumiony okrzyk, gdy wsunął rękę pod jej koszulę.

– Ja śnię.

– Tak, ale to… – Zacisnął palce na jej ciele. – To… – Przyciągnął ją do siebie. – To jest prawdziwe.

Potem ją pocałował, nie kryjąc emocji. A gdy się odsunął, dodał:

– To ty się wycofałaś, Ani. Nie ja.

– Dla twojego dobra – przypomniała mu.

– Nie doceniasz mnie. – Nie odsunął się ani nie osłabł, chociaż wyssała z niego energię. – Tym razem nie uciekaj.

Przez piękną chwilę wspominała ich pierwsze spotkanie. Spowity mrokiem, zwiastował kłopoty. Porównała go wtedy do Iriala. Jednak teraz, gdy pociągnęła go ze sobą na piasek, musiała przyznać, że właśnie tamtego dnia Devlin zastąpił miejsce byłego Króla Mroku w jej fantazjach.

Rozpięła jego dżinsy i poddała się upragnionym pocałunkom.

Ani obudziła się gwałtownie w ramionach Devlina. Leżeli na łóżku, a nie na plaży. Przez moment zalewało ją więcej emocji, niż mogła znieść. Zamknęła oczy i przez chwilę karmiła się jego dotykiem i uczuciami. Potem pomyślała jednak, że może go osłabić. Chociaż nie zagrażała mu w takim stopniu jak wtedy, gdy się całowali, to nie chciała go narażać.

– Skończ… z tym – wyszeptała.

Nie przestał jej dotykać, ale odgrodził emocje grubym murem. Wsunął palce we włosy dziewczyny, tak jak we śnie. Odkąd Ani odkryła, że do zaspokojenia głodu potrzebuje zarówno dotyku, jak i emocji, jeszcze nigdy nie czuła się tak dobrze jak teraz.

– Jestem… nasycona.

– To cię dziwi?

Przesunął dłoń po jej ramieniu i ręce.

– To zdarzyło się po raz pierwszy. – Pocałowała go szybko z zamkniętymi ustami, a potem przeturlała się na bok i przeciągnęła. – Absolutnie pierwszy.

– Świetnie – powiedział opanowanym głosem. Nie poruszył się.

To beznamiętne zachowanie tak bardzo różniło się od oblicza, które ujawnił we śnie, że Ani ogarnął smutek. Devlin ze snu nie znał ograniczeń, nie wahał się ani nie odgradzał od niej murem. Trzymałby jej dłoń. Nie musiałby ukrywać uczuć.

„Ale to nie było prawdziwe".

Na jawie Devlin nie mógł okazać emocji, gdy ją całował. Gdyby to uczynił, mogłaby go zabić.

– Chcesz wziąć prysznic przed wyjazdem?

Siedziała po turecku obok niego. Devlin nadal leżał nieruchomo ze ściągniętymi brwiami i kontrolował emocje.

– Powinniśmy porozmawiać.

– O czym?

Jej serce zaczęło bić szybciej, właściwie waliło jak młotem. Nie wszystkie wróżki miały wyostrzone zmysły, ale do Ani zaczęło docierać, że Devlin nie różnił się pod tym względem od ogarów. Jej przyspieszony puls brzmiał dla niego równie donośnie jak dudnienie basów dla śmiertelnika w klubie.

– Otrzymałem wiadomość…

– Zaczekaj.

Oparła ręce na materacu po obu stronach jego nadal nagiego torsu, a potem pochyliła się nad nim. Całowała go tylko przez chwilę, zatracała się w dotyku jego ust. Ich oddechy się połączyły, jej skóra muskała jego skórę.

Złapał ją za biodra, ale nie przyciągnął jej do siebie ani nie odepchnął. Nie zachowywał się jak we śnie, ale powściągliwość zniknęła. Przez moment przyglądał się jej z zainteresowaniem. Jej serce biło bardzo głośno, lecz tym razem z właściwego powodu. Usiadła na jego nogach.

– W porządku.

Na szczęście nie zaczął kwestionować jej działań. Po prostu powtórzył:

– Otrzymałem wiadomość, która wymaga zmiany planów.

– Kiedy?

– We śnie. – Patrzył na nią. – Przed naszym snem…

– Był prawdziwy? My… ty i ja… i…

Ponownie znalazła się tuż nad nim z rękami opartymi na jego ramionach.

– Uprzedziłem cię, że to dzieje się naprawdę. – Przeczesał palcami jej włosy. – Żałujesz tego? – Nie zdradził żadnych emocji, ale Ani nie musiała ich kosztować, by wiedzieć, że bał się odpowiedzi.

– Pragnę cię na jawie i we śnie – zapewniła go. – W prawdziwym świecie odmawiam ci tylko z troski o twoje bezpieczeństwo. Ale tam nic nam nie grozi, prawda?

– Tak. – Uśmiechnął się, ale jego twarz zdradzała napięcie.

– Jak to się stało? Jak udało nam się połączyć sny?

– Istnieją tacy, którzy potrafią tkać sny – mruknął.

– I my to zrobiliśmy? Wiedziałeś i my… – Przerwała i pocałowała go tak namiętnie, że zabrakło jej tchu. – Jesteś wystarczająco zmęczony, by znów zasnąć?

– Zostałbym z tobą… tutaj czy we śnie. Niestety, muszę cię opuścić. – Zamilkł, ściągnął brwi i dodał: – Kraina Czarów się rozpada. Muszę odnaleźć Setha i sprowadzić go przed oblicze Sorchy.

– Co takiego? – Wpatrywała się w niego, próbując pojąć znaczenie wiadomości, którą obwieścił jej z takim spokojem. Odkrycie, że to, czego doświadczyła we śnie, wydarzyło się naprawdę, wstrząsnęło jej światem, ale to, co usłyszała potem, wcale jej nie ucieszyło. – Co powiedziałeś? Powtórz.

Devlin uniósł się na łokciach.

– Muszę odnaleźć Setha, zanim wznowimy… działania.

Do Ani dotarło, że wpatruje się w niego jak zahipnotyzowana.

– Daj mi sekundę, Dev. – Odsunęła się od niego i spróbowała zebrać myśli. – Kraina Czarów się rozpada... Co to w ogóle znaczy?

– W Krainie Czarów królowa wpływa na rzeczywistość zgodnie ze swoją wolą. Dawniej to miejsce zamieszkiwały dwa dwory, a świat kształtowały wizje dwóch monarchów. Po odejściu Mrocznego Dworu Sorcha została sama, a teraz choruje z tęsknoty za swoim s... Sethem. Jeśli Kraina Czarów zniknie, my wszyscy zginiemy razem z nią.

Devlin usiadł i zebrał włosy w kucyk, który obwiązał skórzaną taśmą. Jego ruchy były niespieszne, a głos opanowany. „W obliczu końca świata".

Ani nie myślała często o Krainie Czarów, ale w jakimś sensie uważała ją za ojczyznę. Podobnie jak każda inna wróżka czuła dziwną tkliwość na myśl o tamtym świecie. Dla niej to było zakazane miejsce, ale pamiętała o jego istnieniu.

– Zaprowadzę go do niej i wrócę czym prędzej. – Devlin wstał i zaczął wkładać koszulę oraz buty. – Jakoś sobie poradzimy. Nie jestem pewien, czy trzeba informować Letni i Zimowy Dwór, ale Królowie Mroku muszą poznać prawdę. Może jeśli nie zdołam jej zbudzić, oni... wrócą do domu.

– Czego ode mnie oczekujesz? – zapytała.

– Każ swojemu wierzchowcowi zniknąć z oczu śmiertelnikom i jechać jak najszybciej. Gdy udajemy ludzi, łatwiej cię ukrywać, ale obawiam się, że zostało niewiele czasu, by dostarczyć Setha Jej Wysokości. – Devlin zaczynał zachowywać się z coraz większym dystansem.

– Devlinie? – Ani oparła dłoń na jego ramieniu, a on znieruchomiał. – Nic jej nie będzie? Twojej siostrze?

Bez względu na to, co Ani sądziła o Sorsze, nie zapomniała, że to krewna Devlina. Gdyby Tish zachorowała, Ani czułaby się zagubiona.

– Jej Wysokość nigdy nie podupadała na zdrowiu – wyjaśnił. – Zrobię to, co muszę, ale nie mogę powiedzieć, że nie targają mną niepokój... ani frustracja. Jej zachowanie jest... – Urwał w pół zdania. – Jej Wysokość nie powinna tęsknić. Nie powinna szaleć z emocji. Wydarzyło się coś jeszcze, ale Rae nie powiedziała...

– Rae?

– To ona przekazała mi wiadomość.

– Znasz Rae – powiedziała wolno Ani. – Rae ze snów?

– Tak.

Devlin posłał jej nieodgadnione spojrzenie. Tłumił emocje, więc nie wiedziała, co czuł. Nie miała pojęcia, co powiedzieć. A skoro milczała, on zabrał głos.

– Co musisz załatwić przed wyjazdem?

– Daj mi piętnaście minut.

Minęła go po drodze do łazienki. „Rae istnieje naprawdę". Wróż wspomniał o niej jak o najzwyklejszej rzeczy na świecie, co zdumiało Ani jeszcze bardziej od wiadomości, że jej sen o Devlinie był prawdziwy. „Co ona dla niego znaczy? Kim ona jest?"

Ani mechanicznie wykonywała kolejne czynności: myła się, czyściła zęby. Próbowała przypomnieć sobie każdy szczegół dotyczący Rae. Kilka pytań pozostawało bez odpowiedzi, ale zachowałaby się egoistycznie, gdyby zaczęła dociekać teraz, gdy Devlin miał tyle na głowie.

Rozdział 26

Devlin trzymał w rękach koszulę Ani. Całował tę dziewczynę, dzielił z nią sen i – przez kilka krótkich chwil żył własnym życiem. Po wieczności pełnienia funkcji popychadła w niekończącym się konflikcie między bliźniaczkami perspektywa przejęcia kontroli nad własnym losem wydawała się kusząca. Chwilowo jednak mógł o tym zapomnieć.

Z uwagi na Sorchę Devlin musiał dokonać wyboru. Miał alternatywę: zostać z dziewczyną i bronić jej przed szaloną Bananach albo opuścić ją, bo dla Sorchy wszystko, poza tęsknotą, utraciło znaczenie. Przy Ani zrozumiał, że pragnął życia, którego nie mógł wieść jako Krwawe Ręce Jej Wysokości. Został stworzony, by równoważyć porządek i niezgodę. Był ważny tylko dlatego, że służył Niezmiennej Królowej i przypominał Wojnie, że zniszczenie Porządku oznacza zgubę ich wszystkich.

„Chcę kroczyć własną drogą".

Ani wróciła z łazienki.

– Mam kilka pytań. Ukrywasz przede mną pewne sprawy, ale ja zaczekam.

– Na co?

– Na odpowiedzi. Na ciebie. Mam czas. – Podeszła do niego i ujęła jego dłonie. – Cokolwiek to jest, nie ucieknie. Nie wierzę w przeznaczenie. Wiem, że Eolas rzekomo znają przyszłość, podobnie jak… twoje siostry, ale nie zawsze można wszystko przewidzieć. Niektóre rzeczy po prostu wydają się słuszne. Na przykład to, co nas łączy. Nie wiem, co one widzą ani dlaczego tak się wszystko skomplikowało, ale jestem przekonana, że spotkanie ciebie to najlepsza rzecz, jaka mi się przydarzyła.

Słowa Ani tylko utwierdziły go w przeświadczeniu, że musi zadbać o jej bezpieczeństwo.

– Moje siostry nie potrafią cię wytropić. – Spojrzał na jej dłonie, a potem ponownie na twarz. – Nie widzą losów tych, którzy są związani z nimi… albo ze mną, a przynajmniej tak twierdzą.

Trzymała go mocno, gdy zadała pytanie:

– Moje życie jest połączone z ich losami czy z twoim? Czy ty też potrafisz przewidzieć przyszłość?

– Potrafię.

Wyswobodził rękę i podszedł do okna ciasnego pokoju. Nie lubił roztrząsać tego tematu.

– Widzisz moją?

– Próbowałem, ale… nie. – Nie spojrzał na nią ani nie wspomniał o fakcie, że byli połączeni tylko tak długo, jak długo było jej sądzone żyć. – Teraz moje siostry mogą otrzymywać wiadomości o tobie jedynie w tradycyjny sposób. Muszą polegać na informacjach od tych, którym wejdziesz w drogę.

– W ogóle nie widzisz mojej przyszłości? – Ani nie dawała za wygraną.

W tej chwili nie ukrywał emocji. Pozwolił Ani poznać smak swojego niepokoju i nadziei.

– Fragmenty twojego życia stały się dla mnie niewidoczne w chwili, gdy nie wykonałem rozkazu… gdy cię nie… Nie chodzi o to, że nie masz przyszłości, ale po prostu… my…

– Nasze losy są splecione – dokończyła za niego.

– W pewien sposób. – Wyjrzał na parking. – Może powinnaś zostać w tym pokoju, może…

– Nie.

Stanęła obok niego, a on zerknął na nią przez ramię.

– Jeśli cię nie przypilnuję, dopadnie cię jedna z moich sióstr. Nie mogę cię stracić.

– Wiem. – Oparła dłoń na jego ramieniu i pociągnęła, żeby stanął twarzą do niej.

– Nie kierujesz się logiką, Devlinie. Ogary nie umieją wysiedzieć w jednym miejscu, a nawet gdybym to potrafiła, nie byłabym bezpieczna sama jak palec.

Warknął głośno. W niczym nie przypominał już podwładnego Wysokiego Dworu i ten dźwięk tylko to potwierdzał.

– Nie wiem, czy będziesz bezpieczniejsza w świecie śmiertelników czy w Krainie Czarów. Może powinnaś tu zostać, a Irial…

Ani pociągnęła jego głowę w dół i pocałowała go.

– Nie.

– Wezwij Iriala. Zapytaj, czy przyjechałby tutaj.

Devlin nie mógł znieść myśli o Ani zamkniętej w maleńkim pomieszczeniu z ucieleśnieniem pokusy, ale wolał to od jej śmierci.

„Te wszystkie emocje to… za wiele".

Znała każde jego uczucie. Pozwoliła mu wyrazić wszystko to, co ukrywał przez stulecia.

– Czego chcesz? – zapytała.

– Twojego towarzystwa i bezpieczeństwa.

Wiedział, że to wbrew logice, ale nie chciał rozstawać się z Ani.

– To jeden problem mamy z głowy. – Podniosła koszulę, którą wcześniej trzymał. Schowała ją do torby razem z resztą swoich rzeczy, po czym zasunęła zamek. – Mnie zależy na tym samym. Jadę z tobą, przynajmniej do Huntsdale. Dalszy plan opracujemy po rozmowie z Irim.

– I Niallem. Musimy spotkać się z Królem Mroku – oświadczył.

Podniosła torbę.

– I z Gabrielem. On bywa trudny. Wyznaje zasadę, że nikt nie ma prawa umawiać się z jego córką…

Devlin wzruszył ramionami.

– Ale my jesteśmy parą.

– Właśnie – zapewniła go Ani łagodnym głosem. Spojrzała na niego. – Mogłabym z nim walczyć o ciebie… gdyby on chciał walczyć ze mną. Ale boi się, że zrobi mi krzywdę.

Przez moment Devlin tylko na nią patrzył. Nie chciał przyznać, że istniało znacznie większe prawdopodobieństwo, że prędzej ona zrobi komuś krzywdę, niż pozwoli się skrzywdzić. Dla niej chciał poświęcić wszystko. Delikatnie musnął jej usta swoimi.

– Gabriel to głupiec. Nie jesteś niezwyciężona, Ani, ale przewyższasz siłą zwykłych śmiertelników. Jesteś doskonałą partnerką do walki. – Devlin wysunął nóż z wąskiej pochwy ukrytej z boku spodni. – Trzymaj. Wiem, że masz swoje… ale dam ci… jeśli…

Wzięła ostrze.

– Dziewczyna nigdy nie może mieć za dużo broni.

Zdjął torbę z jej ramienia.

– Musisz obudzić wierzchowca.

– Dev? – Posłała mu bardzo poważne spojrzenie i oparła dłoń na jego piersi. – Postaram się dbać o wszystko, co mi dajesz.

Nie wiedział, co odpowiedzieć, więc tylko skinął głową. Jednak gdy tylko chwyciła klamkę, nakrył dłonią jej palce. W końcu dwie wróżki pragnęły jej śmierci.

– Mogę iść przodem? – zapytał.

– Wyjątkowo. Ale się nie przyzwyczajaj. – Uśmiechnęła się do niego. – Wiesz, że jeśli nadarzy się okazja do walki, nie będę stała z boku jak jakaś durna wróżka Wysokiego Dworu.

– Jesteś córką Gabriela. Nie oczekiwałbym niczego innego.

Devlin powstrzymał przypływ szczęścia; w końcu miał kogoś, kto chciał walczyć u jego boku. Jako zabójca na usługach królowej wiódł życie samotnika. Zawsze toczył boje sam. Gdy szkolił żołnierzy i strażników Sorchy, korzystał z niemal nieograniczonej swobody. Obowiązywały tylko dwie zasady: inaczej niż na pozostałych dworach do armii Jej Wysokości nie wcielano kobiet, a męstwo Devlina miało być dla innych przykładem. Potrafił zadawać śmiertelne ciosy dzięki genom drugiej siostry. I chociaż krwiożerczość Bananach napawała Sorchę odrazą, chętnie wykorzystywała tę cechę kruczej siostry u brata.

Ani nieświadomie łamała każde ograniczenie, którego przestrzegał przez wieki. Nie wiedział, czego mu brakowało, dopóki jej żywiołowość nie wypełniła pustki w jego życiu. Chciał trenować tę dziewczynę.

Jeśli zdołają opuścić Sorchę i rozpocząć życie na własny rachunek, będą musieli stać się silniejsi od innych wróżek. Jej dziedzictwo bez wątpienia to umożliwi. W końcu ojciec Ani przez wieki odgrywał na Mrocznym Dworze rolę kata. Przed nim sforze przewodzili inni Gabriele, a Ani bardzo ich przypominała. Devlin przypuszczał, że gdyby w jej żyłach nie płynęła ludzka krew, ojciec od dawna szkoliłby ją na przywódcę stada. Gabriel nie wiedział tego, co on: dziewczyna stopniowo traciła ludzką naturę, a gdy nie zostanie w niej już nic ze śmiertelniczki, da radę niemal każdej wróżce.

Pomyślał o wilkach, które towarzyszyły Ani we śnie. Zwierzęta zwiastowały powstanie stada. Nie były dzikie. Szukały u niej wskazówek.

„Czy to widziałaś, siostro? Że będzie silna? Czy że po prostu będzie moja?"

Jak tylko Sorcha się zbudzi, Devlin zażąda od niej odpowiedzi, zanim opuści ją na dobre.

Rozdział 27

Rae wróciła do komnaty, w której spała Sorcha. Za oknem niebo poszarzało. Świat trwał w zawieszeniu między dniem a nocą. Wciąż nie wzeszło słońce, więc Rae mogła do woli spacerować po Krainie Czarów. Jednak ta wolność była marnym pocieszeniem w znikającej rzeczywistości.

– Możecie udać się do drugiego świata? – zapytała Rae damy dworu Sorchy. – Do świata śmiertelników…

– Nie. – Jedna z okrytych woalami śmiertelniczek spojrzała na Rae. – Zostaniemy z naszą królową. Jeśli ona umrze, to my razem z nią.

– Dlaczego?

Rae utkwiła w nich wzrok.

– W tamtym świecie nic dla nas nie ma. Królowa sprowadziła nas tutaj i tutaj zostaniemy. – Śmiertelniczka zamilkła na moment. Tęsknota rozbrzmiała w jej głosie, gdy dodała: – Życie, które tam wiodłyśmy, minęło. Ludzie, których znałyśmy, umarli. Zasady... To już nie jest nasz świat. Minęło za dużo czasu.

Przygaszone światło, które wpadało przez okno, kładło szare cienie na łoże w szklanej gablocie. Posłanie przypominało teraz sarkofag. Ten widok wytrącał Rae z równowagi.

Skoro nie pozostało jej nic prócz czekania na koniec świata, Rae ponownie przeniknęła do snu królowej. Lwy strzegące Sorchy syknęły na jej widok.

– Nie chcę cię widzieć – oświadczyła Jej Wysokość, nie odrywając oczu od lustra.

– Devlin sprowadzi do ciebie Setha, ale powiedział, że Kraina Czarów musi wyglądać tak jak dawniej, gdy wrócą.

Sorcha wskazała obraz w lustrze: Seth szedł ulicą.

– Widzę go. Nie przebywa w Krainie Czarów.

– Ale się w niej pojawi – powiedziała Rae z uporem. – Może powinnaś się obudzić i wyszykować na jego przybycie.

Sorcha zmiażdżyła Rae wzrokiem.

– Wystarczy mi ułamek sekundy, by się wyszykować, dziecko. Jestem Niezmienną Królową, a nie jakąś śmiertelniczką, która potrzebuje czasu i licznych starań, by wyglądać perfekcyjnie. Obudzę się dopiero, gdy on się zjawi. Nie wcześniej. Idź i nie przeszkadzaj mi do tego czasu.

Nie padły żadne słowa więcej. Jedno ze skrzydlatych stworzeń oblizało pysk i posłało Rae coś na kształt uśmiechu. Wyśnieni strażnicy Sorchy posłusznie wypełniali jej wolę.

Rae zadrżała, po czym wycofała się do ciemnej komnaty w Krainie Czarów.

Kilka godzin później spokój zakłócił krzyk – a po nim kolejny i kolejny. Przez wysokie okno na odległej ścianie Rae widziała nieznajomą wróżkę przemierzającą ulicę sprężystym krokiem. Wymachiwała toporem i rzucała nożami w czmychające wróżki. Przez cały czas uśmiech nie znikał jej z ust.

Niespodziewany gość wyglądał dziwnie znajomo. Wróżka miała gęste skrzydła, jej włosy przypominały puch. A twarz pokrywały wymalowane wzory. Omiatała wszystko oceniającym spojrzeniem.

Zatrzymała się po drugiej stronie ulicy i spojrzała na Rae. Uśmiech, który jej posłała, wydawał się znajomy, podobny do tego, którym obdarzał ją Devlin. Kryło się w nim jednak coś nieprzyjemnego. „Druga siostra Devlina. Bananach".

– Tu jesteś, dziewczyno.

Rae słyszała jej słowa, które przenikały przez ściany i okna niczym wymierzone w nią kule. Cofnęła się. Zasłoniła Sorchę przed wróżką, która musiała być jej szaloną bliźniaczką. Oczywiście nie mogła powstrzymać napastniczki: duch nie zdołałby pokonać ciała z krwi i kości. Właściwie nie chciała bronić Sorchy: Jej Wysokość nie zrobiła nic, by zasłużyć sobie na lojalność Rae. Działała jednak instynktownie, by ocalić kogoś odpowiedzialnego za istnienie otaczającego je świata. Sorcha budowała, a Bananach niszczyła. Świadomość tego faktu wystarczyła, by Rae w tej chwili została sprzymierzeńcem królowej.

Bananach chwyciła śpiącego wróża i wrzuciła go przez okno. Kawałki szkła posypały się na kamienną posadzkę.

Ofiara była nieprzytomna i krwawiła. Damy dworu królowej nie zareagowały. Nie odeszły od trumny królowej.

– Uciekajcie. W tej chwili – nakazała im Rae.

Nie odwróciła się, żeby sprawdzić, czy posłuchały. Siejąca zniszczenia wróżka rozejrzała się, po czym wyrwała młode drzewko, którym usunęła resztę szkła z framugi. Odłamki posypały się na ziemię niczym lśniące krople deszczu.

Rae nawet nie drgnęła, nie mogła. A Bananach utkwiła w niej spojrzenie. Weszła do pałacu przez rozbite okno, butami rozgniatając szkło.

– Należysz do mojego brata – powiedziała Bananach na powitanie.

Krucza wróżka przysunęła się do Rae, która oddaliła się od niej.

Bananach okrążyła Rae, obwąchując ją przy tym, a potem przystanęła. Przechyliła głowę tak, że wyglądała, jakby miała złamany kark.

– Pachniesz jak on. Jego tu nie ma.

– Nie – przyznała Rae.

Za plecami Bananach Rae widziała kilka przytomnych wróżek, które stały na ulicy. Obserwowały kruczą wróżkę. Trwały bez ruchu, nie próbowały pomóc ani nie uciekały. Ich twarze zdradzały uczucie niestosowne dla Wysokiego Dworu: przerażenie.

– Nosiłaś jego skórę… – Bananach znów ją obwąchała – …więcej niż raz. Wpuścił cię do swojego ciała.

– Devlin to mój przyjaciel – odparła Rae.

Bananach zachichotała.

– On nie ma przyjaciół. Nie został stworzony, by zawierać przyjaźnie.

Rae wyprostowała plecy i spojrzała wróżce w twarz.

– Dla niego mogę być kimkolwiek.

Wróżka wpatrywała się w Rae tak, jakby ujrzała coś niewidocznego dla oczu pozostałych. Zapewne wizję jej przyszłości. Rae ogarnął niepokój pod wpływem tak intensywnego spojrzenia. Bez wątpienia krucza wróżka dokonywała właśnie kalkulacji. Jeśli wynik jej nie zadowoli, z pewnością nie zignoruje Rae.

„Może mnie zabić?"

Najwyraźniej to, co dostrzegła Bananach, nie skłoniło jej do przypuszczenia ataku na Rae. „Czy w ogóle coś ujrzała?" Twarz wróżki przypominała kamienną maskę. Skinęła głową i obeszła Rae.

– Tu jesteś, siostro moja. – Bananach wyciągnęła rękę, jakby zamierzała dotknąć szklanej trumny. Jej szpony zawisły nad niebieską taflą. – Słyszysz mnie?

Rae poczuła się nieprzyjemnie. W tej chwili zależało jej wyłącznie na tym, by nie przykuwać uwagi kruczej wróżki. Nie zareagowała nietypowo: ofiary rzadko szukały konfrontacji z drapieżnikami. Niemniej nie mogła pozwolić sobie na takie zachowanie. Jeśli Bananach zamierzała skrzywdzić Sorchę albo sprawić, żeby królowa jeszcze bardziej straciła kontakt z rzeczywistością, należało spodziewać się poważnych konsekwencji.

– Nie słyszy cię – powiedziała Rae.

Bananach przekrzywiła głowę pod kątem nieosiągalnym dla ludzi.

– Ale ciebie słyszy, prawda?

Rae wzruszyła ramionami.

– Czasami.

– A o czym śni szalona królowa?

Bananach opuściła rękę, wpatrując się w Rae. Jakby od niechcenia podrapała szponami szklaną taflę. Rozległ się skrzypiący dźwięk.

– Spytaj Devlina.

Bananach rozpostarła skrzydła, tak że cienie zablokowały dostęp światłu wpadającemu przez okno.

– Nie ma go tutaj, dziecko.

– Ale przybędzie.

– Ach, przybędzie... A więc sądzisz, że on i ogar otrzymali moją wiadomość? – zapytała Bananach. – Zostawiłam im prezent.

– Prezent?

– Zakrwawiony i niemy. – Przez moment Bananach sprawiała wrażenie przygnębionej – Krzyki ucichły w chwili śmierci, chociaż bardzo chciałabym, by trwały.

Rae nie wiedziała, jak zareagować.

Bananach potrząsnęła głową.

– Muszę zabić kilka wróżek przed rozmową z bratem, ale wrócę, tkaczko snów.

Uderzyła pięściami w szkło. Brzęk rozniósł się po korytarzu tak głośnym echem, że Rae się skrzywiła i zakryła uszy dłońmi. Ściany schronienia Sorchy zadrżały – ale nawet nie pękły.

– Niestety. – Bananach przytuliła policzek do szkła przy twarzy Sorchy. – Wymorduję je wszystkie, gdy ty będziesz wypoczywać. Może jeszcze… – Pogłaskała szybę. – …nie dzisiaj. Potrzebuję trochę chaosu, żeby się uspokoić i przygotować do zniszczenia zdrajcy.

Odeszła tak spokojnie, jak przyszła, przez framugę okienną. Rae przyglądała się bezsilnie, jak Bananach unicestwia kolejne istnienia. W jej szpony wpadały te wróżki, które spały, i te, które zachowały jasność umysłu. Kraina Czarów zmieniała się pod wpływem Wojny. Pojawiały się płonące stosy; echa wrzasków niosły się w powietrzu jeszcze długo po tym, jak ofiary wydały ostatnie tchnienie; a wiatr z kłębami dymu rozsiewał przyprawiający o mdłości zapach śmierci.

„Spiesz się, Devlinie".

Rozdział 28

Ani nie prowadziła; przy prędkościach, które osiągał wierzchowiec w drodze powrotnej do Huntsdale, nie byłaby w stanie nad nim zapanować. Barry przypominał obecnie citroena GT; w cudowny sposób bestia potrafiła przyjąć kształt pojazdu, którego jeszcze nie wyprodukowano. Ani wiedziała, że Barry wyszukał odpowiedni obraz w jej umyśle, żeby sprawić jej przyjemność, ale nawet pędzenie świetnym autem nie poprawiało dziewczynie nastroju.

Z trudem łapała oddech. Kraina Czarów się rozpadała, a Devlin był uwikłany w jej losy. Dziewczyna nie była pewna, czy może się tam udać. Sorcha poleciła ją zabić, ale Devlin się temu sprzeciwił. „Czy zamorduje mnie, jeśli wkroczę do jej królestwa? Czy pogorszę w ten sposób jego sytuację?" Ani nie potrafiła zdecydować, czy jej obecność w Krainie Czarów pomoże czy zaszkodzi.

Perspektywa pozostania w Huntsdale, w towarzystwie Bananach, też nie była kusząca. Niestety, tylko tam żyły wróżki wystarczająco silne, by sprzeciwić się Wojnie.

„Jeśli i tak mam zginąć, wolę zostać z nim". Była pewna, że ten argument nikogo nie przekona. Zerknęła na Devlina. Miał zamknięte oczy, a jego twarz nie wyrażała emocji, jednak ona czuła jego gniew i strach. Nie ukrywał przed nią uczuć.

– Dlaczego Seth jest ważny dla Sorchy? – zapytała Ani. – Rozumiem, że ona uczyniła z niego wróża i takie tam, ale… o co tak naprawdę chodzi?

– Zamierzam zapytać o to Jej Wysokość. – Nakrył dłonią jej dłoń i wsunął palce między jej palce. – W tej chwili wiem tylko to, co powiedziała mi Rae.

– Coś przede mną ukrywasz?

– Dokładnie tak – przyznał Devlin. Cofnął rękę, ale nie ukrył emocji. – Nie mogę zdradzać sekretów królowej, ale… mogę powiedzieć, że muszę sprowadzić Setha przed jej oblicze.

– Relacje królowej i Setha są owiane tajemnicą? – zapytała.

– Tak.

Przez jakiś czas podróżowali w milczeniu.

– Gdy odzyska Setha, istnieje szansa, że nie sprzeciwi się mojej decyzji o opuszczeniu dworu – odezwał się w końcu Devlin.

Ani zamarła.

– Mógłbyś?

– Wiele wróżek tak robi. – Nie dodał tylko, jak bardzo się od nich różnił.

„Podobnie jak ja".

Pomysł, że Sorcha zwróci mu wolność, wydał się Ani niedorzeczny. Devlin należał do Jej Wysokości tak jak Gabriel do Króla Mroku.

„Czy zdołam przekonać Sorchę, by wpuściła mnie do Krainy Czarów, a potem z niej wypuściła?"

Dalsze losy zależały od tak wielu czynników, na które nie mieli wpływu, i od tak wielu odpowiedzi, których nie znali.

„Na przykład na pytanie, dlaczego Jej Wysokość chciała mojej śmierci".

Ponownie ujęła dłoń Devlina, a on odwrócił głowę i otworzył oczy.

– Przepraszam, że nie mogę tego zignorować, ale potem...

– Nie przeprasza się za obowiązki służbowe. – Patrzyła mu prosto w oczy. – Cieszę się, że cię nie przerażam. Cieszę się, że mnie odnalazłeś i... – Uśmiechnęła się. – ...nie zabiłeś.

Ukrył emocje, nim zapytał:

– Za którym razem?

– Za każdym.

– A ja się cieszę, że ty nie zabiłaś mnie... – Stracił kontrolę tylko na moment, ale dzięki temu Ani zrozumiała, jak wielki ogarniał go niepokój. – I że mnie pocałowałaś.

Musnęła wargami jego usta.

– Za którym razem?

– Za każdym.

Zamilkli. Za oknami przesuwały się rozmazane widoki. Wolną ręką Ani wybrała numer Tish. Od razu została przekierowana na pocztę głosową.

– Zadzwoń – poprosiła po sygnale.

Już miała wystukać numer Szpilek i Igieł, gdy zabrzęczała jej komórka. Na wyświetlaczu pojawił się napis DOM.

– Hej. – Głos w słuchawce nie należał do Tish ani do Królika, lecz do Iriala. – Musisz wrócić – poinformował ją beznamiętnym głosem.

Ani mocniej ścisnęła aparat.

– Już jadę.

– Z Devlinem? – dopytywał się Irial.

– Tak. – Zerknęła na swojego towarzysza. – Jest tu. Chcesz z nim porozmawiać?

– Jeszcze nie teraz – odparł Irial. – Zostań z nim do powrotu. Obiecaj mi to.

– Co się dzieje? Iri? – Zaczęły pocić się jej dłonie. – Mów.

– Porozmawiamy, jak tylko przyjedziesz... do salonu – przemawiał głosem łagodnym, lecz także nieznoszącym sprzeciwu. – Wracaj do domu, Ani.

– Wszystko w porządku? Gdzie są Tish i Królik? Dotrzymują ci towarzystwa?

Irial zrobił zbyt długą pauzę.

– Królik jest w domu, a Tish u mnie.

Po zakończeniu rozmowy Ani zwróciła się do wierzchowca: „Barry, musisz jechać jeszcze szybciej. Dasz radę?"

„Może trochę". Wierzchowiec pokonał już prawie całą drogę powrotną. Niewątpliwie z dwoma pasażerami i przy zawrotnych prędkościach było mu nieco trudniej.

„Nic na tym świecie nie porusza się tak szybko jak ty" – powiedziała do niego.

„Ani w tym, ani w Krainie Czarów – dodał Barry. – Tam byłbym jeszcze szybszy".

„Jeśli udam się..."

„Nie puszczę cię samej – przerwał jej Barry. – Jestem twoim wierzchowcem, Ani. Zawsze będziemy razem... nawet jeśli to oznacza jego towarzystwo".

Cisza zaczęła drażnić Ani. Miała do wyboru włączyć sprzęt stereo albo zacząć rozmowę. Ze zdumieniem stwierdziła jednak, że nie ma ochoty na głośną muzykę, a kolejna dyskusja niczego by nie zmieniła. Wszystko wydawało się niepewne.

Devlin ponownie ścisnął jej dłoń i siedzieli milczący w ciemnym samochodzie. Tak upłynęły kolejne godziny. W którymś momencie Ani zasnęła. Do rzeczywistości przywołał ją głos Devlina:

– Obudź się, Ani.

„Dobry pomysł – przyznał Barry. – Jesteśmy na miejscu".

Zamrugała i próbowała skupić się na drodze przed nimi. W miejskim ruchu ulicznym Barry zwolnił do przepisowej prędkości i ponownie zmienił się w barracudę.

„Jestem wykończony, Ani".

– Odpocznij – mruknęła. Delikatnie pogłaskała deskę rozdzielczą. – Nikt nie ma lepszego wierzchowca.

– Zgadzam się – poparł ją Devlin.

Zaparkowali na tyłach salonu tatuażu. Zanim zgasł silnik, Irial stanął przy drzwiach od strony kierowcy. Otworzył je i podał Ani rękę.

– Wejdź do środka.

Wciąż senna Ani pozwoliła, by ją przytulił, ale czuła się dziwnie tak blisko wróża innego niż Devlin.

– Co się dzieje? – zapytała.

– Do środka. – Irial zerknął na Devlina, który natychmiast znalazł się z jej drugiego boku.

Ani weszła do salonu.

– Przerażasz mnie.

Światła były zgaszone, a na drzwiach wisiała kartka z napisem „ZAMKNIĘTE". Ani ujrzała przez szybę kilka ogarów rozstawionych wzdłuż ulicy. Devlin wszedł do środka, ale zajął pozycję przy drzwiach, na wypadek gdyby ktokolwiek zdołał pokonać strażników Gabriela. Dziewczyna była taka zdenerwowana, że pozwoliła się ochraniać. Devlin zerknął na nią, po czym uważnie przyjrzał się ulicy, salonowi i każdemu innemu miejscu, gdzie mogło czaić się niebezpieczeństwo.

– Iri? – zapytała.

– Usiądź. – Irial próbował posadzić ją na krześle. – Możemy porozmawiać tutaj. Królik w końcu zasnął.

– Królik śpi? – Rozejrzała się, wsłuchując się w dziwną ciszę. Strach ścisnął ją za gardło. – Gdzie Tish? Dlaczego jest u ciebie?

– Przykro mi.

Irial trzymał ją za ramię i próbował nakłonić, żeby usiadła.

– Co się dzieje? – Wyrwała rękę. – Są ranni? Kto…

– Tak mi przykro. Myślałem, że nic im nie grozi. Sądziłem, że ona… – W oczach Iriala lśniły łzy.

W Ani narastała panika.

– Zabierz mnie do Tish.

Spojrzała na Devlina, a on podszedł do niej.

– Ani… – zaczął Irial.

– Nie! Gdzie ona jest?

Odsunęła się od Iriala i ruszyła do drzwi prowadzących z salonu do mieszkania, które było jej domem.

– Ani…. ona odeszła. – Irial odczepił od klamki każdy jej palec po kolei. – Bananach zabiła Tish. Tish nie…

– Nie! – Odepchnęła go. – Ona… nie. Tish nic nie zrobiła. Nie miała nic wspólnego z Bananach. Ona…

Opadła na kolana. Nic już nie miało sensu. W jednej chwili wszystko, co ważne na tym świecie, przestało istnieć.

– Tish nie żyje? Moja Tish odeszła? – Ani spojrzała w górę na Iriala. – Kiedy?

– Zeszłej nocy.

Irial kucnął obok niej.

– Jak?

Z konieczności odepchnęła od siebie emocje. Gdyby tego nie zrobiła, zalałyby ją. Drżała z wściekłości. Gniew wydawał się odpowiedni, osuszał łzy. Czuła mrowienie na skórze, jakby pełzały po niej owady. Ból był tak wielki, że nawet wściekłość nie mogła go stłumić.

„Skoncentruj się".

Zrobiła kilka wdechów, po czym spojrzała na Iriala i zapytała:

– Jak ona… Jak to się stało?

– Szybko – odparł Irial wymijająco. – Możemy odłożyć tę rozmowę na później?

Ani utkwiła w nim spojrzenie. Jej były król, jej wieloletni obrońca był wyraźnie przybity – i pełen wyrzutów sumienia.

– Nie na długo – szepnęła. Łzy cisnęły się jej do oczu, ale gdyby pozwoliła im popłynąć, przyznałaby, że Tish odeszła. „A to nie może być prawda". Wstała więc. – Powinnam pójść do Królika.

– Nic mu nie grozi. Twój dom to teraz najbezpieczniejsze miejsce w mieście. Przyrzekam. – Irial odgarnął jej włosy. – Przepraszam, Ani. Sądziliśmy, że mamy wystarczająco dużo strażników. Pilnowały jej ogary i gdyby nie…

– Co takiego?

– Gdyby się nie wymknęła. – Irial spochmurniał; Ani nie była pewna, czy był zły na siebie, czy na Tish. – Sądziłem, że nie spuszczą jej z oczu i… nie wiem, dlaczego to zrobiła.

– Nie lubiła klatek. Znosiła zamknięcie lepiej ode mnie, ale po kilku dniach… była córką Gabriela i… – Ani zadrżała na myśl o poinformowaniu ojca. – Czy on wie?

– Tak. Całe stado wie. – Irial sprawiał wrażenie zagubionego, jakby szukał słów, które wszystko naprawią, ale nie potrafił ich znaleźć. – Ani…

Spojrzała na niego. Nie chciała go pocieszać ani słuchać. Pragnęła zakończyć tę rozmowę.

– Idź do Królika, dobrze? Muszę… muszę… – Głos się jej załamał.

Spojrzała na Devlina stojącego za Irialem. Gdy do niej podszedł, skrzyżowała ręce na piersi, ale nie zdołała opanować drżenia.

– Bananach będzie musiała zmierzyć się ze mną, nim cię tknie, Ani – oświadczył Devlin beznamiętnym głosem. – A mnie nie tak łatwo zabić.

Irial przeniósł wzrok z ogara na wróża Wysokiego Dworu, po czym wyszedł.

Panująca w salonie cisza wydawała się bardziej przytłaczająca niż przedtem. Wszędzie ziało pustką. Tish już nigdy nie wbiegnie przez te drzwi. Nie będzie wykłócała się z Ani o wybór muzyki. Nie zruga siostry. Nic już nie zrobi.

Bananach ją zabiła.

Ani miała wrażenie, że zaraz pęknie jej serce. Właściwie przez moment żałowała, że tak się nie stało. „To powinnam być ja". Tish odeszła, a Ani została sama. Spojrzała na Devlina.

– Chcę, żeby zapłaciła za to życiem.

Rozdział 29

Devlin nie wiedział, co odrzec, więc oboje stali w milczeniu. Powinien ją pocieszyć. Logika podpowiadała, że musiały istnieć specjalne słowa. Ale on ich nie znał. Jego siostra zabiła jej siostrę.

Ani nie szlochała. Wpatrywała się w niego suchymi oczami.

– Pomożesz mi? Muszę to… naprawić.

– Tego nie da się naprawić.

Devlin chciał coś dodać, coś jej obiecać, lecz nie mógł. Wojna niszczyła istnienia, rodziny, nadzieję. Jeśli nie znajdą sposobu, by pokrzyżować plany Bananach, zginie jeszcze niejeden bliski Ani. Słowa nie miały teraz żadnej wartości, więc Devlin przytulił dziewczynę.

Łzy, które dotąd powstrzymywała, popłynęły po jej policzkach.

– Cofnęłabym czas. Gdybyś zabił mnie, Tish i Jillian wiodłyby spokojne życie i…

– Nie. Żadna z nich by tego nie chciała.

Pocałował ją w czoło i objął mocno.

Nie był pewien, jak długo trwali w tej pozycji. Ani płakała prawie bezgłośnie. Łzy moczyły jego koszulę. Devlin wiedział, że to dopiero początek żałoby. Gdyby za drzwiami nie spał jej brat, zawodziłaby na cały głos. Ale nie chciała dokładać mu zmartwień.

Devlin nasłuchiwał. Irial wykonał kilka telefonów. Ton głosu dawnego Króla Mroku nie zdradzał furii, która jednak nim miotała. Irial należał do Mrocznego Dworu, dla którego rodzina była świętością.

„Zupełnie inaczej niż w Krainie Czarów..."

Lecz pomimo żalu, który ciążył na wszystkich zebranych w tym domu, Devlin musiał poruszyć temat powrotu.

Irial otworzył drzwi.

– Obudził się.

Ani się przeciągnęła i pocałowała Devlina. Bez słowa zniknęła za drzwiami.

Irial i Devlin stali przez moment. Żadnemu z nich nie spieszyło się do rozmowy, którą musieli odbyć. Devlin obiecał sprowadzić Setha przed oblicze Sorchy. Nawet jeśli moment nie był najlepszy, życie pisało własne scenariusze. Kryzysy nie pojawiały się zgodnie z grafikiem.

– Musimy porozmawiać. Sorcha zachorowała – zaczął Devlin.

Irial uniósł rękę.

– Pozwolisz, że najpierw zrobię sobie kawę? W ogóle nie spałem.

Devlin skinął głową i ruszył za byłym Królem Mroku do mieszkania Ani. Czuł się nieswojo w tym miejscu. To w tych pokoikach przylegających do salonu tatuaży Ani dochodziła do siebie po wydarzeniach, które zapoczątkowała jego siostra.

Obie bliźniaczki były źródłem cierpienia dziewczyny. Devlin otoczył swoje emocje grubszym murem. Zrobi to, co musi, a potem postara się znaleźć sposób, by zapewnić Ani lepszą przyszłość. „Może zwrócę jej Jillian".

Ani stała na korytarzu łączącym kuchnię z sypialniami.

– Króliku?

– Ani. – Głos Królika przepełniała rozpacz. Wyszedł na korytarz i porwał siostrę w objęcia. – Jesteś bezpieczna. Wielkie nieba, już… Posłuchaj. Musisz trzymać się od niej z daleka. Obiecaj mi to. Powiedz, że… Przyrzeknij.

– Ciii. – Ani objęła zapłakanego brata. – Wróciłam. Tak mi przykro, że mnie tu nie było. To moja wina…

– Nie – odpowiedzieli jednocześnie Królik i Irial.

Ani spojrzała na nich.

– Tak.

– Nie. Śmiertelnicy są krusi – wtrącił Devlin. – Nawet gdybyś tu była, ona…

Ani przecisnęła się obok niego, a potem wyszła na dwór. Trzaśnięciu drzwi zawtórowały dźwięk dzwonka i wściekły wrzask dziewczyny.

– Zostań. – Irial oparł rękę na ramieniu Królika, gdy ten ruszył za siostrą, a potem spojrzał wymownie na Devlina.

„Jakby trzeba mnie było zachęcać, żebym jej pilnował…”

Jednak nic, czego doświadczył, nie przygotowało go na widok Ani w tym stanie. Dziewczyna cierpiała.

Devlin wszedł do salonu i przystanął. Kręciło się tam kilka ogarów, a ona stała po drugiej stronie dużego okna wystawowego. „Mógłbym przejść przez szybę, gdyby znalazła się w niebezpieczeństwie”. Ale ryzyko było zbyt duże. „Muszę znaleźć się przy niej na wypadek ataku”. Nabrał powietrza, zanim popchnął drzwi.

Umyślnie zignorowała jego obecność. Wpatrywała się w przestrzeń. Oparł się więc o ścianę obok niej.

– To nie twoja wina. Musisz przyjąć to do wiadomości.

Łzy lśniły w jej oczach. Ani ich nie otarła, więc spłynęły po policzkach, brodzie i szyi, a potem wsiąkły w koszulę. Zerknęła na niego z ukosa.

– W tej chwili niczego nie jestem pewna.

Westchnął i spróbował raz jeszcze.

– Czego potrzebujesz?

– Bezpieczeństwa Królika, a potem śmierci Bananach. – Ani wyszczerzyła zęby. – Oko za oko. Odebrała mi siostrę.

– Nie możesz jej zabić.

– Naprawdę? – Ani odepchnęła się od budynku i stanęła naprzeciwko niego. Szeroko rozstawiła nogi, jakby szykowała się do walki. Jej oczy świeciły równie jaskrawo jak ślepia wierzchowców ogarów. – A to dlaczego?

Nikomu nie zdradził sekretów swoich sióstr. Przez całą wieczność dźwigał ich brzemię, ale skoro Kraina Czarów się rozpadała, a Bananach zamierzała doprowadzić do wybuchu wojny w świecie śmiertelników, nadszedł czas, by skończyć z tajemnicami.

– Wejdźmy do środka.

Podał Ani drżącą rękę. Bał się odrzucenia bardziej, niż powinien. Nie opuściłby jej, nawet gdyby zamknęła przed nim swoje serce. Niewiele rzeczy mogło zaboleć go równie mocno co jej obojętność.

Spojrzała na niego ogromnymi zielonymi oczami.

– W środku czeka Irial. Nie pozwoli mi jej ścigać.

Skinął głową.

– Wiem.

– Jestem ogarem. Tish jest... była moją siostrą i najlepszą przyjaciółką. Wraz z nią umarła część mnie. Nie mogę się z tym pogodzić. – Łzy Ani wyschły. Całą sobą wyrażała wielki gniew. – Nikomu nie ujdzie na sucho zabójstwo ogara. Nawet jeśli Gabriel nie wezwał stada, ja to zrobię.

– Chodź ze mną do środka. – Nadal trzymał wyciągniętą rękę. – Proszę.

Ujęła jego dłoń.

– Chcę jej krwi, Devlinie. Pragnę, by umarła. By cierpiała z bólu.

Otworzył drzwi prowadzące do salonu i zaprosił ją gestem do środka.

– Rozumiem.

I to była prawda. Chociaż uśmiercenie Bananach nie wchodziło w grę, wiedział, że pragnąłby zemsty, gdyby ktokolwiek skrzywdził Ani. „Nic tego nie zmieni". Właściwie był o tym przekonany od dawna.

– Pójdę za tobą wszędzie, Ani – obiecał Devlin. – Ale najpierw musimy porozmawiać. Muszę wyjawić tobie i Irialowi... – zamilkł, żeby rozważyć konsekwencje. W końcu zamierzał zawieść pokładane w nim zaufanie – ...prawdę.

Patrzyła mu prosto w oczy.

– Chcę ją skrzywdzić.

Nawet nie drgnął.

– Rozumiem, ale najpierw musisz mnie wysłuchać.

W milczeniu skinęła głową. Spletli palce i wrócili razem do kuchni.

– Królik... wróci za minutę. – Irial zerknął na drzwi. – Dzięki tobie szybciej dojdzie do siebie.

Ani usiadła przy stole, ale nie puściła dłoni Devlina. Wróż zajął krzesło obok niej. Nie dało się w delikatny sposób przekazać tego, co miał do zakomunikowania. Poza tym nie miał czasu na owijanie w bawełnę.

– Jeśli zabijecie Bananach, Sorcha straci życie – powiedział po prostu. – A śmierć Sorchy oznacza koniec nas wszystkich. Bliźniaczki to połówki całości, które się równoważą. One były pierwsze. Przed nimi nie istniało nic i nic nie zostanie po nich. Jeśli zabijecie jedną, reszta... wszyscy wydamy ostatnie tchnienie. Sorcha gra decydującą rolę. Jest źródłem całej naszej magii, długowieczności, wszystkiego. Czy gdyby tak nie było, Bananach pozwoliłaby jej żyć?

Irial osunął się na krzesło. Ani na moment odjęło mowę, ale próbowała połączyć kawałki układanki. Gdy czegoś chciała, niełatwo było ją powstrzymać, a naprawdę gorąco pragnęła krwi Bananach.

– Skąd wiesz? Może one tylko…

– Wiem. One mnie stworzyły, Ani. Nazywam je siostrami, ale przede mną istniały tylko one. Uzupełniają się i równoważą. Każdy dwór ma swoje przeciwieństwo. Brak równowagi doprowadziłby do katastrofy. Sorcha… robi to, co musi, żeby nasz świat przetrwał. – Devlin napotkał spojrzenie Iriala i dodał: – Czy jej się to podoba, czy nie, dba o stabilność, nawet jeśli korzystają na tym przeciwnicy… nawet jeśli równoważący ją król zabiera swoich poddanych do świata śmiertelników. Mroczny Dwór jest przeciwwagą Wysokiego Dworu, ale sama Sorcha potrzebuje czegoś więcej: Bananach.

– Do chrzanu, no nie? – Ani odchyliła się, ale nie puściła jego ręki. – Bananach chce, żebym zabiła Setha i Nialla, no i jeszcze pragnie zgładzić mnie… a jeśli spróbujemy ją powstrzymać, skażemy wszystkie wróżki na śmierć.

Przez kilka sekund wszyscy trwali w milczeniu: nie zostało nic do powiedzenia. Ani bez słowa uwolniła rękę z uścisku Devlina i wyszła na korytarz. Jak tylko zniknęła im z oczu, Irial zapytał:

– Czy Sorcha ukryje Ani?

Devlin pokręcił głową.

– Wiele lat temu kazała mi ją zabić.

– Bo zobaczyła, że Ani... Co właściwie zobaczyła? – zapytał Irial.

– Zachowała tę wiedzę dla siebie. – Devlin zerknął w kierunku korytarza. – Nie mogę pozwolić Ani zabić moich sióstr ani im zabić jej.

Irial westchnął i ponownie zwiesił głowę.

– Więc spróbujemy ocalić Ani, Królika, Setha oraz Nialla i będziemy żyć w nadziei, że Wojna znajdzie sobie inną rozrywkę.

Devlin czuł się winny, że skomplikował i tak trudną już sytuację. Ostrożnie ważył słowa, zanim dodał:

– Wierzę, że... konsekwencje śmierci Setha byłyby katastrofalne. Właściwie sprawy potoczą się fatalnie, jeśli Seth jak najszybciej nie wróci do Krainy Czarów. Sorcha pogrążyła się w żałobie po jego odejściu i zapadła w sen.

– No cóż, to nie brzmi... zbyt logicznie – stwierdził Irial.

– Coś złego dzieje się z moją siostrą.

Devlin obserwował, jak Irial rozlewa kawę. Do kubka Ani dodał śmietankę i jedną kostkę cukru, tak jak lubiła.

– Coś wymyślimy.

Irial posłał Devlinowi wymowne spojrzenie, które mówiło, że zapomniał ukryć swoje uczucia.

– Ja... – zaczął Devlin, ale nie znalazł odpowiednich słów. Zazdrość o Iriala, niepokój o Ani i wszystkie te zmienne emocje nie były stosowne dla Wysokiego Dworu. Dlatego przez jedno uderzenie serca Devlin tylko wpatrywał się w Iriala i czekał na drwinę, reprymendę albo upomnienie, że nie zasługuje na Ani.

Ale Irial tylko podał mu kubek z kawą dziewczyny.

– Jesteś jej teraz potrzebny. Idź.

Devlin wstał i zamarł, gdy fala przerażenia obwieściła przybycie Gabriela.

Rozdział 30

Ani słyszała i czuła wszystko to, czym Devlin dzielił się z Irialem. Świadomość, że nie jest sama, była pocieszająca, choć nie ukoiła żalu ani nie złagodziła gniewu. Chociaż Devlin nie zamierzał zabić Bananach, Ani wiedziała, że jej nie zostawi, a w tej chwili potrzebowała pomocy każdej silnej wróżki. Nie mogła stracić Królika.

„Ani Iriala. Ani Gabriela. Ani Devlina".

Usłyszała, że przyjechał Gabriel – a razem z nim przybyli Niall i Seth. Mimo to nie chciała oglądać ich wszystkich naraz, więc udała się do pokoju Królika, żeby zaczekać na ojca.

Królik siedział na brzegu łóżka. Sprawiał wrażenie zagubionego. Bez wątpienia słyszał rozmowę, która odbyła się nieco wcześniej w kuchni, i równie dobrze jak ona wiedział, że sytuacja jest niewesoła. Nie odezwali się do siebie. Czekali w milczeniu.

Niall i Irial rozmawiali cicho. Obecność byłego i obecnego Króla Mroku dodawała Ani otuchy, podobnie jak odgłosy ciężkich kroków Gabriela dobiegające z korytarza.

– Przykro mi – rzekł Gabriel, gdy wszedł do pomieszczenia.

– Zawiodłeś. – Królik patrzył na niego z wściekłością równą tej, która malowała się na twarzy ich ojca.

Gabriel nie zignorował wyzwania pobrzmiewającego w głosie Królika.

– Ogary dopilnują, żebyście oboje byli tak bezpieczni, jak to tylko możliwe.

Ani potrząsnęła głową.

– Skoro zabicie Wojny nie wchodzi w grę, wątpię, czy to w ogóle możliwe.

Żadne z nich nie dodało nic więcej. Ani podeszła do brata, ujęła jego dłonie i pomogła mu wstać. Królik niechętnie ruszył za nią w kierunku Gabriela. Gdy stanęli naprzeciwko siebie, Ani powiedziała:

– Żaden z was nie ponosi za to odpowiedzialności. Tylko ja jestem winna. Zabiła Tish przeze mnie. – Puściła dłoń Królika i się cofnęła. – Nie mogłam dać Bananach tego, czego ode mnie żądała: ani mojej krwi, ani życia króla i Setha.

Ujrzała Setha i Devlina na korytarzu za plecami Gabriela. Odszukała spojrzenie chłopaka i zwróciła się do niego:

– Rozważałam zamordowanie ciebie, ale Irial i Niall nie byliby zachwyceni. Twoja śmierć pociągnęłaby za sobą zbyt wiele konsekwencji, które ucieszyłyby Bananach. Ale gdyby to mogło ocalić Tish… wtedy… Pewnie bym cię zabiła.

– Potrzebujemy planu – oświadczył Devlin.

Seth spojrzał przez ramię na Devlina.

– Wiem, czego chcę: śmierci Bananach.

Ani się uśmiechnęła.

– Chyba pierwszy raz w życiu rozumiem, czemu ludzie cię lubią.

Devlin zmarszczył czoło.

– Nie możemy jej zabić.

– Wiem. – Ani spojrzała na niego. – Co zatem proponujesz?

– Zabójca Wysokiego Dworu nie będzie podejmował tutaj żadnych decyzji – warknął Gabriel.

– Podobnie jak ty. – Devlin nie podniósł głosu ani nie zareagował w inny sposób na groźbę Gabriela. – Masz pojęcie, kim jest twoja córka?

– Wróżką Mrocznego Dworu. – Gabriel wyszedł na korytarz. – W przeciwieństwie do ciebie.

– Devlinie! – Ani ruszyła w ich stronę, ale brat złapał ją za ramię.

– Zaczekaj – mruknął Królik.

Seth wszedł do pokoju, żeby Gabriel i Devlin mogli w spokoju wyjaśnić swoje sprawy. Wyciągnął rękę w kierunku Królika i ścisnął jego przedramię.

– Współczuję, staruszku.

Królik skinął głową.

– Cieszę się, że tu jesteś.

Ani nie chciała rozmawiać o żalu – zarówno teraz, jak i w przyszłości. Wolała planować. Podniesionym głosem zawołała więc:

– Irial?!

– Cii, kochanie! – odkrzyknął Irial w odpowiedzi. – To takie męskie sprawy. Muszą wyrównać rachunki, zanim przejdziemy do interesów. Pozwólmy im porozmawiać.

Gabriel i Devlin mierzyli się wzrokiem.

– To się nie skończy na rozmowie. – Ani usiadła obok Królika i obserwowała starcie. Brat ją objął.

– Gabriel musi uporać się z żalem.

– W walce z moim… – Urwała w pół zdania, bo nie potrafiła znaleźć odpowiedniego słowa.

– Kim? – warknął Gabriel. Odsunął Devlina. – Twoim kim?

– Przestań. – Ani skoczyła na równe nogi, przekroczyła próg i stanęła przed ojcem. – Dbał o moje bezpieczeństwo.

– To oprych Jej Wysokości…

– A ty jesteś oprychem Króla Mroku. – Przewróciła oczami. – I co z tego?

Gabriel wyciągnął rękę, jakby chciał przesunąć Ani na bok, ale dziewczyna bez zastanowienia chwyciła ją w obie dłonie i zablokowała. Ogar szeroko otworzył oczy, ale potem wyszczerzył zęby w uśmiechu. Zanim zdążyła zareagować, wymierzył cios drugą ręką.

– Nic z tego. – Zrobiła unik, a potem się zamachnęła i pierwszy raz w życiu zobaczyła, że jej uderzenie naprawdę wywarło wrażenie na ojcu.

Gabriel chciał oddać cios, ale nie zaatakował – tak jak wiele razy przedtem – z delikatnością zarezerwowaną dla szczeniąt. Walczył z nią jak równy z równym.

– Próbowałeś mnie uderzyć – mruknęła. – Właśnie próbowałeś mnie uderzyć!

– Zgadza się. – Dotknął twarzy. – A ty mnie uderzyłaś.

Oparła się o niego.

– W końcu.

Gabriel patrzył na nią z dumą.

– Nawet Che nie powstydziłaby się takiego ciosu. Ale jak to możliwe?

– Jej ludzka natura została zredukowana do minimum, o ile całkiem nie zniknęła. – Devlin udawał spokój. – Twoja krew, Gabrielu, wchłonęła tę ludzką. Między innymi dlatego jest taka niezwykła. Pewnie trochę też w tym zasługi przodka Jillian, który nie był zwykłym śmiertelnikiem.

– Hm. – Gabriel uściskał córkę i uniósł ją w górę. – Ale to wciąż mój szczeniak. Nie oddalaj się nigdzie bez naszej wiedzy. Jasne?

– Chciałam zapewnić bezpieczeństwo wam wszystkim. – Ani warknęła, ale nie ze złości na jego opiekuńczość. Tak zachowywali się podwładni Mrocznego Dworu i ogary. – A Devlin i Barry dotrzymywali mi towarzystwa. Nie byłam sama.

Gabriel postawił ją na ziemi.

– Barry?

– Tak nazwałam mojego wierzchowca – poinformowała go.

Gdy Gabriel ścisnął ją za ramiona, Ani poczuła się lepiej. W jednej chwili dotarło do niej, że Devlin wiedział, iż odrobina przemocy ukoi jej ból. Nie potrafił powiedzieć nic pocieszającego, ale ją rozumiał. Spojrzała więc na niego z uśmiechem.

Na widok ulgi malującej się na twarzy wróża coś ścisnęło ją za serce. Sięgnęła po jego rękę.

– Więc co teraz?

Devlin skinął głową i odwrócił się do Gabriela.

– Jeśli walka cię uspokoiła, może opracujemy plan?

– To nie znaczy, że cię polubiłem. – Gabriel wyszczerzył zęby. – Jeśli ją zawiedziesz, będę tłukł cię tak długo, aż zaczniesz błagać…

– Jeśli ją zawiodę, baty od ciebie będą najmniej bolesne.

Devlin przyciągnął Ani do siebie. Gabriel zawahał się, ale potem skinął głową i ruszył do salonu, gdzie czekali Irial i Niall.

Devlin rozparł się na wytartej skórzanej sofie i obserwował kłótnię pozostałych. Wciąż na zmianę siadali obok niego albo na krzesłach, chodzili po pokoju i warczeli na siebie.

„Zbyt wielu królów u steru".

Irial słuchał, ale był równie zaciekły jak w czasach, gdy panował na Mrocznym Dworze. W końcu chodziło o jego rodzinę. Niall, Królik i Ani byli bezcenni dla dawnego Króla Mroku. Ponadto jego następca zachowywał się równie nieznośnie. Jemu z kolei zależało na bezpieczeństwie Setha, którego traktował jak brata.

„A ja muszę chronić Setha. Dla Sorchy. I Nialla. Irial stałby się groźny, gdyby Niall pożegnał się z życiem. I… ich wszystkich. Dla Ani. A najważniejsze jest jej bezpieczeństwo. – Devlin zerknął na dziewczynę. – Muszę nad nią czuwać".

Nie mógł pozwolić, by Bananach zabiła młodego ogara. Nagle zrozumiał, jakie ryzyko niosły emocje. Gdyby Ani zginęła, byłby zdolny do wszystkiego bez względu na konsekwencje.

– Ani powinna zostać z nami – powtórzył Irial.

– Pomyśl przez chwilę. – Gabriel potrząsnął głową. – Jeśli umieścisz wszystkie cele w jednym budynku... Bananach nie jest głupia. Zaatakuje, jeśli jej to ułatwimy.

– Masz lepszy plan? – Chociaż Irial nie podniósł głosu, wszyscy zebrani w pokoju się wzdrygnęli.

Niall oparł dłoń na przedramieniu Iriala, a ten oderwał wzrok od ogara, który przez wieki pełnił funkcję jego doradcy, i spojrzał na swojego króla.

– Gabriel ma rację i dobrze o tym wiesz – stwierdził Niall. – Nie myślisz trzeźwo. Pozwól, że ja się tym zajmę.

Przez moment Irial wpatrywał się w dłoń Nialla.

– Nie mogę nikogo stracić.

– Wiem. – Niall nie uciekł wzrokiem i nie cofnął ręki. – Wszystkim nam zależy na tym samym. Twój żal uniemożliwia nam planowanie. Pozwól swojemu... królowi zająć się dworem. Ufasz mi?

– Bezgranicznie – zapewnił go Irial, po czym ruszył do kuchni.

Po jego wyjściu Niall przemówił bez wahania:

– Ani i Królik muszą trzymać się razem, ale Seth nie może z nimi zostać. Zabiorę Setha do Krainy Czarów, jeśli tego zechce. – Niall spojrzał na chłopaka z łagodnością, jakiej nikt nie spodziewał się po Królu Mroku. – Nie będę naciskał na twój powrót do Sorchy, ale jeśli Devlin ma rację…

– Spoko. Bardziej przydam się tam, ale… – Seth spojrzał znacząco na każdego z zebranych. – Gdy tylko Sorcha poczuje się lepiej, wrócę tutaj. Jeśli szykuje się walka z Bananach, chcę w niej uczestniczyć.

Devlin zabrał głos:

– Nie jestem pewien, Niallu, czy powinieneś zostawić swój dwór. W Krainie Czarów źle się dzieje. Dawniej postrzegali mnie jako oddanego sługę… Jeśli stan Sorchy się pogarsza, muszę wracać.

Król Mroku spojrzał na Setha, który skinął głową.

– Więc Ani i Królik udadzą się do domu z Irialem i ze mną. – Niall powiódł wzrokiem w kierunku przejścia do kuchni. – A Devlin odstawi Setha do Krainy Czarów.

Ani milczała dłużej, niż Devlin się spodziewał. Przyglądał się, jak reaguje, gdy wszyscy wokół decydowali o jej życiu. Wiedział, że ich plan jej nie zadowoli, ale nie zamierzał zabierać głosu za nią. To nie było jego zadanie.

Dziewczyna spojrzała na każdego po kolei.

– A co potem? Będziemy czekać? Mam spędzić resztę życia w odosobnieniu pod strażą?

Irial wrócił do salonu.

– Nasze towarzystwo jest takie straszne, szczeniaku? Niall nie zawsze chodzi naburmuszony.

Podeszła do Iriala.

– Wiesz, że ogary nie znoszą klatek – mruknęła. Potem odwróciła się do Gabriela. – Mógłbyś żyć pod kluczem?

Gabriel warknął.

– To co innego.

– Nieprawda – przemówił w końcu Królik.

Ani posłała bratu uśmiech wyrażający wdzięczność.

– Możesz zaczekać na mnie, gdy udam się do Krainy Czarów. Niebawem wrócę i ruszymy w drogę… Albo chodź ze mną – zaproponował Devlin, na co Ani spojrzała najpierw na ojca, a potem na niego. – Chodź ze mną – powtórzył Devlin.

Nic nie powiedziała. Tuż po śmierci Tish musiała zmierzyć się z konsekwencjami zachowania Sorchy. Devlin nie mógł tego znieść. Właściwie z trudem myślał o wszystkim, co straciła przez jego siostry.

Irial przerwał pełną napięcia ciszę.

– Jesteś dzieckiem Mrocznego Dworu, miłowanym przez byłego Króla Mroku i… – zerknął na Nialla, który skinął głową – …chronionym przez obecnego.

– I przeze mnie – dodał Devlin. Stanął przed nią. – Bez względu na to, jaką karę wymierzy Jej Wysokość i jak wielką złość będzie chciała na nas wyładować, tylko ja poniosę konsekwencje. Nie skrzywdzi cię, dopóki żyję.

Przez ułamek sekundy nikt się nie poruszył. Przysięga takiej wagi rzadko padała z ust wróżek, a na Wysokim Dworze nigdy nie słyszano podobnej. Oto Devlin ofiarował swoje życie za bezpieczeństwo Ani. Udowodnił w ten sposób, że ona jest dla niego najważniejsza.

– Nie. Zwalniam cię z... – zaczęła pospiesznie dziewczyna.

– Ależ tak – przerwał jej Devlin. Ujął jej dłoń. – Masz moje słowo, Ani. Ja przyjmę karę, którą tobie wymierzy. Nie proszę o nic w zamian. Nie jesteś ze mną związana, nie masz też wobec mnie długu wdzięczności. Zarówno moja królowa, jak i jej bliźniaczka nie skrzywdzą cię, póki żyję. Moje życie za twoje. To nasze rozwiązanie. Jeśli zażądają krwi, zaoferuję im własne ciało, nawet jeśli to będzie oznaczało dla mnie koniec.

Nagle Gabriel warknął:

– Z drogi. – W budynku zerwał się wiatr, a wycie ogarów poniosło się echem. Gabriel ruszył do przodu, żeby zablokować drzwi do salonu tatuażu. – Stańcie za mną.

Gdzieś w budynku posypało się szkło. Ogar przechylił głowę, nasłuchując.

– Jest tutaj. Z Ly Ergami.

– Tylne wejście? – Niall przejął dowodzenie. – Devlinie, zabierz Setha i Ani do Krainy Czarów, jak tylko zdołasz się przedrzeć.

Gabriel i Irial stali naprzeciwko drzwi; Devlin i Niall zwrócili się przodem do kuchni. Z kolei Ani, Seth i Królik zostali w środku, chronieni z obu stron.

Bananach wtargnęła do salonu w tumanie zakrwawionych piór.

– Jaką śliczną przysięgę złożyłeś szczeniakowi, bracie... ale nie widzę powodu, dla którego miałabym zaatakować tylko jedno z was. Im więcej ciał, tym lepiej.

Rozdział 31

Bananach miała twarz pokrytą popiołem i indygo. Końcówki jej skrzydeł były zwęglone, a po rękach spływała świeża jeszcze krew.

– Twoje ogary dobrze walczą, Gabrielu.

Warknął, ale nie pobiegł do nich.

– Jeszcze z tobą nie skończyły.

– Czekam. – Bananach rozłożyła szeroko ręce.

Ani wyczuwała obecność ogarów. Nie była już śmiertelniczką. Pierwszy raz w życiu poczuła więź ze stadem. Te ogary, które tu jeszcze nie walczyły, przybędą, przebiją mury, sprowadzą śmierć do jej domu. „Lecz niewystarczająco prędko". Gabriel o tym wiedział.

Około dwudziestu Ly Ergów weszło do środka. Za nimi nadciągnęły inne wróżki, których Ani nie rozpoznała.

Devlin wysunął się naprzód.

– Nie rób tego.

Żaden z żołnierzy Bananach nie zaatakował, ale zablokowali wszystkie wyjścia. Czekali na sygnał kruczej wróżki. Jej armia nie była wystarczająco silna, by pokonać wojowników w budynku, ale mogła zadać im liczne rany.

W milczeniu Ani wysunęła *sgian dubh* i podała go bratu. Obok niej Seth trzymał krótki miecz i kilka noży. Sama uzbroiła się w święte żelazo. Nie zapomniała o ostrzu przypiętym do paska na kostce.

Gdy Bananach ruszyła w głąb domu, Irial zmienił pozycję, żeby cały czas mieć Ani za plecami. Niall w ten sam sposób chronił Setha. Gabriel stanął między Devlinem a Niallem i Irialem.

Tymczasem Devlin zrobił kolejny krok w stronę Wojny.

– Porozmawiaj ze mną. Chyba możesz to zrobić?

Uniosła nóż wykonany z kości i rozcięła jego ramię z obojętną miną. Zdołała przeciąć nie tylko skórę, lecz także mięśnie.

– Królowa Rozumu wymyśliła sobie, że chce cię stworzyć, ale bez mojego pulsu... beze mnie nie mogłeś zaistnieć. – Złapał ją za nadgarstek zdrową ręką. Bananach wsunęła palce w jego ranę. – Postanowiłam odzyskać moją krew. Chcę ją z powrotem.

– Jeśli dasz słowo, że nie tkniesz Ani, oddam ci ją dobrowolnie. – Devlin nie ruszał się, gdy ona rozrywała jego skórę. – Siostro, proszę, oszczędź Ani.

– Przestań! – zaskrzeczała Bananach. Nadal grzebała w jego krwawiącym ramieniu. – Robię, co muszę. Seth nie powinien żyć. Ogar nie wykonał moich poleceń, ale istnieją inne możliwości. Zawsze istnieją możliwości, bracie. – Spojrzała na Ani. – Podejdź do mnie, mały ogarze, a ich oszczędzę. Dam ci dwa życia. Wybór należy do ciebie. – Bananach rozpostarła skrzydła, a cienie w pokoju zachybotały. – Ocalisz swojego króla? Swojego kochanka? Ojca? Dwa życia, jeśli ofiarujesz mi swoje.

Ani stanęła między Irialem a Gabrielem. Wszyscy widzieli jej ostrze, ale nikt – łącznie z Bananach – nie sądził, że uzbrojony ogar może stanowić zagrożenie dla Wojny.

– Oszczędź im życie – rzekła Ani. – Dam ci moje…

– Możesz zabić mnie – wtrącił Devlin. Ponownie stanął przed Bananach. – Zyskasz moją lojalność, jeśli się wycofasz.

– Ty. Zdradziłeś mnie. Zabrałeś ją i ukryłeś. Czemu? – Bananach sprawiała wrażenie zdruzgotanej. – Byłeś mój. Nasze dziecko…

Nagle zamachnęła się dwoma nożami z kości, które ściskała w obu rękach. Irial odepchnął Ani, a Bananach wbiła ostrza głęboko w jego brzuch. Zamiast upaść, wróż utrzymał pozycję między Ani a kruczą wróżką, osłaniając dziewczynę.

– Iri! – wrzasnęła Ani.

Chciała podejść do niego, rzucić się na kruczą wróżkę, ale wtedy poświęcenie Iriala poszłoby na marne. Przyjął wymierzony w nią cios, poświęcił się dla niej. Dlatego bez względu na to, jak bardzo pragnęła zemsty, nie mogła się bezmyślnie narażać.

„Przynajmniej nie w tej chwili".

Devlin chwycił Bananach i odciągnął ją od Iriala oraz Ani. Nie opierała się. Wypuściła z rąk białe trzonki noży, które szybko pokryły się krwią Iriala.

Dopiero wtedy Irial osłabł. Niall złapał go i położył na podłodze obok Ani. Typowa dla Iriala gracja zniknęła; poruszał się niemal tak niezdarnie jak śmiertelnik, gdy próbował nie dopuścić, by ostrza wbiły się głębiej.

Strażnicy otchłani, którzy unosili się wokół byłego i obecnego Króla Mroku, nagle rozstąpili się niczym wojownicy. Ani nigdy nie widziała tylu cienistych postaci. Wydawali się wypełniać cały pokój. Ciemne płomienie uformowały nieprzepuszczalną ścianę wokół Królów Mroku i Ani.

Wojna uśmiechnęła się do nich z drugiej strony czarnego muru. Za nią Devlin, Seth i Gabriel walczyli z Ly Ergami.

W mrocznej fortecy Niall ukląkł obok Iriala i odsunął podartą koszulę, która zasłaniała rany.

– Iri… – Wyglądał, jakby cierpiał równie mocno co Irial.

– Sza!

Irial wyciągnął jedno z ostrzy. Krew trysnęła z rany, a wróż stęknął cicho z bólu.

– Zaczekaj na… – zaczął Niall, ale Irial pociągnął za drugi trzonek z kości. W dłoni została mu sama rękojeść.

– Trucizna rozpuściła ostrze. – Irial odwrócił głowę i uśmiechnął się do Ani. – To nie twoja wina, szczeniaku.

– Iri… – Opadała na podłogę. – Musimy… ty nie możesz…

– Potrzebujesz teraz Devlina. Idź z nim. – Wzrok Iriala powędrował ku Niallowi. – Ufaj sobie. Ja… – Fala bólu odjęła mu mowę.

Niall zdjął koszulę i przycisnął ją do krwawiących rozcięć.

– Nic ci nie będzie. Tylko…

– Nie. Posłuchaj.

Irial chwycił Nialla za nadgarstek. Najwyraźniej zapomnieli, że nie byli sami, że w pobliżu czaiła się Wojna, a za barierą z cieni trwała bitwa.

– Żałuję, że byłem królem, gdy cię poznałem – wyszeptał Irial.

– Iri…

– Zabierz ich stąd. Zapewnij im bezpieczeństwo. Nie tutaj. – Irial puścił Nialla i osunął się na ziemię. – Ty też. Zmiataj stąd. Już.

Ani bała się nazwać uczucia, które przemknęły po twarzy Nialla. Nie tylko Irial żałował, że sprawy nie potoczyły się inaczej. „I ma nadzieję, że los się odmieni".

Król Mroku wstał. Cienie w pokoju zachybotały, gdy Niall pokonał barierę.

Ani zaczęła się podnosić, ale Irial ujął jej dłoń.

– Jeszcze nie teraz.

W tym momencie Niall był w każdym calu Królem Koszmarów. Wściekłość, która wzięła górę nad innymi emocjami, wypływała z niego niczym czarna smoła. Ani pomyślała, że się nią udusi. Czuła żal, furię, pragnienie zemsty. Oto był prawdziwy Król Mroku.

– Dwukrotnie zaatakowałaś to, co moje. – Niall wypluwał każde słowo, zmierzając ku Bananach. – Tish została oddana mi pod opiekę. Irial jest mój.

– Był – poprawiła go krucza wróżka. – Nie przeżyje dwóch tygodni. I dobrze o tym wie.

Ryk zatrząsł budynkiem, gdy Niall dał upust wściekłości i żalowi. Uderzył Bananach i wbił w nią kolce uformowane z ciemności.

– Nie wolno ci krzywdzić tego, co moje. – Bananach ani drgnęła. Nic nie powiedziała. Tymczasem Niall nie odrywał od niej oczu. – Odejdź stąd. Zostaw Ani w spokoju. Skazuję cię na wygnanie.

Bananach przechyliła głowę w nieludzki sposób, ale jej słowa były spokojne.

– Wojny nie można wygnać. Wiesz o tym, Gancanaghu. Nie wygrasz. Stracisz bliskich, jednego po drugim. Ja będę rosnąć w siłę, obserwując twój upadek.

Niall wpatrywał się w Bananach.

– Ślubowałaś mi lojalność. Mógłbym cię zabić za…

– Nie, nie mógłbyś – wykrakała Bananach. – Zdrajca ci o tym powiedział. Sorcha zginie, a potem wy wszyscy. Zabij mnie, a i tak wygram. Czy mały ogar jest tego warty? Czy twoja złość z powodu Iriala jest wystarczającym powodem?

Nagle w głowie Ani rozległ się głos Gabriela: „Uciekaj do Krainy Czarów".

Ani uniosła wzrok i ujrzała ojca w wejściu do kuchni. Królik i Seth walczyli u jego boku. Torowali jej drogę ucieczki.

„Ani – warknął Gabriel. – Zabierz ich stąd".

I wtedy to poczuła: sfora przybyła. Ogary wypełniały zbyt ciasny budynek.

„W tej chwili" – dodał Gabriel.

Seth, Devlin i Królik nie posuwali się zbyt szybko, ale odpierali natarcie Ly Ergów i trzymali ich z dala od niej i Iriala.

– Szczeniaku, proszę – z naciskiem powiedział Iral. – Sfora nie stanie do walki, póki będziecie tu z Królikiem.

– Chodź z... – zaczęła.

– Nie. – Iral usiadł z pomocą kilku strażników otchłani. – Zostanę z Niallem... Poza tym i tak nie dałbym rady biec.

Gabriel i Niall walczyli z Bananach. Na korytarzu Ly Ergi i wróżki, których Ani nie znała, biły się z ogarami. Jeden z nich popchnął półkę na grupkę Ly Ergów. Czerwonoręcy wróże mnożyli się jak robactwo. Towarzyszyło im kilka ostowych wróżek. Któryś z ogarów pogrzebaczem przybił do podłogi nogę jednej z nich.

Ani ruszyła do kuchni, gdzie Devlin rzucał nożami kuchennymi. Trafiał bezbłędnie, chociaż mógł posługiwać się tylko jedną ręką, bo z drugiej ciągle płynęła krew. Jego oczy zdradzały, że wolałby zostać i walczyć.

Ale jeśli nie sprowadzą Setha przed oblicze Sorchy, Kraina Czarów przestanie istnieć. Jeśli zostaną, ktoś na pewno zginie. Tej walki nie mogli wygrać.

Mimo wszystko wielkiego wysiłku wymagało od Ani wypowiedzenie jednego słowa:

– Chodźmy.

Rozdział 32

Przedzierali się przez pole bitwy. Królik szedł za plecami siostry. Seth zabezpieczał tyły, a Ani i Devlin torowali przejście. Pomimo rany na ręce Devlin walczył zażarcie. Działał z chirurgiczną precyzją. Przez cały czas pomagały mu ogary.

Gdy tylko mała grupka wydostała się z salonu tatuażu, Ani dołączyła do Setha. Oboje bez słowa zlustrowali ulicę – każdy swoją połowę. Seth nie spoglądał w jej stronę. Właściwie ani na moment nie oderwał oczu od swojej części.

„Jak na wróża samotnika jest całkiem niezły".

Gdy oddalali się od pola bitwy, nie tylko Ani rzucała nerwowe spojrzenia w kierunku Devlina. Podobnie zachowywał się Seth. „Ale dlaczego?" Jego troska o Królika była zrozumiała: przyjaźnili się. Ale czemu Devlinowi poświęcał równie dużo uwagi?

– Pozwól sobie pomóc – przemówił Seth cicho. – Devlinie?

– Nie. – Wróż nawet nie spojrzał na Setha. – Milcz.

Ani uznała, że o czymś jej nie powiedzieli.

Mijali wielu śmiertelników, więc Ani była wdzięczna, że poza Królikiem, który szedł pośrodku i przyciągał najmniej uwagi, wszyscy potrafili ukryć zakrwawione i posiniaczone ciała pod ludzkimi powłokami.

Nieliczne wróżki obserwowały ich w osłupieniu albo czmychały w popłochu. Widok zakrwawionych członków Mrocznego Dworu nie należał do rzadkości, ale nie codziennie można było spotkać ukochanego Królowej Lata w podobnym stanie. Co więcej, zabójca Wysokiego Dworu nie miał w zwyczaju prowadzać się z ogarami. Gdyby nie ogarniały jej niepokój i strach, uznałaby reakcje pierzchających wróżek za zabawne.

W milczeniu podążała za Devlinem i czekała na wieści od ojca. Nawet z tej odległości czuła więź ze sforą. Nie mówiła do Gabriela, ale nasłuchiwała. Wiedziała, że ostrzegłby ją, gdyby choć jeden z żołnierzy Bananach zdołał uciec ogarom.

Devlin i Seth zatrzymali się na cmentarzu Huntsdale; Ani bawiła się tutaj na niejednej imprezie. Seth kolejny raz spojrzał zaniepokojony na ramię Devlina. Chociaż krew płynęła teraz trochę wolniej, nie można było jej zatamować.

– Pozwól sobie pomóc – powtórzył Seth. – Potrzebujesz krwi.

– Nie tutaj. – Twarz Devlina pokrywała cienka warstwa potu. – Mogę zaczekać.

– Poz…

– Nie – warknął Devlin. Jego oczy zasnuł cień. – Nie składaj mi propozycji po raz trzeci. Nie zmanipulujesz mnie w ten sposób.

Ani podeszła do Devlina, chociaż wcale nie z zamiarem rozdzielenia ich. Po prostu chciała być bliżej niego.

– Może mnie wtajemniczysz?

– Tego właśnie chce uniknąć – mruknął Seth. – Mój brat stracił za dużo krwi, ale jest niewiarygodnie głupi.

– Twój kto? Co takiego? – Ani przeniosła wzrok z Setha na Devlina. – Coraz mniej rozumiem, chłopaki.

Devlin z trudem przełknął ślinę.

– Możemy odłożyć to na później?

– Jeśli się wykrwawisz, jaki będziemy mieli z ciebie pożytek? – zapytał łagodnie Seth. Przez cały czas uważnie obserwował otoczenie.

– Jak tylko dotrzemy do Krainy Czarów, bracie – powiedział Devlin.

Królik i Ani wymienili spojrzenia. Królik wzruszył ramionami, po czym zapytał:

– Więc to tu? Brama do Krainy Czarów?

– Jedna z nich.

Devlin wyciągnął przed siebie krwawiącą rękę, jakby chciał złapać coś, czego Ani nie widziała. Jego krew zaskwierczała jak pod wpływem wysokiej temperatury. Wróż na moment zamknął oczy. Chociaż nie wyglądał na cierpiącego, stracił kontrolę nad emocjami. Ani omal się nie potknęła, gdy zalała ją fala bólu i strachu.

Naprzeciwko nich zmaterializowała się zasłona. „Brama". Dawniej sądziła, że zdoła ujrzeć przejście do Krainy Czarów, jeśli znajdzie się wystarczająco blisko.

– Dev?

Zerknął na nią, a potem upadł na zasłonę, która rozciągała się od ziemi do nieba niczym snop światła księżyca. Na srebrzystej powierzchni pojawiły się zmarszczki. Szybko jednak znieruchomiała. Sprawiała wrażenie tak ciężkiej jak gruba kotara.

Ani skoczyła za Devlinem. Przekroczyła próg Krainy Czarów bez strachu i wahania. Seth i Królik poszli w jej ślady. Potem zasłona migotała jeszcze przez moment, po czym zniknęła, jakby nigdy jej tam nie było.

– Seth? – Ani spojrzała na niego. – Nigdy tu nie byłam i… Pomocy.

– Daj mi chwilę.

Seth się trząsł. Wyglądał na równie osłabionego co Devlin. Na jej oczach dokonała się przemiana. „Stał się śmiertelnikiem". Nagle Ani zrozumiała, że klęczy na ziemi w Krainie Czarów i nie towarzyszy jej nikt na tyle silny, by wesprzeć ją w walce. Królik siłą dorównywał raczej śmiertelnikom niż wróżom i chociaż potrafił walczyć, nie był w tym najlepszy. Devlin zapadł w śpiączkę, a Seth zamienił się w człowieka.

– Zapowiada się cudownie – mruknęła Ani.

– Będzie jeszcze gorzej, jeśli nie obudzimy tego tępaka. – Seth usiadł obok Ani. Nadal drżał i pocił się, ale przestał wyglądać tak, jakby targały nim mdłości. – Ufasz mi?

„Dobre pytanie". Nie ślubował wierności Mrocznemu Dworowi, ale zdobył zaufanie Królika. I Króla Mroku. „Nie należy do sfory". Ale zaskarbił sobie sympatię Leslie, ukochanej obu Królów Mroku i przyjaciółki Ani oraz Tish. „Nie jest jednym z nas, ale walczył ramię w ramię z ogarami. Chce zabić Banach". Devlin na nim polegał.

– Chwilowo – odparła.

– Dobre i to. Prawdopodobnie zostało nam kilka minut do jej przyjścia. – Sięgnął po jej *sgian dubh*. – Mogę go wziąć?

– Pożyczyć.

Popchnął językiem kółko w wardze.

– Uczciwe. Pożyczyć. – Podała mu ostrze rękojeścią do przodu. – On potrzebuje krwi, Ani. Tego nie chciał ci wyznać.

– Krwi?

Widziała, jak Ly Ergi wchłaniają życiodajny płyn przez dłonie i jak jej własna rodzina zamienia go w atrament, którym później ozdabiano skórę. Gabriel zawsze nosił na przedramieniu tatuaże wykonane z krwi swojego władcy: zmieniające się ogamy.

„Krew jest pożywką magii". Te słowa niósł wiatr. „Krew wiąże i obiecuje".

– Tylko ty możesz mu pomóc – potwierdził Seth. – Do tej pory żył dzięki tym, które go stworzyły.

Ani obserwowała otoczenie, żeby upewnić się, że nikt nie zaatakuje ich niepostrzeżenie, a jej brat jest bezpieczny. Mimo to uważnie słuchała słów Setha.

– Widzę przyszłość, Ani. – Seth na nią spojrzał. – Widzę fragmenty, które… powinny pozostać tajemnicą.

Ani znieruchomiała. W oczach Setha kryła się sekretna wiedza. Wiedział o sprawach, o których nie powinien.

– Twoja krew jest niezwykła. – Seth zerknął na nieruchomego Devlina, a potem dodał: – Właśnie o nią toczy się walka. To ją bada Irial... Może być pożywieniem dla Devlina.

– Jeśli ja... Co się stanie, gdy go nakarmię?

– Zwiążesz się z nim – wyjaśnił Seth. – To... twój wybór, ale jeśli go dokonasz, twoja krew was połączy.

Świat wokół nich się zmieniał. Martwy dotąd krajobraz zaczął zwiastować nadejście wiosny. Kwitnące drzewa rozsiewały tysiące zapachów. Pod ich stopami wyrastała jasnozielona trawa. Świat budził się ze snu.

„Kraina Czarów przetrwa teraz, gdy Seth wrócił do Sorchy".

Ale Seth nie zwracał na to uwagi.

– To najstarsza magia. Jeśli się zdecydujesz, zmienisz przyszłość.

– Na lepsze? – zapytała.

– Widzę możliwości, a nie odpowiedzi. – Seth pociągnął kolczyk w wardze. – Jestem nowy w tym świecie, Ani. Nadal bardziej zgaduję, niż wiem, i nie tracę nadziei.

Czytała między wierszami. Rozumiała rzeczy, których jej nie przekazał.

– A więc sądzisz, że na lepsze.

– Dla ludzi, na których mi zależy? Tak – przyznał.

Zerknęła na swojego brata, który w milczeniu podziwiał osobliwe widoki.

– Masz na myśli także Devlina? I Królika?

– Tak. I innych, którzy nie mają dla ciebie znaczenia. – Seth posłał jej bardzo poważne spojrzenie. – Ale nie dla Bananach.

– W porządku.

Ani chwyciła *sgian dubh* i rozcięła skórę na przedramieniu. Uklękła obok Devlina i przycisnęła krwawiącą ranę do jego poharatanej ręki.

Seth wymówił słowa, które powtórzyła:

– Krew z krwią. Kość z kością. Oddech z oddechem. Mój głód zaspokoisz ty, a twój zaspokoję ja.

Gdy jej krew sączyła się w ranę Devlina, świat przybierał wszystkie odcienie szarości. Wilki, o których tak często śniła, położyły się obok niej na trawie. Ich oczy nie świeciły na zielono, lecz na czerwono. Tu, w Krainie Czarów, wyglądały inaczej.

Tuż obok niej wyrosła leszczyna. Sięgnęła nieba i rozpostarła nad nimi konary, na których rozkwitły pąki kwiatów. Otoczył ich zagajnik niższych drzew.

– A ja jestem twój – powiedział Devlin.

Spojrzała na niego. Uniósł powieki. Jego oczy wyglądały dokładnie tak samo jak oczy wilków.

– Krew z krwią. Kość z kością. Oddech z oddechem. Mój głód zaspokoisz ty, a twój zaspokoję ja.

Pocałował ją. Pochłonął jej energię, a w zamian ofiarował swoją. I ona nie osłabiła jego ani on jej.

Warczenie wilków zwróciło uwagę Ani. Senne stworzenia istniały naprawdę i powarkiwały na srebrzystooką wróżkę, która zmierzała w ich stronę.

„Sorcha".

Jej suknia pochodziła z innej epoki: wszystko w tej postaci przypominało o dawnych czasach, gdy przywiązywano większą wagę do formalności. Miała gorset i wymyślne uczesanie. Towarzyszyły jej zawoalowane damy dworu. „To jej się bałam?" W niczym nie przypominała szalonej kruczej wróżki.

Seth stanął między nimi a Jej Wysokością.

– Matko…

Na moment to słowo odjęło jej mowę. Potem Sorcha wyciągnęła rękę. Seth uniósł brew, zanim ujął jej dłoń i przyciągnął ją do siebie.

– Tęskniłem za tobą.

Ściągnęła usta, jakby chciała go zbesztać.

– Secie, nie tak wita się królową.

Roześmiał się i pocałował ją w policzek.

– Nie ma nic złego w objęciu syna – mruknął niskim głosem.

Jej Wysokość skinęła głową, mierząc go przy tym wzrokiem niczym nadopiekuńczy rodzic poszukujący zadrapań i siniaków.

– Kto cię skrzywdził? Nie widziałam cię przez ostatnie kilka godzin.

– Nic mi nie jest.

– To była Bananach, prawda? Czy… – Odwróciła się do Devlina. – Ty go skrzywdziłeś?

– Nie. – Seth stanął między nimi i ponownie skupił na sobie uwagę królowej. – Mój brat i ja walczyliśmy z nią razem.

Sorcha otworzyła i zamknęła usta, gdy kilkakrotnie przeniosła wzrok z Devlina na Setha. Potem, patrząc Devlinowi prosto w oczy, powiedziała:

– Mam tylko jednego syna.

Devlin usiadł.

– Wiem o tym, siostro.

Wstał ostrożnie, ściskając rękę Ani. Jej Wysokość dostrzegła zmiany w krajobrazie. Nie była zadowolona z widoku zagajnika.

– Nie pojawiły się tutaj z mojej woli. Dlaczego nie znikają?

Nikt się nie odezwał. Ani nie znała odpowiedzi, najwyraźniej tak samo jak pozostali.

Jej Wysokość podeszła do Królika.

– Ty, mieszańcu… – Wilki warknęły. Obserwowały uważnie Królika opierającego się o jedno z drzew. – Jesteś tu mile widziany – kontynuowała królowa. – Możesz zostać, żeby wyleczyć rany. Przygotowano dla ciebie chatę w części przeznaczonej dla artystów. Znajdziesz w niej wszystko, czego potrzebujesz. Czuj się w Krainie Czarów jak w domu.

Królik się ukłonił.

– Ale ty… – Sorcha spiorunowała Ani wzrokiem. – Ty powinnaś być martwa, a najwyraźniej nie jesteś. Dlaczego?

– Siostro, moja królowo… – zaczął Devlin.

Ani mu przerwała.

– Bo Devlin nie jest takim łajdakiem, jakim chciałabyś go widzieć?

Poczuła wibracje spowodowane warczeniem wilków. Ich ślepia świeciły czerwienią, która wyzierała także z oczu Devlina i prawdopodobnie także jej.

Sorcha patrzyła tylko na Devlina.

– Zabijesz ją? Napraw, co zepsułeś.

– Nie. – Devlin ścisnął mocniej dłoń Ani, która nie wiedziała, czy chciał w ten sposób zapewnić ją o swoich uczuciach, czy unieruchomić. – Żadne istnienie nie jest dla mnie ważniejsze od jej.

– Żadne? – powtórzyła Sorcha. – Poświęcisz moje życie dla niej?

– Wolałbym, żebyście obie cieszyły się dobrym zdrowiem – odparł.

Sorcha otworzyła usta, żeby przemówić, ale Seth dotknął jej ramienia. Jej Wysokość spojrzała na niego i zamilkła.

– Zostanę w Krainie Czarów z Ani, siostro. – Devlin zaczął klękać, ale Ani nie puściła jego ręki, więc się wyprostował i spojrzał na Sorchę.

Jej Wysokość potrząsnęła głową.

– A kto będzie cię karmił? Myślisz, że możesz mnie porzucić i nadal jadać przy moim stole?

Spojrzenie, które Seth posłał Ani, było tak intensywne, jakby próbował przekazać jej jakąś wiadomość. „Co powiedział wcześniej?" Ani przypomniała sobie jego słowa.

– Ja to zrobię – wypaliła. – Dam mu wszystko, czego potrzebuje… albo zdobędę to w inny sposób.

Na twarzy Jej Wysokości pojawił się grymas niezadowolenia, ale Seth uśmiechnął się z aprobatą.

– Niech się tak zatem stanie – wyszeptała Sorcha, zanim się odwróciła.

A potem odeszła z Sethem.

Rozdział 33

Devlin patrzył, jak jego siostra – jego królowa – odchodzi. Musiał zadać jej tyle pytań, potrzebował tylu odpowiedzi. Jednak najpierw musiał zrozumieć, co zrobiła Ani. Nie tylko podzieliła się z nim swoją krwią, ale także przysięgła go karmić. Stanęła u jego boku, by wyrazić sprzeciw wobec Jej Wysokości. Dawniej nawet nie śnił, że połączy ich tak wiele.

„Może tak miało być".

Ogar – jego partnerka na wieczny czas – trzymał go za rękę. Dookoła czekały ich zwierzęta.

– To my stworzyliśmy te drzewa. – Ani spojrzała na niego, jakby szukała potwierdzenia tych słów. – Razem.

– I wilki – dodał. – Są prawdziwe.

– Tak jakby. – Spojrzała na drapieżniki i powiedziała: – Chodźcie.

Stworzenia zaczęły zanurzać się w jej ciele. Jeden po drugim znikały pod jej skórą w chaotycznej plątaninie pysków, ogonów, krwi, kości, futer i mięśni. A ona przyjmowała je wszystkie.

– Uczucie jest inne niż we śnie – oświadczyła, gdy połączyło się z nią ostatnie zwierzę.

– Podobnie jak widok.

Devlin widział czerwonookie wilki kłębiące się w jej ciele.

– Och – szepnęła Ani. Z podziwem spojrzała na swoje ręce. – Są tutaj.

Królik odepchnął się od drzewa i podszedł do siostry.

– Tylko spójrz na siebie. Taki tatuaż bez mojej pomocy.

Ani sięgnęła w jego stronę.

– Zostawiły miejsce także na twoje dzieła, Króliku. Gdy będziesz gotowy…

– Może kiedyś. – Królik odgarnął włosy z jej twarzy i posłał jej spojrzenie wyrażające podziw. Potem zerknął na Devlina. – Sorcha twierdzi, że jestem tu mile widziany… a salon… – zamilkł. – Salonu już nie ma. Nasz dom…

Devlin gestem zaprosił Królika do przechadzki.

– Spotkasz tutaj innych artystów. Jest ich naprawdę wielu. Mieszańce i śmiertelnicy.

– Tam nic mi nie zostało. – Królik nadal był zaniepokojony, ale nie tak bardzo jak wówczas, gdy Devlin spotkał go w salonie tatuażu.

– Zostań tutaj – nalegała Ani – przynajmniej do czasu, gdy wymyślimy, co dalej. Proszę, Króliku.

Jej brat skinął głową. Bez dalszej dyskusji Devlin zaprowadził go więc do chatek artystów.

Gdy odprowadzili Królika do lśniącego czystością domku pełnego przyborów niezbędnych do tworzenia tatuaży, Devlin zabrał Ani do swojego lokum.

Jego komnaty mieściły się w pałacu królowej. Gdy tam dotarli, zastali Rae w salonie, z którego dotąd nikt nie korzystał. Na ich widok cień uśmiechu przemknął po jej ustach. Najwyraźniej nie musiała ukrywać się dłużej w jaskini. Była ubrana zgodnie z dworskimi zwyczajami.

– Obudziła się – poinformował ją.

Rae się uśmiechnęła.

– I Kraina Czarów znów rozkwita. To takie proste, prawda? Sprowadzasz syna Sorchy do domu, a świat budzi się do życia.

– Istotnie. – Devlin żałował, że nie może jej przytulić. Miał natomiast sposobność wyrazić uczucia słowami. – Ocaliłaś Krainę Czarów. Bez ciebie o niczym bym nie wiedział.

– Beze mnie nie zatraciłaby się we śnie – sprostowała Rae. – Nie zapominaj, jak zdobyła lustro ukazujące Setha.

– Co możesz robić ze snami? – Ani przemawiała łagodnie, ale w jej głosie pobrzmiewał strach.

– Nigdy cię nie zwodziłam, Ani. – Rae trwała nieruchomo niczym ofiara drapieżnika, ze splecionymi rękami. – Po prostu połączyłam wasze sny.

– Dlaczego?

Rae wzruszyła ramionami.

– Potrzebowaliście siebie nawzajem.

I w tej chwili Devlin zrozumiał coś, czego nie chciał przyznać.

– Wiedziałaś.

Rae miała wrażenie, że świat stanął w miejscu.

– O czym?

Devlin – centrum jej wszechświata – podszedł do niej.

– Przez te wszystkie lata wiedziałaś, że Ani jest mi pisana. Zdawałaś sobie z tego sprawę, gdy poprosiłaś, bym oszczędził jej życie?

– Och, Devlinie, nie zadawaj zbyt wielu pytań. – Uniosła rękę, jakby zamierzała dotknąć jego ramienia. – Wiem o sprawach, które powinny były pozostać dla mnie tajemnicą... a może wręcz przeciwnie. Kto potrafi przewidzieć, co szykuje nam los?

– Los? – Ściągnął brwi, próbując połączyć wskazówki, które mu dała. – Co jeszcze wiesz?

– Nie mogę powiedzieć – wyszeptała Rae. – Choć bardzo bym chciała.

Ani siedziała na krześle z wysokim oparciem, z jedną nogą wsuniętą pod siebie. Wilki na jej skórze poruszały się nieustannie, ale Rae nie wiedziała, czy zachowywały się tak z powodu niepokoju Ani, czy konsternacji Devlina. Drapieżniki tworzyły teraz nową sforę, która należała do Krainy Czarów, i reagowały na emocje zarówno swojej pani, jak i jej partnera.

„Czy to stado obroni także mnie?"

Rae czekała, gdy Devlin próbował poskładać elementy układanki. Gdyby mogła, wyznałaby mu, że on i Ani mieli pojawić się w Krainie Czarów. Powiedziałaby mu także, że porządek w tym świecie zależał od tego, czy on zrozumie, jak wiele jest w stanie zdziałać. Zrobiłaby to wiele lat temu, gdyby tylko nie ograniczały jej zakazy Eolas.

– Proszę, Devlinie – rzekła. – Pomyśl o tym, co wiesz, ale nie zadawaj mi pytań, na które nie wolno mi odpowiadać.

Zamilkli, gdy rozległo się pukanie do drzwi odległej komnaty.

– Zostańcie tutaj. – Devlin się oddalił.

Po jego wyjściu Ani spojrzała na Rae.

– Bardzo go kochasz.

Rae westchnęła.

– Twoja bezpośredniość nie zawsze jest czarująca, Ani.

Wyszczerzyła zęby w uśmiechu.

– Chyba już o tym wspominałaś.

Po powrocie Devlin wyglądał złowieszczo.

– Wezwała mnie do sali tronowej.

Devlin wszedł do głównego pomieszczenia pałacu Sorchy. Czuł się znieważony. Każdy, kto chciał, mógł przyjść popatrzeć, jak Sorcha wyprowadza go z równowagi. Wróż próbował zapanować nad uczuciami, jak czynił to całą wieczność, ale nie potrafił. Był jej doradcą, zabójcą, rodziną, a ona miała czelność wezwać go przed cały tłum gapiów.

Sorcha siedziała na tronie. Jej twarz nie wyrażała żadnych uczuć. Za nią stał Seth z ręką na oparciu tronu. On również doskonale ukrywał emocje. Dla odmiany Devlin nawet nie próbował maskować tego, co czuł: miotała nim wściekłość. Chociaż Sorcha omal nie doprowadziła do upadku Krainy Czarów, zachowywała się tak, jakby w ogóle nie martwił jej ten przejaw szaleństwa.

Devlin utorował sobie drogę w tłumie. Stanął przy podium, ale się nie pokłonił. Pierwszy raz w życiu nie padł na kolana przed Jej Wysokością.

Nikt na sali nie zabrał głosu. „Ale obserwują – a ona o tym wie". Przez całe życie mordował na rozkaz swojej królowej, ale potrafił siać grozę nie tylko za pomocą czynów. Jego milczenie często było równie przerażające.

– Ile przede mną ukryłeś? Jestem zmuszona zadać to pytanie, Devlinie. – Sorcha przemawiała spokojnie, ale w jej głosie pojawiło się coś nowego. Przed wszystkimi podwładnymi Wysokiego Dworu zwracała się do niego tak, jakby nic dla niej nie znaczył.

Nagle przekroczył granicę, której nigdy wcześniej nie naruszył: wszedł po schodach na podium i złapał siostrę za ramię.

– Nie będziemy tutaj tego omawiać.

– Przestań! – zażądała. Próbowała się wyrwać, ale on tylko wzmocnił uchwyt.

– Ta sytuacja jest krępująca dla nas obojga – wyszeptał.

Seth wyrwał do przodu, ale w Krainie Czarów był śmiertelnikiem, więc nie poruszał się wystarczająco szybko. Sorcha i Devlin znaleźli się daleko od podium. Devlin zerknął przez ramię i oświadczył:

– Jej Wysokości nic nie grozi.

To zapewnienie było przeznaczone dla Setha, ale reszta zgromadzonych słyszała je równie wyraźnie. Chłopak skinął głową.

Tymczasem Sorcha nadal stawiała opór. Bezskutecznie odepchnęła się od piersi Devlina.

– Puszczaj – syknęła.

– Siostro, odejdziesz ze mną i zachowasz godność albo omówimy wszystko przed nimi.

Sorcha ściągnęła usta, ale przestała się szamotać. Wtedy Devlin przeciągnął ją przez całą salę i otworzył drzwi do ogrodu.

Stanęła naprzeciwko niego. Chociaż w minionych tysiącleciach wielokrotnie spotykali się sami w tym prywatnym ogrodzie, nigdy z jej oczu nie wyzierał gniew tak jak teraz. Srebrne nitki pod jej skórą połyskiwały niczym księżyc próbujący przebić się przez chmury.

– Jak Seth został wróżem?

– Nie widzę, jaki…

– Jak?

– Znasz odpowiedź. Inaczej nie zachowywałbyś się w ten sposób. Ofiarowałam mu trochę swojej esencji. Nie spodziewałam się konsekwencji, ale nie żałuję. – Skrzyżowała ręce na piersi. – Pragnęłam własnego dziecka. Pragnęłam syna, a on potrzebował ma…

– Miałaś syna. Gdybyś nie była taka okrutna, przyznałabyś to… – Uciekł od niej wzrokiem.

– Nie. Ty jesteś moim bratem, zrodzonym z porządku i przemocy. A ja chciałam mieć kogoś, kto należałby tylko do mnie. – Była coraz bardziej poruszona. Nie kontrolowała emocji, jak przystało Jej Wysokości. Po wieczności balansowania na cienkiej linie w końcu straciła równowagę, i to na własne życzenie. Niezmienna Królowa się zmieniła. – To była mądra decyzja – dodała z naciskiem. – Potrzebowałam go. On potrzebował mnie.

– Możemy usiąść?

Drżącą ręką Devlin wskazał przestrzeń między nimi. Sorcha sprawiła, że pojawiły się dwa krzesła i stół. Usiedli i przyglądali się sobie. Chociaż upłynęło więcej stuleci niezmąconego spokoju, niż mogli zliczyć, Sorcha wszystko zmieniła. Devlin nie był pewien, co to oznacza dla Krainy Czarów i dla świata śmiertelników, ale dotychczasowe zachowanie królowej – jej żałoba, która omal nie doprowadziła do upadku Krainy Czarów – nie napawało optymizmem.

Ostrożnie dotknął jej ręki.

– Coś ty uczyniła, siostro?

– Uwolniłam się od niej. Teraz się od siebie różnimy. Przyjęłam od niego część ludzkiej natury i oddałam mu trochę siebie. Nie rozumiesz? Bananach nie jest już moim przeciwieństwem. – Sorcha się uśmiechnęła, a nad ich głowami księżyc zaświecił jaśniej. – Nie miałam takiego zamiaru, ale dzięki temu… och, dzięki temu zyskałam więcej, niż oczekiwałam. Mam moje własne dziecko, odczuwam emocje, których nie znałam, i towarzyszy mi spokój podczas spotkań z wróżką, która przestała być moją bliźniaczką. Mogłabym nawet zabić…

– Nie możesz. – Devlin chwycił dłonie siostry. – Zastanów się. Jeśli nie masz racji, jeśli nadal jesteście połączone… Zabijesz nas wszystkich?

– Jeśli skrzywdzi Setha, zrobię to. – Sorcha wyswobodziła się z jego uścisku. – Może nadszedł czas, bym ja także zaczęła swobodnie poruszać się między światami. Może trzeba wprowadzić pewne zmiany.

– Jesteś Niezmienną Królową. – Devlin panował nad głosem pomimo narastającej w nim paniki. – Nie możesz przebywać tam dłużej niż przez kilka chwil. Rzeczywistość…

– Dopasuje się do mnie. To prawda, ale czy to takie straszne? – Z jej oczu wyzierało szaleństwo. – Kraina Czarów ulega mojej woli i spójrz, jak dobrze funkcjonuje.

Nagle cały świat Devlina zaczął się rozpadać. To nim wstrząsnęło. Przymknął powieki i ujrzał splatające i rozplatające się nici losów, zmienione życia, stracone możliwości i niepokonaną śmierć. Jak długo przejście między światami pozostawało otwarte dla bliźniaczek, teraz, gdy siostry przestały być swoimi przeciwieństwami, tak długo zarówno Sorsze, jak całej Krainie Czarów groziło niebezpieczeństwo.

Upadł na kolana.

– Przepraszam, że cię zawiodłem.

– Chciałam, byś był moim synem – wyszeptała – ale nie mogłam traktować jej dziecka jak własnego. Nadal jesteś moim bratem. Rodziną.

– Wiem.

Nie podzielił się z nią swoimi obawami. Gdyby odkryła, że Bananach szukała sposobu, by pozbyć się Setha, i zleciła jego zabójstwo Ani, władczyni Krainy Czarów wpadłaby we wściekłość. A rozjuszona wszechpotężna królowa ścigająca Wojnę w świecie śmiertelników nie działałaby w najlepszym interesie żadnego z królestw.

Zerwanie więzi z Bananach oznaczało, że Sorcha poznała obce jej do tej pory uczucia. W ten sposób jedyna wróżka, która nie ulegała sentymentom, straciła równowagę emocjonalną. I dopóki nikt temu nie zaradzi, dopóty istniały mizerne szanse na ustabilizowanie sytuacji.

„Kto może stać się dla niej przeciwwagą?" Był jedynym wróżem w Krainie Czarów równie silnym co królowa, a nie znał odpowiedzi na to pytanie. Nie mógł czekać z założonymi rękami. Musiał zatem wrócić do świata śmiertelników.

Rozdział 34

Devlin stał w swojej komnacie z Ani i Rae. Po wyjaśnieniu im całej sytuacji, dodał:

– Nie zamierzam zostać tam długo, ale muszę porozmawiać z Niallem.

– Nie. – Ani wymierzyła w niego ostrze noża, który czyściła. – Zapomniałeś o walce, z której ledwie uszliśmy cało? Tam nie jest bezpiecznie i… nigdzie nie pójdziesz beze mnie, Devlinie. Nie zgadzam się.

– Bananach była tutaj, gdy królowa spała, Devlinie. Tutaj też nie jest bezpiecznie. – Rae siedziała sztywno na jednym w niewygodnych krzeseł, jakby miała ciało. Nie drżała, ale z jej oczu wyzierało przerażenie. – Wojna była potworna. Pozostawiła ciała… Ona wróci.

– Nie powinniśmy się rozdzielać – warknęła Ani. Nadal czyściła lśniące noże. Rae powiedziała, że w czasie jego nieobecności dziewczyna doprowadziła do porządku każdą broń, którą znalazła. Jej własna leżała na stole wraz z kilkoma jego ostrzami. Ten widok wywołał uśmiech na jego twarzy. Ale Ani miała nachmurzoną minę. Wściekle polerowała krótkie sztylety rozłożone na niskim stole przy kanapie. – Nie mogę uwierzyć, że chcesz mnie tutaj zostawić, skoro sam wybierasz się na spotkanie z Bananach.

– Ani… – zaczął.

– Czekałam tutaj, gdy rozmawiałeś z Sorchą, która, tak na marginesie, jest stuknięta. A teraz wybierasz się do świata śmiertelników, gdzie czeka jej jeszcze bardziej szalona siostra? – Byłam tam, Devlinie. Bananach mogła cię zabić. I wiesz co? Jesteśmy ze sobą połączeni zaledwie od pięciu minut, a ty już chcesz gnać na spotkanie śmierci beze mnie. Nic z tego.

– Ona ma rację – mruknęła Rae.

– Widzisz? – Ani wsunęła jeden *sgian dubh* do pochwy. – Gdzie podziała się twoja logika?

– A zabranie cię tam jest logiczne? – Devlin przemawiał spokojnie, chociaż targały nim silne emocje. Obraz Bananach nacierającej na Ani nadal pozostawał zbyt żywy w jego pamięci. – Jedna podróż załatwi sprawę.

– Nie. – Ani spiorunowała go wzrokiem. – Jeśli będziesz walczył, to ja też. Bez dyskusji.

– Nie musisz tam wracać. – Rae nie wstała z krzesła, na którym odpoczywała. Trwała niewzruszona z rękami splecionymi na kolanach. – Nie zawsze trzeba walczyć. – Zarówno Ani, jak i Devlin zaniemówili. Rae spojrzała na Ani. – Jesteś blisko związana z jednym z królów?

– Z Irialem, ale to nie taka więź jak... – Ani posłała spojrzenie Devlinowi – ...nasza.

Rae wstała powoli, wciąż udając, że ma ciało.

– Mogę odnaleźć Iriala za twoim pośrednictwem. Devlin zdoła wejść do twojego snu, bo was ze sobą połączyłam. Wpuść mnie, a potem wszyscy utniemy sobie drzemkę.

Ani marszczyła czoło, przenosząc wzrok z Rae na Devlina.

– Gdzie mam cię wpuścić?

Devlin znieruchomiał. Ani nie wiedziała, na czym polega opętanie.

– Rae jest istotą eteryczną. Poza snami może mieć ciało, tylko jeśli ktoś...

– Jak do tej pory tylko Devlin – wtrąciła Rae.

– Jeśli ja pozwolę jej poruszać moim ciałem – uściślił Devlin. – To nie jest niemiłe przeżycie.

– Nie jest niemiłe? – Rae wybuchła śmiechem. – Za każdym razem bawi się fantastycznie, Ani, ale nie lubi przyznawać, ile radości sprawia mu swoboda, z której korzysta bez ponoszenia odpowiedzialności.

Przez moment Ani patrzyła na nich oboje.

– Nieźle. A sądziłam, że na Wysokim Dworze wieje nudą. Kto by pomyślał?

Napięcie, które czuł Devlin, zniknęło w chwili, gdy uśmiechy pojawiły się na ustach Rae i Ani. Rae stała naprzeciwko Devlina, więc widział, jak jej źrenice rozszerzają się pod wpływem ekscytacji.

– W takim razie sprawdźmy, czy Mroczny Dwór odpoczywa.

Spojrzał na bezcielesną śmiertelniczkę, która czasem kierowała jego ciałem, a potem na ogara, z którym dzielił sny.

– Nie jestem pewien... czy to... Nim się obejrzysz, wrócę ze świata śmiertelników, Ani.

Dziewczyna pokręciła głową, a potem spojrzała na Rae.

– Może opętasz jedno z nas?

Rae się roześmiała.

– Chyba polubię twoje towarzystwo, Ani.

Dziewczyna odpowiedziała na to nikczemnym uśmiechem. I przez ulotną, pełną napięcia chwilę Devlin czuł ogromny strach. Tylko nie był pewien przed kim. Wskazał łóżko.

– Chodźmy śnić o Mrocznym Dworze.

Czuł się dziwnie w obecności Ani, gdy Rae zawładnęła jego ciałem. Przeszedł długą drogę od samotności, gdy musiał ukrywać je obie, aż do chwili, gdy mógł z nimi współistnieć. „I nie jestem pewien, co jest trudniejsze". Jednak nie potrafił wyobrazić sobie życia bez nich.

Podążali szlakiem, który wytyczyła więź pomiędzy Ani a Irialem. Nagle Devlin stanął z ręką wyciągniętą w kierunku kołatki na drzwiach domu byłego Króla Mroku. Ani była obok niego i gargulec zdołał ugryźć także ją.

W środku powitała ich biała pustka i Irial na jej tle.

– Ani, kochanie.

– Musimy porozmawiać z tobą i Niallem – wyjaśniła mu. – Możemy... połączyć wasze sny?

Devlin wolałby, żeby Irial nie robił takiej miny w obecności Ani, ale na szczęście nie patrzył na nią.

– Jest z wami ktoś, kogo nie znam – zauważył Irial, rozglądając się dookoła, jakby chciał ujrzeć Rae. – Na pewno nie wróżka.

– Tkaczka snów – przyznała Ani. – Naprawdę tu jesteśmy. Ogarniasz to?

– Jasne, szczeniaku. – Irial odszedł. – Całkiem niedawno kosztowałem emocji, więc bez trudu rozpoznaję smak zazdrości, którą twój... – Zerknął na Devlina. – ...partner próbuje ukryć.

Z białej przestrzeni wyłonił się częściowo znajomy widok: pokój z tapetami w lilie oraz świecami płonącymi w lichtarzach i kinkietach. Pomieszczenie przypominało Devlinowi dom byłego Króla Mroku z czasów, gdy Niall i Irial organizowali zdecydowanie bardziej nieprzyzwoite hulanki.

Ani usiadła obok Iriala.

– Jak się masz?

– Nie najgorzej – mruknął.

Uniósł koszulę. Skóra wokół ran była wściekle czerwona i znaczyły ją czarne siniaki. Wyglądało to tak, jakby niedawno został ranny. U tak silnego wróża jak Irial po podobnych obrażeniach nie powinno być już śladu.

– Dlaczego się nie goją? – zapytała. – Iri?

– Przestań. – Ujął jej dłoń i delikatnie oparł ją na swoim udzie. Potem były Król Mroku odchylił się, jakby nic mu nie dolegało. – Więc... czy wasza tkaczka może wskazać mi właściwy kierunek, żebym później mógł odwiedzać sny Nialla?

Niall wszedł do pokoju.

– Może najpierw powinieneś spytać mnie o zdanie?

– Aaaa, tutaj jesteś. – Irial powitał swojego króla z oczami pełnymi tańczących cieni. – Nie byłem pewien, czy zasnąłeś, Gancanaghu. Za bardzo przejmujesz się sprawami, na które nie masz wpływu.

Niall stanął na środku pokoju i spiorunował Iriala wzrokiem.

– Nie przyjmuję tej odpowiedzi.

Potem Niall podszedł bez słowa do tronu z obsydianu, który pojawił się w pokoju. Devlin zastanawiał się, kto tworzył senny krajobraz.

„Ja. Z różnych obrazów". Głos Rae zdradzał fascynację. Devlin usłyszał jej śmiech. „Jestem zachwycona, Dev. Nigdy tego nie potrafiłam. Zastanawiam się, czy..."

„Nie eksperymentuj, Rae" – upomniał ją.

Z większym wysiłkiem, niż by sobie tego życzył, Devlin podszedł do tronu Nialla. Coś się w nim buntowało. Nie był pewien, któremu dworowi sprzyjał. Nie czuł się dłużej doradcą Sorchy, ale nie zamierzał przysiąc wierności Mrocznemu Dworowi. Właściwie służył Krainie Czarów. Może zawsze tak było.

Z szacunku Devlin stanął przed Niallem, lecz nie pokłonił się ani nie wykonał żadnego innego gestu sugerującego uległość.

– Musisz sprowadzić Mroczny Dwór z powrotem do Krainy Czarów.

– Nie.

Devlin odepchnął emocje, tak jak to czynił przez niemal całe życie, po czym dodał:

– Sorsze brakuje przeciwwagi. Chce tu przybyć. Masz pojęcie, jakie to wywoła konsekwencje dla świata śmiertelników?

Niall – niedoszły przyjaciel Devlina i niedoszły ulubieniec Jej Wysokości, otoczony opieką kilku dworów – skamieniał.

– Mówisz mi, jak mam władać własnym dworem, Devlinie?

Irial się spiął. Nie poruszył się, nie zareagował w żaden widoczny sposób, ale Devlin dostrzegł zmianę. Wiedział, co czuje Irial – nadzieję. Niall niechętnie zasiadł na tronie Mrocznego Dworu. Najpierw odrzucił propozycję Iriala, by dopiero wiele wieków później zostać nowym Królem Koszmarów.

– Nie przyjmuję niczyich rad i nie proszę cię o wskazówki. Nadal mam swojego doradcę. – Niall na moment skupił uwagę na Irialu. – Choroba Sorchy nie jest moim priorytetem.

– Poświęcisz ten świat? – zapytał Devlin.

Niall obrzucił go pogardliwym spojrzeniem.

– Sorcha zabrała mojego przyjaciela, uczyniła z niego podwładnego...

– Dziedzica – poprawił go Devlin. – Seth nie jest zwykłym podwładnym. – Nadal ukrywał złość, która nie słabła. Chociaż przez całą wieczność każdym czynem dowodził lojalności wobec swojej królowej, ona wybrała nieznajomego na swojego następcę.

– Sam byłem dziedzicem. Nie należy brać tego za pewnik. – Niall wskazał Iriala. – On rządził jeszcze przez dziewięćset lat po tym, jak obwołał mnie swoim spadkobiercą.

– Odmówiłeś – przypomniał mu Irial. Stanął za plecami Nialla, jakby chciał udzielić mu wsparcia. – Jeśli dobrze pamiętam, Niallu, nie zgodziłeś się na przejęcie władzy.

– I patrz, gdzie teraz siedzę. – Niall nie zaszczycił Iriala spojrzeniem.

– Seth jest jej sukcesorem, partnerem Królowej Lata, przyjacielem Królowej Zimy i bratem Króla Mroku. Dzięki Sorsze nic mu nie grozi. Wybawiła go od śmiertelności, dała mu siłę króla i inne dary, o których nie powinienem wspominać. – W tej chwili Devlin nie był pewien, do kogo żywił większą urazę.

– Zrobiła z niego pionek w swojej grze – rzucił oskarżycielsko Niall.

Devlin nie zaprzeczył, nie mógł. Bez wątpienia Sorcha rozważyła konsekwencje swojej decyzji, gdy uczyniła ze śmiertelnika wróża. Nie wzięła tylko pod uwagę, że to zmieni także ją. Źle oceniła sytuację i cenę za ten błąd płacono po obu stronach zasłony.

– Wróć do Krainy Czarów – powtórzył.

– Nie.

– Ona potrzebuje dworu, który zapewni jej równowagę. Musi pozostać w Krainie Czarów. – Devlin nie krył dłużej złości. Jego słowa wręcz nią ociekały.

– Miejsce Mrocznego Dworu jest w tym świecie. Znam swoich poddanych, Devlinie. Wiem, co dla nich najlepsze.

Każdy z nich jest ze mną połączony. Czuję ich, a... – Niall zerknął na Iriala. – A obowiązkiem króla jest uwzględnienie przede wszystkim dobra swojego dworu. Własne pragnienia odgrywają drugorzędną rolę. Dawne przyjaźnie i troska o innych nie mieszczą się w obrębie zainteresowań Króla Mroku.

– Poświęcisz śmiertelników i wróżki? Bo jeśli ona przyjdzie do waszego świata, zagrozi im wszystkim.

– Jeśli tu przyjdzie, na moim dworze nie zapanuje niezgoda. A powrót do Krainy Czarów poróżni moich podwładnych. – Niall spojrzał Devlinowi w twarz. – Zatem Mroczny Dwór pozostanie tutaj.

Wszystkie cienie w pokoju zadrżały.

– Kraina Czarów potrzebuje Mrocznego Dworu. – Złość Devlina przybierała na sile. – Sorcha potrzebuje przeciwwagi.

– Devlinie? – Ani podeszła do niego. Z nieodgadnionym wyrazem twarzy spojrzała najpierw na niego, a potem na Nialla i Iriala. – Właśnie tego potrzebuje, prawda?

– Tak, właśnie dlatego tu jesteśmy... ale twój król... – Devlin spojrzał na Nialla. – Nie współpracuje.

Ani stanęła między Devlinem a Niallem. Ujęła dłoń Iriala i ścisnęła, a on uśmiechnął się do niej w milczeniu.

– Dawno temu – zaczęła – w Krainie Czarów istniały dwa dwory. Mroczny Dwór odszedł do świata śmiertelników. Po wielu wiekach zaistniała potrzeba stworzenia nowych dworów. Na ich czele stanęli silni samotnicy. Jeśli Król Mroku nie zamierza wrócić do Krainy Czarów, trzeba powołać do życia nowy dwór. Musi nim władać ktoś na tyle silny, by stawić czoło Jej Wysokości… i potrzebny jest mu Gabriel… albo Gabriela.

– To nie takie proste – stwierdził Devlin. – Istnieje już Mroczny Dwór.

Niall potrząsnął głową.

– Nie wrócę do Krainy Czarów. Więc zostajesz ty.

– I Irial – dodał Devlin.

– Chyba nie myślisz, że nadaję się do tej roboty? – mruknął Irial. Oparł dłoń na ramieniu Nialla. – Jestem tu, gdzie moje miejsce.

– Porządek potrzebuje niezgody, Devlinie – przemówiła łagodnie Ani. – Znam cię. Powiedz, że to rozwiązanie nie jest dobre. Ocal siostrę. Uczyń z Krainy Czarów także nasz świat.

– Nie mogę zostać k… – zaczął, ale nie mógł dokończyć. Nie potrafił przecież kłamać. – Prosisz mnie, bym stanął przeciwko siostrze?

– Nie – odparła. – Proszę, byśmy zrobili to razem.

Wilki ze sfory Ani wypełniły pokój. Przysiadały albo krążyły między eleganckimi meblami. Obserwowały wszystko czujnie. Czerwone oczy płonęły równie jasno co rozżarzone węgle w kominku.

– Jestem już z tobą związana. Krew do krwi, Devlinie. Tkwimy w tym razem. – Ani spojrzała na niego. – Zaufaj mi. Uwierz w nas.

Ich wilki napierały, jakby próbowały ich nakłonić, by się ruszyli.

– Wierzę. – Devlin spojrzał na Nialla. – Przejście do Krainy Czarów zostanie zamknięte. Nasza siostra zostanie uwięziona po drugiej stronie.

Ani ścisnęła jego dłoń i dodała:

– Wezwijcie nas, a odpowiemy, jeśli będziemy mogli.

– A Królik? – zapytał Irial.

Ani spojrzała na Devlina, a on skinął głową.

– Jest z nami bezpieczny... Powiesz Gab... tacie... że mamy się dobrze?

– Obiecuję.

Irial podszedł do Ani i uściskał ją, szepcząc jej przy tym coś do ucha. Potem Ani podeszła do tronu Króla Mroku.

– Zaopiekujesz się Gabrielem i Irialem?

– Oczekuję czegoś w zamian – odparł Niall.

– Czego?

– Twoja tkaczka snów zrobi to, o co prosił Irial – mruknął Król Mroku, unikając wzroku swojego doradcy.

– Ma połączyć wasze sny? – uściśliła Ani.

Niall nieznacznie skinął głową. Ani spojrzała więc na Rae, która potaknęła.

– Zgoda – powiedziała Ani, po czym zwróciła się do Devlina i do wilków, które tłoczyły się w pokoju: – Wracajmy do domu.

Rozdział 35

Po przebudzeniu Devlin ujrzał Rae i Ani spoglądające na niego z jednego ciała. Tulił je do piersi. Wciąż jeszcze nie przyzwyczaił się do bliskości Ani. Gdy ją obejmował, nadal zapierało mu dech. A teraz miał w ramionach zarówno ją, jak i Rae.

„One są moim życiem".

Z ich pomocą przywróci równowagę w Krainie Czarów.

„I stanę się wrogiem obu moich sióstr".

Delikatnie ujął w dłoń twarz Ani-Rae.

– Miałaś rację.

– W jakiej sprawie? – zapytała Rae.

– Ocalenia Ani. Naciskania na mnie.

– I? – wtrąciła się Ani.

– Zostania królem.

Nie wiedział, czy może pocałować je tak zachłannie, jak wcześniej całował Ani. Może Rae miałaby coś przeciwko temu. Delikatnie przycisnął usta do ich ust.

Żadna z jego kobiet nie miała podobnych wątpliwości; był tego pewien. Delikatny pocałunek przerodził się w namiętną pieszczotę. A potem Ani-Rae się odsunęła i wyszczerzyła zęby w uśmiechu.

– Czekałam na ten pocałunek całe dziesięciolecia – wyszeptała Rae.

– Witaj na nowym Mrocznym Dworze – obwieściła Ani.

Nikczemny śmiech wyrwał się z gardła Ani – „Czy Rae?" Devlin potrząsnął głową.

– Cieni. Dwór Cieni – poprawił ją. – Nie jesteśmy repliką, ale nowym tworem. Nie będziemy używać starych nazw.

Rae i Ani się rozdzieliły, po czym spojrzały na siebie.

– Podoba mi się – powiedziały jednocześnie.

W okamgnieniu usunął zewnętrzną ścianę budynku. Wilki wydostały się spod skóry Ani. Ciemność spowiła Dwór Cieni, żeby Rae mogła wyjść razem z nimi na zewnątrz. Z Rae po prawej i Ani po lewej stronie Devlin opuścił pałac Jej Wysokości i wszyscy razem ruszyli w kierunku zasłony utkanej ze światła księżyca, głównego, lecz nie jedynego przejścia pomiędzy światem śmiertelników a Krainą Czarów.

Tuż przed bramą stał Barry. Wierzchowiec przypominał teraz konia z cieni. „Niełdnie z twojej strony, że mnie zostawiłaś".

Głos wierzchowca rozlegał się także w umyśle Devlina, ale zanim wróż zdołał odpowiedzieć, zrozumiał, że Ani też go słyszała.

„Przepraszam" – odpowiedziała. Jej głos także rozbrzmiewał w głowie Devlina.

Inne wierzchowce czekały w cieniu leszczyn.

„Wezwałem bezpańskie rumaki dla nowej sfory" – wyjaśnił Barry.

„Jesteśmy tu, Ani i partnerze Ani". Stworzenia obserwowały ich, gdy się zbliżali, ale żadne do nich nie podeszło.

– Witaj, wierzchowcu Ani. Witajcie, jego przyjaciele – powiedział Devlin na głos.

Barry się roześmiał. „Może nauczę się ciebie tolerować. Nie ociągaj się, Devlinie. Moi towarzysze muszą znaleźć swoich jeźdźców".

Pojawiły się wróżki, jakby odpowiedziały na wezwanie. Z zaciekawieniem przyglądały się wierzchowcom, Devlinowi i Ani.

„Będziesz wspaniałą królową – zapewnił Ani Barry. – Godną mnie dosiadać i stworzyć sforę, której brakowało".

Słowa Ani kierowane do Barry'ego i Devlina brzmiały pewnie: „Muszę odnaleźć swoje ogary".

– Tak jak my musieliśmy odnaleźć ciebie – dodała Rae z uśmiechem.

Wtedy Devlin zdał sobie sprawę, że wszyscy troje mogą prowadzić w myślach rozmowy z wierzchowcem.

– Zróbmy to. – Ani wyciągnęła *sgian dubh*, którym przecięła sobie wcześniej ramię. – Krew i oddech.

Devlin wziął od niej ostrze z czarnym trzonkiem.

– Rękami, które one stworzyły… – Zrobił ukośne nacięcie na prawej dłoni. – I z krwią Krainy Czarów…

Dzwonienie zaczęło nieść się echem po Krainie Czarów. Rae przeniknęła do ciała Ani.

– …z oddechem… – Rae i Ani wzięły ostrze – …śmiertelniczki i wróżki…

– …zamykamy nie tylko to przejście, lecz także pozostałe – wyszeptał Devlin. – Niech się stanie.

Na moment świat znieruchomiał. Za nimi zgromadziło się więcej ciekawskich. W okrzykach i pomrukach dało się słyszeć mieszaninę strachu, nadziei i zachwytu. Wyczuwał obecność tych wróżek, które były przeznaczone jego dworowi, nowemu dworowi.

„Tak trzeba". Ogarnął go spokój, jakiego nie doświadczył nigdy wcześniej. Na świecie zapanował porządek. Devlin odnalazł swoje miejsce. Ale gdy odwrócił się do Ani, dostrzegł wściekłość na jej twarzy.

– Ani?

Patrzyła na wróżkę, która stała za jego plecami i trzymała ostrze przy jego gardle. Uniosła własny nóż.

– Coś ty zrobił? – zapytała Sorcha.

– Nie groź mojemu królowi – warknęła Ani.

Zawtórowali jej otaczające ich wilki oraz Barry.

– Komu? – zdziwiła się Sorcha.

Devlin spojrzał na Jej Wysokość. Ostrze, które przyciskała do jego szyi, zostawiło krwawy ślad.

– Nasz król. – Rae stanęła po jego prawej stronie. Przezroczystą rękę oparła na przedramieniu Devlina.

– Król Cieni. – Devlin patrzył tylko na Sorchę, ale przemawiał tak głośno, żeby usłyszały go wszystkie zgromadzone wróżki. – Król, który będzie przeciwwagą Jej Wysokości. Kraina Czarów nigdy nie miała być rządzona przez jeden tylko dwór. Jej mieszkańcy powinni mieć wybór.

– Nie możesz. – Sorcha utkwiła w nim spojrzenie. Opuściła nóż. – Bracie... Devlinie...

Seth stanął za nią i objął ją, żeby mogła się na nim wesprzeć. Chociaż milczał, jego mina nie wyrażała zaskoczenia. Wiedział, co się wydarzy, znacznie wcześniej od Devlina.

– Nie jestem twoim synem ani bratem, Sorcho. Odtąd stanowię twoją przeciwwagę w Krainie Czarów. – Devlin przemawiał łagodnym tonem. Żałował, że nie mogą odbyć tej rozmowy na osobności, ale Jej Wysokość sama skutecznie mu to uniemożliwiła, gdy przystawiła mu nóż do gardła. Uczepił się nadziei, że Sorcha zrozumie słuszność jego decyzji. – Bananach nie zdoła tu przyjść. Nie uda się jej skrzywdzić ciebie, twojego syna ani naszych podwładnych.

Sorcha nie odrywała od niego oczu. Gdy poczuła zmiany, które dokonały się w Krainie Czarów, odzyskała równowagę. Jej twarz znowu wyrażała typowy dla niej obiektywizm. Devlin miał nadzieję, że zrozumie: zrobił to, co musiał, żeby przywrócić harmonię, powstrzymać siostry przed pozabijaniem się nawzajem i znaleźć właściwe rozwiązanie dla wszystkich.

Nie byli w stanie tego uniknąć. Wszystkie emocje, które tłumił przez długie stulecia, teraz mógł w pełni poczuć. Miał odtąd władać dworem namiętności. Jako król wyraził ulgę i smutek, gdy zwrócił się do swoich podwładnych:

– By uniemożliwić Bananach przyjście tutaj, nasze światy zostały rozdzielone. Każdy, kto zechce przekroczyć zasłonę blokującą przejście, będzie musiał uzyskać zgodę zarówno Cienistego, jak i Wysokiego Dworu.

Sorcha stała sztywno; ani jej twarz, ani postawa nie zdradzały niedawnego rozchwiania. Skinęła głową, po czym się odwróciła.

– Ci z was, którzy nie należą do mnie i wybiorą... Cienisty Dwór, niech wiedzą, że rozumiem wasze motywy. To, co się stało, było nieuniknione – oświadczyła. Potem z królewską godnością, której brakowało jej, odkąd Seth wrócił do świata śmiertelników, Sorcha spojrzała na syna. – Mój doradca i dziedzic, mój syn, a wasz książę, będzie łącznikiem między dworami.

Po tych słowach Sorcha odeszła, a wraz z nią oddaliły się jej damy dworu i wielu podwładnych.

„Ale nie wszyscy".

Przed Devlinem, Ani i Rae zostało kilkadziesiąt istot, które wpatrywały się w nich wyczekująco.

„Są nasze. A to jest nasz świat".

Poczuł żal z powodu utraty sióstr. Zdradził je obie, by ochronić je przed sobą nawzajem – by nikt nie ucierpiał z powodu konfliktu bliźniaczek.

– Tak miało być – szepnęła Rae.

– To właściwa decyzja – przyznała Ani. – Wiesz o tym.

Devlin skinął głową, a potem razem ruszyli przez Krainę Czarów. Gdy szli, nadawali kształt tym miejscom, które pozostawały puste. „Aż do teraz".

Epilog

Devlin spoglądał przez zasłonę. Uniósł jedną rękę, żeby dotknąć cienkiej tkaniny rozdzielającej dwa światy i bliźniaczki.

– Myślałeś o konsekwencjach? – zapytał Seth, a Devlin spojrzał na swojego brata i zastępcę na Wysokim Dworze. – Dla nich. – Seth wskazał świat za zasłoną. – Co z nimi będzie, skoro zablokowałeś dostęp do Krainy Czarów?

– To nie moje zmartwienie. – Devlin opuścił ramię, tak że jego dłoń znalazła się w zasięgu *sgian dubh*. – Chcę jak najlepiej dla Krainy Czarów.

– Nie przyszedłem się z tobą kłócić, bracie. – Seth uniósł ręce w poddańczym geście. – Ale będę walczył z Bananach.

– A jeśli jej śmierć oznacza koniec twojej matki? Czemu mam umożliwić ci przejście do tamtego świata, skoro wiem, że możesz sprowadzić na nas nieszczęście?

Seth odwrócił głowę niemal wystarczająco szybko, żeby ukryć strach wyzierający z jego oczu. Potem się uśmiechnął.

– Nie możesz mnie tu zatrzymać. Zgodnie z warunkami, na jakich zostałem przemieniony we wróża, mogę wrócić do świata śmiertelników. Nawet tobie nie wolno ich kwestionować.

– Jeśli pozostałe dwory tu przybędą... – Devlin rozważał taką możliwość. Gdyby wszystkie wróżki porzuciły świat śmiertelników i wróciły do domu, skończyłyby się spory i podziały.

Seth się roześmiał.

– Sądzisz, że Keenan poświęci Letni Dwór? Że Donia zrezygnuje z władzy nad Zimą? Że Niall pokłoni się tobie albo naszej matce? Śnij dalej, stary.

– Byliby bezpieczni w królestwie niedostępnym dla Bananach.

Seth wzruszył ramionami.

– Czasami bezpieczeństwo to za mało. Niektóre rzeczy są warte znacznie więcej.

– Nie zdołam nawet pomyśleć, co stałoby się z naszą... z twoją królową, gdybyś stracił życie. – Devlin wpatrywał się w zasłonę z żalem, że nie widzi przyszłości tamtego świata. – Poszedłbym z tobą, ale muszę bronić Krainy Czarów. Nie mogę zaryzykować jej bezpieczeństwa dla świata śmiertelników.

– A ja nie mogę porzucić Ash ani Nialla.

Devlin się zawahał.

– Zdradź mi, co widzisz.

– Nic. Tutaj jestem śmiertelnikiem. Nie zajrzę w przyszłość, dopóki nie wrócę z Krainy Czarów... – Seth w zamyśleniu przygryzł dolną wargę i wziął do ust kulkę ozdabiającą kolczyk. – Nic nie widzę, ale się martwię… Ash sama próbuje rządzić swoim dworem. Sorcha miała równoważyć Nialla, ale teraz ty zająłeś jego miejsce. Co to dla niego oznacza? Irial jest poważnie ranny. Stado ogara zostało zdziesiątkowane. Bananach jest w morderczym nastroju i rośnie w siłę… Nic nie wskazuje na poprawę.

W milczeniu patrzyli przez zasłonę.

– Gdy będziesz gotowy…

Seth wpatrywał się w niego przez moment.

– Jeśli… no wiesz… zginę, staniesz się jej niezbędny. Ona nie lubi się do tego przyznawać, ale będzie cię potrzebować.

Devlin oparł rękę na zasłonie; Seth zrobił to samo. Razem rozsunęli srebrzystą tkaninę. Potem Devlin oparł dłoń na przedramieniu Setha.

– Otworzę dla ciebie przejście, jeśli tylko mnie wezwiesz.

– Wiem.

Seth opuścił Krainę Czarów i wkroczył do świata śmiertelników. Devlin pomyślał o ich niedawnym powrocie, o ucieczce, o swoich obrażeniach, o niebezpieczeństwie wynikającym z zablokowania dostępu do Krainy Czarów innym władcom i Sethowi. Później spojrzał przez zasłonę na oddalającego się Setha i rzekł:

– Spróbuj nie umrzeć, bracie.

Seria o mrocznym świecie wróżek

© Photo courtesy of Melissa Marr

Melissa Marr: Chociaż w liceum wróżono mi „przyszłość za kratkami", postanowiłam studiować na wydziale nauk humanistycznych i wykładać literaturę oraz *gender studies* w college'ach na terenie całego kraju. Nigdy nie mogłam się oprzeć odkrywaniu nowych rzeczy, dlatego wzięłam udział w wykopaliskach archeologicznych, ciskałam drinkami w barze dla motocyklistów i robiłam sobie bajeczne tatuaże.

Przywołałam te wszystkie doświadczenia na potrzeby pisania. Aby zaspokoić pragnienie poznawania nowości, mieszkałam w Pensylwanii oraz Karolinie Północnej i Południowej; planuję także włóczyć się ze swoją rodziną tak daleko i tak często, jak to tylko możliwe. W tym roku chyba zamieszkam w Wirginii.

Proszę, pomóż zaspokoić mój głód poznawania nowych interesujących ludzi, odwiedzając mnie na stronie **www.melissa-marr.com**.

Wydawnictwo NASZA KSIĘGARNIA Sp. z o.o.
02-868 Warszawa, ul. Sarabandy 24c
tel. 022 643 93 89, 022 331 91 49,
faks 022 643 70 28
e-mail: naszaksiegarnia@nk.com.pl
Dział Handlowy:
tel. 022 331 91 55, tel./faks 022 643 64 42
Sprzedaż wysyłkowa: tel. 022 641 56 32
e-mail: sklep.wysylkowy@nk.com.pl **www.nk.com.pl**

Książka została wydrukowana na papierze
Creamy Hi Bulk 53 g/m² wol. 2,4.

Redaktor prowadzący **Katarzyna Piętka**
Opieka redakcyjna **Joanna Kończak**
Korekta **Ewa Mościcka, Katarzyna Wasylik-Komenduła**
Opracowanie DTP, redakcja techniczna **Agnieszka Czubaszek**

ISBN 978-83-10-11956-8

PRINTED IN POLAND

Wydawnictwo „Nasza Księgarnia", Warszawa 2011 r.
Wydanie pierwsze
Druk: Opolgraf SA